W0469731

Aravind Adiga

DER WEISSE TIGER

Balram Halwai – der «weiße Tiger» – erzählt uns mit unwiderstehlichem Charisma die schreckliche und zugleich faszinierende Geschichte seines unwahrscheinlichen Aufstiegs und beleuchtet dabei schonungslos die Abgründe der modernen indischen Kastengesellschaft. Balram kommt aus einem armen Dorf im Herzen Indiens. Seine düsteren Zukunftsaussichten hellen sich auf, als er, der klügste Junge im Dorf, als Fahrer für den reichsten Mann am Ort engagiert wird und die Chance bekommt, für dessen Sohn in Delhi zu arbeiten. Hinter dem Steuer eines Honda City entdeckt Balram – und wir mit ihm – eine neue Welt. Balram sieht, wie seinesgleichen, die Diener, aber auch ihre reichen Herren mit ihrer Jagd nach Alkohol, Geld, Mädchen und Macht den Großen Hühnerkäfig der indischen Gesellschaft in Gang halten. Durch Balrams Augen sehen wir das Indien der Kakerlaken und Call Center, der Prostituierten und Gläubigen, der alten Traditionen und der Internetcafés, der Wasserbüffel und des mysteriösen «weißen Tigers». Im Verlauf von sieben Nächten und in der Form eines Briefes an den chinesischen Ministerpräsidenten erzählt uns Balram von seiner Flucht aus dem Hühnerkäfig, dem Sklavendasein – eine Flucht, die ohne List und Blutvergießen nicht möglich ist. Eine Geschichte voll sprühendem Witz, Spannung und fragwürdiger Moral, erzählt in einem unnachahmlichen Ton. Keine Saris, keine exotischen Düfte und Gewürze, keine Tabla-Musik und Maharadschas – dies ist das Indien von heute. Und mehr als das. In seiner Kritik am Sklavendasein ist es ein Angriff der dritten auf die erste Welt. Amoralisch und respektlos, anrührend und absolut zeitnah – «Der weiße Tiger» ist ein aufregender, provozierender Roman mit Kultstatus. Ein moderner Klassiker, dessen Verfilmung durch Ramin Bahrani zuletzt für großes Aufsehen gesorgt hat.

Aravind Adiga,
geboren 1974 in Madras, wuchs zeitweise in Sydney, Australien, auf, studierte Englische Literatur an der Columbia University und am Magdalen College in Oxford. Er arbeitete als Korrespondent für die Zeitschrift *Time* und für die *Financial Times*. Er lebt in Mumbai, Indien. «Der weiße Tiger» (2008) gewann den Booker Prize und erschien in fast 40 Ländern. Bei C.H.Beck erschienen außerdem der Erzählzyklus «Zwischen den Attentaten» (2009) sowie die Romane «Letzter Mann im Turm» (2011), «Golden Boy» (2016) und «Amnestie» (2020).

Ingo Herzke,
geboren 1966, lebt in Hamburg und übersetzt seit 1999 Literatur aus dem Englischen, vor allem die Werke von A.L. Kennedy, aber auch viele amerikanische Autoren, unter anderem Rick Moody. Für C.H.Beck übersetzte er u. a. Joseph Coulson «Abnehmender Mond» (2005) und Paula Fox «Der kälteste Winter» (2006).

Aravind Adiga

DER WEISSE TIGER

Roman

Aus dem Englischen
von Ingo Herzke

C. H. Beck

Die ersten 14 Auflagen des Buches erschienen von 2008 bis 2020
in gebundener Form im Verlag C.H.Beck.

1. Auflage in der Taschenbuchausgabe beim Verlag C. H. Beck, 2021.
2. Auflage.2023

Titel der Originalausgabe: «The White Tiger»
erschienen bei Free Press, New York, 2008

www.beck.de
Gesetzt aus der Apollo MT bei Fotosatz Amann
Druck und Bindung: Druckerei C.H.Beck, Nördlingen
Printed in Germany
ISBN 978 3 406 81573 7

myclimate

klimaneutral produziert
www.chbeck.de/nachhaltig

FÜR RAMIN BAHRANI

DIE ERSTE NACHT

Zu Händen von:

SEINE EXZELLENZ WEN JIABAO
BÜRO DES MINISTERPRÄSIDENTEN
PEKING
HAUPTSTADT DER FREIHEITSLIEBENDEN NATION CHINA

Gesandt von:

«DER WEISSE TIGER»
EIN DENKER
UND UNTERNEHMER
WOHNHAFT IN DER WELTHAUPTSTADT VON
COMPUTERTECHNOLOGIE UND OUTSOURCING,
ELECTRONICS CITY PHASE 1
(DICHT BEI DER HOSUR MAIN ROAD)
BANGALORE
INDIEN

Sehr geehrter Herr Ministerpräsident,

weder Sie noch ich sprechen Englisch, aber manche Dinge kann man nur auf Englisch sagen.

Die Exfrau meines verstorbenen Ex-Arbeitgebers Mr Ashok, Pinky Madam, hat mir eines dieser Dinge beigebracht; und als die Sprecherin des *All India Radio* heute Abend um 23 Uhr 32, also vor etwa zehn Minuten, verkündete: «Ministerpräsident Wen Jiabao besucht nächste Woche Bangalore», da sagte ich es sofort.

Das sage ich übrigens jedes Mal, wenn Große Männer wie Sie unser Land besuchen. Nicht dass ich irgendwas gegen Große Männer hätte. In gewisser Weise betrachte ich mich als einen von Ihnen, Sir. Wenn ich allerdings unseren Premierminister mit seiner hochrangigen Gefolgschaft in schwarzen Autos zum Flughafen fahren sehe, wenn sie aussteigen und vor Ihnen und den wartenden Fernsehkameras die Hände zusammenlegen, sich verbeugen und Ihnen versichern, wie heilig und moralisch Indien ist; wenn solche Szenen im Fernsehen gezeigt werden, Sir, dann muss ich einfach diesen englischen Ausdruck sagen.

Sie besuchen uns doch diese Woche, oder, Exzellenz? Normalerweise kann man sich in solchen Dingen auf *All India Radio* verlassen.

Das war ein Witz, Sir.

Ha!

Darum möchte ich Sie direkt fragen, ob Sie wirklich nach Bangalore kommen. Wenn ja, habe ich Ihnen nämlich etwas Wichtiges mitzuteilen. Die Radiosprecherin sagte: «Wen Jiabao hat eine Mission: Er will die Wahrheit über Bangalore erfahren.»

Mir gefror das Blut in den Adern. Denn wenn jemand die Wahrheit über Bangalore kennt, dann ich.

Dann fuhr sie fort: «Mr Jiabao hat den Wunsch geäußert, indische Unternehmer zu treffen und ihre Erfolgsgeschichten in ihren eigenen Worten zu hören.»

Dann erklärte sie das kurz. Offenbar sind Sie in China uns in jeder Hinsicht weit voraus, abgesehen von der Tatsache, dass Sie keine Unternehmer haben. Wohingegen unsere Nation zwar weder über Straßen noch über Trinkwasser, Strom, Kanalisation, öffentlichen Verkehr, einen Sinn für Hygiene, Disziplin, Höflichkeit oder Pünktlichkeit verfügt, aber über Tausende und Abertausende Unternehmer. Vor allem im Bereich Technologien. Diese Unternehmer – *wir* Unternehmer – haben Tausende von Outsourcing-Unternehmen gegründet, die inzwischen im Grunde ganz Amerika am Laufen halten.

Sie hoffen von uns zu lernen, wie man chinesische Unternehmer produziert, daher Ihr Besuch. Das fand ich gut. Aber dann fiel mir ein, wie das Protokoll eines Staatsbesuchs aussieht: Der Premierminister und der Außenminister dieses Landes werden Sie am Flughafen mit Girlanden empfangen, mit kleinen Gandhi-Statuen zum Mitnehmen und einer Informationsbroschüre über die Vergangenheit, Gegenwart und Zukunft des Landes.

Und da, Sir, musste ich einfach jenen englischen Ausdruck benutzen.

Das war um 23 Uhr 37. Vor fünf Minuten.

Aber ich fluche und lästere nicht einfach bloß, ich bin ein Mann der Tat und der Veränderung. Ich beschloss, sofort und auf der Stelle einen Brief an Sie zu diktieren.

Erlauben Sie mir zunächst, von meiner großen Bewunderung für die altehrwürdige chinesische Nation zu sprechen.

Ich habe in einem Buch namens *Der Ferne Osten: Spannende Geschichten aus dem Reich der Mitte* über Ihre Vergangenheit gelesen, das ich auf dem Bürgersteig im alten Teil von Delhi gefunden habe, als ich noch durch den Besuch des sonntäglichen Bücherflohmarkts dort nach Erleuchtung trachtete. In dem Buch ging es hauptsächlich um Piraten und Goldschätze in Hongkong, aber es hielt auch nützliche Hintergrundinformationen über China bereit: Da hieß es, ihr Chinesen würdet die Freiheit lieben, die Freiheit des Landes und die individuelle Freiheit. Ihr habt euch den Briten widersetzt, als sie euch zu ihren Dienern machen wollten. Das bewundere ich, Herr Ministerpräsident.

Sie müssen wissen, ich war auch einmal Diener.

Nur drei Nationen haben sich nie von Fremden beherrschen lassen: China, Afghanistan und Abessinien. Das sind die einzigen drei Nationen, die ich bewundere.

Und wegen dieses Respekts vor der Freiheitsliebe des chinesischen Volkes und im Glauben daran, dass die Zukunft der Welt bei Menschen gelber und brauner Hautfarbe liegt, da unsere ehemaligen Herren, die Weißen, sich durch Sodomie, Handygebrauch und Drogenkonsum zugrunde gerichtet haben, biete ich ohne Gegenleistung an, Ihnen die Wahrheit über Bangalore zu präsentieren, Mr Jiabao.

Indem ich meine Lebensgeschichte erzähle.

Wenn Sie nämlich nach Bangalore kommen und an einer Ampel halten müssen, dann wird irgendein Junge zu Ihrem Auto gelaufen kommen, an Ihre Scheibe klopfen und einen sorgfältig in Folie verschweißten Raubdruck eines amerikanischen Buches hochhalten, das einen Titel trägt wie

DAS GEHEIMNIS GESCHÄFTLICHEN ERFOLGES

oder

GANZ LEICHT ZUM UNTERNEHMER IN SIEBEN TAGEN!

Verschwenden Sie Ihr Geld nicht auf diese amerikanischen Bücher, Herr Ministerpräsident. Die sind so von gestern.

Die Zukunft bin ich.

Ich habe vielleicht keine bemerkenswerte Schulbildung genossen. Um es deutlich zu sagen, habe ich keinen Abschluss. Na und? Ich kenne die Werke der vier größten Dichter aller Zeiten auswendig – Rumi, Iqbal, Mirza Ghalib und noch ein Vierter, dessen Name mir gerade nicht einfällt. Ich bin Autodidakt und Unternehmer.

Und das sind die Besten, glauben Sie mir.

Wenn Sie meine Geschichte gehört haben – wie ich nach Bangalore gekommen und dort einer der erfolgreichsten (wenn auch am wenigsten bekannten) Geschäftsleute geworden bin –, dann wissen Sie alles, was Sie über das Entstehen, Fördern und Entwickeln von Unternehmergeist in diesem glorreichen 21. Jahrhundert des Menschengeschlechts wissen müssen.

Genauer gesagt, im Jahrhundert des *gelben* und *braunen* Mannes.

Ihres und meines.

Es ist jetzt kurz vor Mitternacht, Mr Jiabao. Für mich eine gute Zeit zum Reden.

Ich muss die ganze Nacht aufbleiben, Exzellenz. Und außer mir ist niemand in meinem 15-qm-Büro. Bloß ich und mein Kronleuchter, auch wenn der sozusagen Persönlichkeit hat. Ein riesiges Ding aus lauter diamantförmigen Glasstücken, wie man es in den Filmen der Siebziger immer zu sehen bekam. Es ist zwar nachts recht kühl in Bangalore, aber ich habe trotzdem einen ganz kleinen Ventilator – bloß fünf staubige Rotorblätter – direkt über den Kronleuchter gehängt. Wenn der sich nämlich dreht, dann zerhackt er das Licht vom Kronleuchter und wirft es durch den ganzen Raum. So wie die Discokugeln in den tollsten Discotheken Bangalores.

Wahrscheinlich ist dies das einzige 15-qm-Zimmer in der ganzen Stadt mit einem eigenen Kronleuchter. Aber es ist trotzdem bloß ein enges Loch, und ich muss die ganze Nacht darin verbringen.

Der Fluch des Unternehmers. Ständig muss er seine Geschäfte im Auge behalten.

Ich schalte jetzt also den kleinen Ventilator an, damit das Licht des Kronleuchters durchs Zimmer kreist.

Ich bin entspannt, Sir. Und ich hoffe, Sie auch.

Lassen Sie uns anfangen.

Aber vorher will ich noch sagen, was für ein englischer Ausdruck das ist, den ich von der Exfrau meines verstorbenen Exarbeitgebers Mr Ashok, Pinky Madam, gelernt habe:

What a fucking joke.

*

Ich sehe mir inzwischen aus Prinzip keine Hindi-Filme mehr an, aber früher, als ich es noch getan habe, sah man vor dem Film immer entweder die Zahl 786 auf der schwarzen Leinwand flimmern – die Moslems glauben, diese magische Zahl symbolisiere ihren Gott – oder das Bild einer Frau im weißen Sari, die Goldmünzen vor ihre Füße regnen lässt – das ist die Hindugöttin Lakshmi.

In meinem Land ist es gute alte und ehrwürdige Tradition, eine Geschichte damit zu beginnen, dass man zu einer höheren Macht betet.

Ich glaube, dass auch ich so anfangen sollte, Exzellenz, indem ich irgendeinem Gott in den Arsch krieche.

Aber welchem? Die Auswahl ist so riesengroß.

Es ist nämlich so:

Die Moslems haben einen Gott.

Die Christen haben drei Götter.

Und wir Hindus haben sechsunddreißig Millionen Götter.

Das macht zusammen 36 000 004 Götterärsche, in die ich kriechen könnte.

Nun gibt es ja Menschen, und damit meine ich nicht bloß Kommunisten wie Sie, sondern kluge Menschen aller politischen Parteien, die an die Existenz vieler dieser Götter nicht glauben. Manche glauben gar, dass *keiner* von ihnen existiert. Es gibt nur uns und um uns herum ein Meer der Finsternis. Ich bin weder Philosoph noch Dichter, woher soll ich die Wahrheit wissen? Es stimmt zwar, dass all diese Götter verdammt wenig arbeiten – ähnlich wie unsere Politiker –, und doch werden sie Jahr für Jahr wieder auf ihre goldenen Throne im Himmel gewählt. Das soll nicht heißen, dass ich sie nicht respektiere, Herr Ministerpräsident! Kommen Sie in Ihrem gelben Schädel ja nicht auf solch gotteslästerliche Ideen. In meinem Land zahlt es sich aus, wenn man sich nach allen Seiten absichert: Der indische Unternehmer muss gleichzeitig ehrlich und hintertrieben, zynisch und gläubig, gerissen und aufrichtig sein.

Also schließe ich jetzt die Augen, lege die Hände zu einem ehrerbietigen *Namaste* zusammen und bitte die Götter, ihr Licht auf meine finstere Geschichte scheinen zu lassen.

Haben Sie ein wenig Geduld, Mr Jiabao. Das kann eine Weile dauern.

Wie schnell, glauben Sie, könnten Sie in 36 000 004 Ärsche kriechen?

*

Fertig.

Ich habe die Augen wieder geöffnet.

23 Uhr 52 – und jetzt ist es wirklich Zeit anzufangen.

Vorher noch – wie auf den Zigarettenpackungen – ein Warnhinweis.

Eines Tages fuhr ich Mr Ashok und Pinky Madam in ihrem Honda City herum, als er mir die Hand auf die Schulter legte und sagte: «Fahr rechts ran.» Nach diesem Befehl beugte er sich so weit vor, dass ich sein Aftershave riechen konnte – ein köstlicher, fruchtiger Duft –, und sagte höflich wie immer: «Balram, ich möchte dir ein paar Fragen stellen, in Ordnung?»

«Ja, Sir», antwortete ich.

«Balram», fragte Mr Ashok, «wie viele Planeten gibt es am Himmel?»

Ich antwortete, so gut ich konnte.

«Balram, wie hieß der erste Premierminister Indiens?»

Dann: «Balram, was ist der Unterschied zwischen einem Hindu und einem Moslem?»

Dann: «Wie heißt unser Kontinent?»

Darauf lehnte Mr Ashok sich zurück und fragte Pinky Madam: «Hast du seine Antworten gehört?»

«Hat er Witze gemacht?», fragte sie, und mein Herz schlug schneller – wie immer, wenn sie etwas sagte.

«Nein. Er glaubt wirklich, das seien die richtigen Antworten.»

Als sie das hörte, kicherte sie; doch sein Gesicht, das ich im Rückspiegel sah, blieb ernst.

«Es ist nämlich so: Er hat vielleicht … na, zwei, drei Jahre Schulbildung genossen. Also weiß er ein wenig, aber er versteht nicht viel. Er kann lesen und schreiben, aber begreift nicht, was er liest. Er ist irgendwie halb gar. Und ich sage dir, das Land ist voll mit solchen Leuten. Und solchen Figuren» – er zeigte auf mich – «vertrauen wir unsere herrliche parlamentarische Demokratie an. Das ist die wahre Tragödie dieses Landes.»

Er seufzte.

«Na gut, Balram, fahr weiter.»

Als ich an dem Abend im Bett unter meinem Moskitonetz lag, dachte ich über seine Worte nach. Er hatte recht, Sir – es hatte mir zwar nicht gefallen, was er über mich gesagt hatte, aber er hatte recht.

Die Autobiografie eines halb garen Inders. So sollte ich meine Lebensgeschichte nennen.

Wie ich sind Tausende in diesem Land halb gar, weil wir die Schule nicht abschließen durften. Wenn man uns den Schädel öffnen und mit der Taschenlampe hineinleuchten könnte, würde man eine eigenartige Sammlung finden: ein paar Sätze zur Geschichte oder Mathematik aus einem alten Schulbuch (glauben Sie mir, kein Junge erinnert sich besser an seine Schulbildung als einer, den man von der Schule genommen hat), ein paar Sätze zur Politik aus einer Zeitung, beim Warten auf einen Beamten vor dessen Büro gelesen, Dreiecke und Pyramiden von den Seiten alter Geometriebücher, in die jede Garküche des

Landes ihre Imbisse wickelt, ein paar Schnipsel Nachrichten aus dem *All India Radio*, Gedanken, die einem in der halben Stunde vorm Einschlafen ins Hirn fallen wie die Eidechsen von der Zimmerdecke, und dieses ganze Zeug, halb geformt, halb verdaut und halb richtig, lagert sich im Gehirn ab. Und dort vermischt es sich mit dem anderen halb fertigen Zeug, und diese ganzen halb fertigen Gedanken treiben es wahrscheinlich miteinander und zeugen so weitere Gedanken, und nach diesen richtet man sein Handeln und Leben aus.

Die Geschichte meiner Erziehung zeigt, wie man halb gare Menschen produziert.

Aber passen Sie gut auf, Mr Jiabao! Von zwölf Jahren Schule und drei Jahren Universität vollständig geformte Gestalten tragen Anzüge, treten in Unternehmen ein und nehmen ihr Leben lang von anderen Menschen Anweisungen entgegen.

Unternehmer hingegen wird man als halb gares Gericht.

*

Für die wichtigsten grundlegenden Daten zu meiner Person – Herkunft, Größe, Gewicht, bekannte sexuelle Abartigkeiten etc. – gibt es keine bessere Quelle als dieses Plakat. Das Fahndungsplakat.

Ich muss zugeben, mich selbst als Bangalores unbekanntesten Unternehmer zu bezeichnen entsprach nicht ganz der Wahrheit. Vor ungefähr drei Jahren, als ich aufgrund einer unternehmerischen Tat für kurze Zeit landesweite Bedeutung erlangte, wurde ein Plakat über mich erstellt, das sich schließlich in jedem Postamt, Bahnhof und Polizeirevier des Landes fand. Sehr viele Menschen sahen damals mein Gesicht und meinen Namen. Das Originalplakat besitze ich nicht mehr, aber ich habe es auf meinen Laptop geladen – ein wirklich hübscher silberner Apple, den ich im Internet bei einem Händler aus Singapur gekauft habe, arbeitet ganz wunderbar –, und wenn Sie eine Sekunde Geduld haben, dann öffne ich die Datei mit dem gescannten Plakat und lese direkt davon ab …

Aber zunächst ein paar Worte über das Originalplakat. Ich war im Bahnhof von Hyderabad darauf gestoßen, zu der Zeit, als ich ohne Gepäck reiste – abgesehen von einer sehr schweren roten Tasche –, auf dem Rückweg von Delhi nach Bangalore. Ich hatte das Plakat also tatsächlich hier in meinem Büro, Mr Jiabao, in meiner Schreibtischschublade, und zwar ein ganzes Jahr lang. Eines Tages stöberte der Putzjunge in meinen Sachen und wäre um ein Haar darauf gestoßen. Ich bin kein sentimentaler Mensch, Herr Ministerpräsident. Das kann ein Unternehmer sich nicht leisten. Also schmiss ich das Ding weg, aber vorher ließ ich mir noch schnell zeigen, wie man scannt – und Sie wissen ja, der Umgang mit Computern ist uns Indern in die Wiege gelegt. Es dauerte bloß ein, zwei Stunden. Ich bin ein Mann der Tat, Sir. Und da ist es auch schon auf meinem Bildschirm, direkt vor meiner Nase:

POLIZEI BITTET UM MITHILFE BEI DER SUCHE
NACH VERMISSTEM

Die Öffentlichkeit wird hiermit in Kenntnis gesetzt, dass der abgebildete Mann, nämlich Balram Halwai alias MUNNA, Sohn von Vikram Halwai, Rikschafahrer, polizeilich gesucht wird. Alter: 25 bis 35. Hautfarbe: Schwärzlich. Gesichtsform: Oval. Größe: 1,65 (geschätzt). Körperbau: Dünn, zierlich.

Nun, das stimmt nicht mehr ganz, Sir. Ich meine, die «schwärzliche» Haut kommt immer noch hin – obwohl ich schon halb entschlossen bin, eine von diesen Cremes zur Hautaufhellung auszuprobieren, die ständig auf den Markt kommen, damit wir Inder aussehen können wie Europäer –, aber der Rest der Beschreibung ist leider völlig unbrauchbar. In Bangalore lebt man ganz gut, Mr Jiabao – schweres Essen, Bier, Nachtclubs, also was soll ich sagen: «dünn» und «zierlich» – ha! Heute bin ich besser in Form. «Dick» und «schmerbäuchig» wäre zutreffender.

Aber damit wollen wir uns nicht aufhalten, wir haben ja nicht die ganze Nacht Zeit. Ich sollte die Sache mit dem zweifachen Namen erklären.

BALRAM HALWAI ALIAS MUNNA

Das kam so: An meinem ersten Schultag mussten sich alle Jungen der Reihe nach aufstellen und einzeln an den Lehrertisch treten, damit der Lehrer unsere Namen ins Register eintragen konnte. Als ich meinen Namen nannte, starrte er mich mit offenem Mund an.

«Munna? Das ist doch kein richtiger Name.»

Er hatte recht: Das heißt einfach *Junge*.

«Mehr habe ich nicht, Sir», sagte ich.

Das stimmte. Man hatte mir keinen richtigen Namen gegeben.

«Hat deine Mutter dir keinen Namen gegeben?»

«Sie ist sehr krank, Sir. Sie liegt im Bett und spuckt Blut. Sie hatte keine Zeit, einen Namen für mich auszusuchen.»

«Und dein Vater?»

«Der zieht eine Rikscha, Sir. Der hat auch keine Zeit.»

«Und hast du keine Großmutter? Onkel? Tanten?»

«Die haben auch alle keine Zeit.»

Der Lehrer wandte sich zur Seite und spuckte aus – ein Strahl roter Betelsaft klatschte auf den Boden des Klassenzimmers. Er leckte sich die Lippen.

«Na, dann muss ich es wohl machen, was?» Er fuhr sich mit

der Hand durchs Haar und sagte: «Wir nennen dich … *Ram*. Moment – haben wir nicht schon einen Ram in der Klasse? Da komme ich durcheinander. Dann eben *Balram*. Du weißt doch, wer Balram war, oder?»

«Nein, Sir.»

«Das war der Begleiter des Gottes Krishna. Und weißt du, wie ich heiße?»

«Nein, Sir.»

Er lachte. «Krishna.»

Als ich von der Schule nach Hause kam, erzählte ich meinem Vater, dass der Lehrer mir einen neuen Namen gegeben hatte. Er zuckte die Achseln. «Wenn er das will, dann heißt du eben so.»

Von da an war ich also Balram. Später legte ich mir natürlich noch einen dritten Namen zu. Aber dazu kommen wir noch.

Aber was ist das wohl für eine Gegend, wo die Leute vergessen, ihren Kindern Namen zu geben? Werfen wir noch einen Blick auf das Plakat.

DER VERDÄCHTIGE STAMMT AUS DEM DORF LAXMANGARH IM BEZIRK …

Wie alle guten Geschichten aus Bangalore beginnt auch meine weit weg von Bangalore. Denn jetzt lebe ich zwar im Licht, aber geboren und aufgewachsen bin ich in der Finsternis.

Aber das bezieht sich nicht auf die Tageszeit, Herr Ministerpräsident!

Ich meine einen Teil Indiens, mindestens ein Drittel des Landes, eine fruchtbare Gegend voller Reisfelder und Weizenfelder, dazwischen mit Lotos und Seerosen überwucherte Teiche, durch die Wasserbüffel waten, welche an den Lotosblüten und Seerosen knabbern. Die Menschen, die in dieser Gegend leben, nennen sie «Die Finsternis». Sie müssen verstehen, Exzellenz, dass Indien gleichzeitig zwei Länder ist: das Indien des Lichtes und das Indien der Finsternis. Das Meer bringt das Licht nach Indien. Alle Gegenden, die nicht allzu weit vom Meer entfernt liegen, sind wohlhabend. Der Fluss jedoch bringt Indien die Finsternis – der Schwarze Fluss.

Von welchem Schwarzen Fluss aber rede ich – von welchem Fluss des Todes mit Ufern aus schwerem dunklen Schlamm, dessen fester Griff alles, was darin gepflanzt wird, erstickt, erwürgt, verkümmern lässt?

Nun, ich spreche natürlich von Mutter Ganges, Tochter der Veden, Fluss der Lichter, unser aller Beschützerin, welche die Kette von Geburt und Wiedergeburt durchbricht. Überall, wo dieser Fluss fließt, da herrscht die Finsternis.

Was Indien betrifft, Sir, so können Sie beinahe alles, was Sie vom Premierminister über das Land hören, auf den Kopf stellen, dann wissen Sie die Wahrheit. Sie haben sicher schon gehört, dass man den Ganges den Fluss der Befreiung nennt, und Hunderte amerikanischer Touristen kommen nach Hardwar oder Benares, um nackte *Sadhus* zu fotografieren, und so wird unser Premierminister es Ihnen sicherlich auch schildern und Sie dann auffordern, selbst ein Bad darin zu nehmen.

Nein! – Mr Jiabao, ich ersuche Sie dringend, nicht in den Ganges zu steigen, es sei denn, Sie wollen den Mund voll mit Fäkalien, Stroh, aufgedunsenen menschlichen Körperteilen, Büffelkadavern und sieben verschiedenen industriellen Säuren bekommen.

Ich weiß nämlich alles über den Ganges, Sir – als ich sechs oder sieben oder acht Jahre alt war (in meinem Dorf weiß niemand sein genaues Alter), habe ich den heiligsten Ort am Ufer des Ganges besucht – die Stadt Benares. Ich erinnere mich, wie ich als Letzter einer Prozession mit der Leiche meiner Mutter in der heiligen Stadt Benares die Stufen einer abschüssigen Straße hinab zum Ganges stieg.

Kusum, meine Großmutter, führte den Leichenzug an. Die gerissene alte Kusum! Wenn sie sich freute, rieb sie sich immer die Unterarme, als ob sie ein Stück Ingwer raspelte, nur dass sie dabei statt Ingwer Grinsen produzierte. Sie hatte keine Zähne mehr, aber das machte ihr Grinsen nur noch verschlagener. Sie hatte sich an die Spitze unseres Hauses gegrinst; alle Söhne und Schwiegertöchter lebten in Furcht vor ihr.

Hinter ihr gingen mein Vater und mein Bruder Kishan, die das vordere Ende des Rohrgeflechts trugen, auf dem die Leiche ruhte; meine Onkel, die Munnu, Jayram, Divyram und Umesh heißen, folgten dahinter und hielten das Ende der Trage. Die Leiche meiner Mutter war von Kopf bis Fuß in ein safrangelbes Seidentuch gewickelt und mit Rosenblättern und Jasmingirlanden bedeckt. Ich glaube nicht, dass sie im Leben jemals so etwas Feines getragen hatte. (Ihr Tod wurde so prunkvoll begangen, dass ich sofort wusste, ihr Leben musste elend gewesen sein. Meine Familie hatte offenbar Schuldgefühle.) Meine Tanten – Rabri, Shalini, Malini, Luttu, Jaydevi und Ruchi – drehten sich dauernd zu mir um und klatschten in die Hände, damit ich zu ihnen aufschloss. Ich weiß noch, wie ich die Hände schwang und sang: «Shivas Name ist Wahrheit!»

Wir kamen an einem Tempel nach dem anderen vorbei und beteten zu einem Gott nach dem anderen, dann gingen wir im Gänsemarsch zwischen einem Tempel für den Gott Hanuman und einer offenen Sporthalle vorbei, in der drei Bodybuilder rostige Hanteln stemmten. Ich roch den Fluss, bevor ich ihn sehen konnte: der Gestank verwesenden Fleisches, der zu meiner Linken aufstieg. Ich sang lauter:

«… die einzige Wahrheit!»

Dann war ungeheurer Lärm zu hören: Feuerholz wurde gespalten. Am Rand des *Ghats*, direkt am Wasser, hatte man eine hölzerne Plattform errichtet; darauf lagen dicke Holzscheite gestapelt, die von Männern mit Äxten zerhackt wurden. Die kleineren Scheite wurden auf den Stufen des *Ghats*, die ins Wasser führten, zu Scheiterhaufen aufgestapelt; vier Leichen brannten bereits, als wir ankamen. Wir warteten, bis wir dran waren.

In der Ferne glitzerte eine Insel aus weißem Sand, und Boote voller Menschen hielten darauf zu. Ich überlegte, ob die Seele meiner Mutter wohl dorthin geflogen sei, an jenen leuchtenden Ort inmitten des Flusses.

Ich habe erwähnt, dass die Leiche meiner Mutter in ein Seidentuch gehüllt war. Dieses Tuch wurde ihr jetzt übers Gesicht gezogen; und so viele Holzscheite, wie wir bezahlen konnten, wurden über den Leichnam gehäuft, bis nichts mehr davon zu sehen war. Dann zündete der Priester meine Mutter an.

«Sie war ein braves, stilles Mädchen, als sie in unser Heim kam», sagte Kusum und legte mir ihre schwere Hand aufs Gesicht. «Ich war nicht diejenige, die Streit gesucht hat.»

Ich schüttelte ihre Hand von meinem Gesicht. Ich beobachtete meine Mutter. Als die Flammen die Seide verzehrten, zuckte ein blasser Fuß heraus wie etwas Lebendiges; die Zehen, die in der Hitze bereits schmolzen, rollten sich auf, widersetzten sich dem, was mit ihnen geschah. Kusum schob den Fuß zurück ins Feuer, aber er wollte nicht brennen. Mein Herz fing an zu rasen. Meine Mutter wollte sich nicht vernichten lassen.

Unter der Plattform, wo das Holz gehackt wurde, hatte der Fluss am Ufer einen mächtigen, schleimigen Hügel schwarzen Schlamm angespült. Dieser Buckel war mit Jasmingirlanden, Rosenblüten, Seidenfetzen und verkohlten Knochen übersät; ein bleicher Hund kroch schnüffelnd zwischen den Blütenblättern, Stoffstreifen und Knochen herum.

Ich blickte auf den Schlamm und den gekrümmten Fuß meiner Mutter, und ich begriff.

Der Schlamm hielt sie zurück; dieser massige, schwellende Hügel aus schwarzem Schlamm. Sie versuchte dem Schlamm zu entkommen; ihre Zehen waren angespannt; doch der Schlamm saugte sie ein, saugte sie immer tiefer. Sie war eine starke Frau, auch im Tod noch, doch der Schlamm war so dick, und mit jeder Sekunde, die der Fluss gegen das *Ghat* schwappte, wurde es immer noch mehr. Bald würde sie ein Teil des schwarzen Hügels werden, und der bleiche Hund würde an ihr lecken.

Und da verstand ich es: Das war der wahre Gott von Benares – dieser schwarze Schlamm des Ganges, in dem jeder sterbend versank und verweste, aus dem er wiedergeboren wurde und in den er im Tod wieder versank. Das Gleiche würde mit mir geschehen, wenn ich starb und sie mich herbrachten. Hier wurde nichts befreit.

Ich hörte auf zu atmen. Zum ersten Mal im Leben wurde ich ohnmächtig.

Seitdem bin ich nicht mehr am Ganges gewesen: Den Fluss überlasse ich den amerikanischen Touristen!

... STAMMT AUS DEM DORF LAXMANGARH
IM BEZIRK GAYA.

Ein berühmter Bezirk – weltberühmt. Auch die Geschichte Ihres Landes ist durch diesen Bezirk mitgeschrieben worden, Mr Jiabao. Sie haben sicherlich von Bodh Gaya gehört – der Stadt, wo der Buddha unter einem Baum saß, seine Erleuchtung fand und den Buddhismus gründete, der sich von dort in die ganze Welt ausbreitete, auch nach China – und wo ist diese Stadt? In meinem Heimatbezirk! Bloß ein paar Kilometer von Laxmangarh entfernt!

Ich frage mich, ob der Buddha wohl je durch Laxmangarh gegangen ist – manche behaupten es. Ich habe das Gefühl, er dürfte eher hindurchgerannt sein – so schnell er konnte –, und als er wieder draußen war, hat er sich nicht umgeschaut!

Ein kleiner Seitenarm des Ganges fließt dicht an Laxmangarh vorbei; jeden Montag kommen Boote aus der weiten Welt und bringen Waren. Das Dorf hat eine Straße; ein glänzender Abwasserstrom teilt sie in zwei Spuren. Zu beiden Seiten des zähen Schleims erstreckt sich der Markt: Drei mehr oder weniger identische Läden verkaufen mehr oder weniger identische verfälschte und abgelaufene Produkte, nämlich Reis, Bratöl, Kerosin, Kekse, Zigaretten und Rohzucker. Am Ende des Marktes steht ein hoher, weiß gestrichener, kegelförmiger Turm, der von allen Seiten mit umeinander geringelten Schlangen bemalt ist – der Tempel. Darin findet man das Bild einer safrangelben Gestalt, halb Mensch, halb Affe: Das ist Hanuman, der Lieblingsgott aller in Finsternis lebenden Inder. Kennen Sie Hanuman, Sir? Er war der treue Diener des Gottes Rama, und wir verehren ihn in Tempeln, weil er so ein leuchtendes Beispiel für absolut loyale und ergebene Dienerschaft ist.

Mit solchen Göttern sind wir geschlagen, Mr Jiabao. Jetzt verstehen Sie sicher, wie schwer es für einen Inder ist, seine Freiheit zu gewinnen.

So viel zum Ort. Und nun zu den Menschen. Exzellenz, voller Stolz kann ich Ihnen mitteilen, dass Laxmangarh das typisch indische ländliche Paradies ist, ein Dorf mit ausreichender Stromversorgung, fließendem Wasser und funktionierenden Telefonen; und dass die Kinder meines Dorfes, die nährstoffreich mit Fleisch, Eiern, Gemüse und Linsen versorgt werden, sollte man sie mit Maßband und Waage prüfen, den Mindeststandards für Größe und Gewicht genügen würden, welche die Vereinten Nationen und andere Organisationen festgesetzt haben, deren Vereinbarungen unser Premierminister unterzeichnet hat und deren Kongresse er so regelmäßig und wichtigtuerisch beehrt.

Ha!

Die Strommasten – unbrauchbar.

Die Wasserleitung – gebrochen.

Die Kinder – zu dünn und zu klein für ihr Alter, mit zu großen Köpfen, aus denen lebhafte Augen leuchten, so groß wie das schlechte Gewissen der indischen Regierung.

In der Tat ein typisches indisches Dorfparadies, Mr Jiabao. Eines Tages muss ich mal nach China kommen und sehen, ob Ihre Dorfparadiese besser sind.

In der Mitte der Hauptstraße schnobern Schweinefamilien im Abwasser nach Nahrung – die obere Körperhälfte eines jeden Tieres ist trocken, die langen Borsten zu Stacheln verfilzt; die untere Körperhälfte ist pechschwarz und glänzend vor Schmutz. Leuchtend rote und braune Federn blitzen auf – Hähne flattern auf den Hausdächern hin und her. An den Schweinen und Hähnen vorbei kommt man zu meinem Haus – wenn es noch steht.

An der Tür steht das wichtigste Familienmitglied:

die Wasserbüffelkuh.

Sie war bei Weitem die Fetteste in unserem Haus, und so war es auch bei allen anderen Familien des Dorfes. Den ganzen Tag fütterten die Frauen sie mit frischem Gras; das Füttern war ihre Hauptbeschäftigung im Leben. Alle Hoffnungen dieser Frauen richteten sich auf den Leibesumfang der Büffelkuh, Sir. Gab sie genug Milch, konnten die Frauen etwas davon verkaufen, und am Ende des Tages war vielleicht ein bisschen Geld übrig. Sie war wohlgenährt, ihr Fell glänzte, über ihrem haarigen Maul stand eine Ader hervor, so dick wie ein Jungenpenis, und von ihren Lefzen hingen lange, dicke, perlmuttfarbene Speichelfäden. Den ganzen Tag saß sie in ihrer ungeheuren Scheiße. Sie war die Haustyrannin!

Wenn man ins Haus hineingeht, sieht man – das heißt, wenn noch welche von ihnen am Leben sind, nach allem, was ich getan habe – die Frauen. Sie arbeiten im Innenhof. Meine Tanten und Cousinen und Kusum, meine Großmutter. Eine von ihnen bereitet das Mahl für die Büffelkuh vor; eine worfelt den Reis; eine hockt neben einer anderen, untersucht deren Skalp und zerquetscht die Läuse mit den Fingern. Ab und zu unterbrechen sie ihre Arbeit, weil es Zeit zum Streiten ist. Das heißt, dass sie sich Metalltöpfe an den Kopf werfen, einander an den Haaren ziehen und sich dann versöhnen, indem sie sich selbst in die Hand küssen und diese dann den anderen an die Wange legen. Nachts schlafen sie beieinander, alle Beine übereinandergeschlagen wie ein einziges Lebewesen, ein Tausendfüßler.

Die Männer und Jungen schlafen gemeinsam in einem anderen Winkel des Hauses.

Früh am Morgen. Überall im Dorf spielen die Hähne verrückt. Eine Hand schüttelt mich wach … ich schiebe die Beine meines Bruders Kishan vom Bauch, ziehe die Hand meines Cousins Pappu aus den Haaren und mache mich von den anderen Schläfern los.

«Komm, Munna.»

Mein Vater ruft von der Haustür.

Ich laufe hinter ihm her. Wir gehen raus und binden die Büffelkuh von ihrem Pfahl los. Wir führen sie zum Morgenbad – ganz bis zum Teich unterhalb des Schwarzen Forts.

Das Schwarze Fort steht auf dem Hügelkamm oberhalb des Dorfes. Menschen, die andere Länder bereist haben, sagen immer, es sei genauso schön wie alle Bauwerke Europas. Die Türken oder Afghanen oder Engländer oder welche Ausländer zu der Zeit sonst gerade Indien beherrschten, müssen es vor Jahrhunderten gebaut haben.

(Denn dieses Land Indien ist nie frei gewesen. Zuerst haben uns die Moslems herumkommandiert, dann die Briten. 1947 sind die Briten abgezogen, aber nur ein Trottel käme auf den Gedanken, dass wir dadurch frei wurden.)

Die Ausländer sind längst aus dem Schwarzen Fort abgezogen, und jetzt bewohnt es eine Affenherde. Sonst geht niemand hinauf, außer gelegentlich ein Ziegenhirte, der seine Herde dort grasen lässt.

Bei Sonnenaufgang glüht der Wassergraben, der das Fort umgibt. Steinbrocken aus den Festungswänden sind den Hügel herunter ins Wasser gerollt, und dort liegen sie, feucht glänzend und halb unter Wasser, wie die dösenden Flusspferde, die ich viele Jahre später im Zoo von Neu-Delhi sehen sollte. Lotospflanzen und Seerosen treiben auf dem Teich, der silbern glitzert, die Büffelkuh watet hinein, kaut an den Seerosenblättern, und von ihrer Schnauze weg kräuseln sich Wellen in einem großen V. Die Sonne geht über der Büffelkuh, über meinem Vater, über mir und meiner Welt auf.

Es ist kaum zu glauben, aber manchmal vermisse ich diesen Ort.

Aber zurück zum Plakat:

DER VERDÄCHTIGE WURDE ZULETZT IN EINEM BLAU KARIERTEN KUNSTFASERHEMD, EINER ORANGEFARBENEN KUNSTFASERHOSE UND ROSTROTEN SANDALEN GESEHEN ...

«Rostrote Sandalen» – igitt. So was kann sich bloß ein Polizist ausdenken. Das leugne ich strikt.

«Blau kariertes Kunstfaserhemd, orangefarbene Kunstfaserhose» ... ähm, na ja, die würde ich auch gern leugnen, aber unglücklicherweise sind die Angaben korrekt. Solche Kleidungsstücke gefallen einem Diener. Und am Morgen des Tages, an dem diese Beschreibung verfasst wurde, war ich noch ein Diener. (Schon am Abend war ich frei – und anders gekleidet!)

Es gibt allerdings einen Satz auf dem Plakat, der mich besonders ärgert – ich gehe also noch mal zurück:

... SOHN VON VIKRAM HALWAI, RIKSCHAFAHRER ...

Mr Vikram Halwai, Rikschafahrer – bitte schön! Mein Vater war arm, aber ein Mann von Mut und Ehre. Ohne seinen Rat und sein Vorbild säße ich jetzt nicht unter diesem Kronleuchter.

Nachmittags ging ich aus der Schule zum Teehaus, um ihn zu treffen. Dieses Teehaus war das Zentrum unseres Dorfes: Jeden Mittag hielt der Bus aus Gaya davor (selten mehr als ein oder zwei Stunden verspätet), und auch die Polizisten parkten ihren Jeep davor, wenn sie ins Dorf kamen, um jemanden zu schikanieren. Kurz vor Sonnenuntergang fuhr ein Mann mit einer sehr lauten Fahrradklingel dreimal um das Teehaus herum. Hinten auf dem Gepäckträger war ein Plakat für einen pornografischen Film befestigt, auf festen Karton geklebt – in keinem indischen Dorf darf das erotische Kino fehlen, Sir. Ein Lichtspielhaus auf der anderen Flussseite zeigte jeden Abend solche Streifen; zweieinhalbstündige Märchen mit Namen wie *Ein wahrer Mann* oder *Wir lasen ihr Tagebuch* oder *Es war der Onkel*, in denen goldblonde Amerikanerinnen oder einsame Damen aus Hongkong auftraten – das ist allerdings nur geraten, Herr Ministerpräsident, denn ich habe mich ja nie den anderen jungen Männern angeschlossen und einen dieser Filme angeschaut!

Die Rikschafahrer parkten ihre Gefährte alle in einer Reihe vor dem Teehaus und warteten auf die Fahrgäste, die der Bus ausspuckte.

Sie durften nicht auf den Plastikstühlen sitzen, die den zahlenden Gästen vorbehalten waren; sie mussten weiter hinten hocken, in dieser gebückt kauernden Haltung, die allen Dienern überall in Indien eigen ist. Mein Vater kauerte nie – das weiß ich noch. Er stand lieber, egal, wie lange er warten musste und wie unbequem es wurde. Ich fand ihn dort immer ohne Hemd, meist allein, Tee trinkend und nachdenkend.

Dann hupte ein Auto.

Die Schweine und die streunenden Hunde vor dem Teehaus stoben auseinander, der Geruch von Staub, Sand und Schweinekot wehte herein. Draußen war ein weißer Ambassador vorgefahren. Mein Vater stellte seine Teetasse ab und ging hinaus.

Die Tür der Limousine ging auf: Ein Mann mit einem Notizbuch stieg aus. Die normalen Teehausgäste konnten sitzen bleiben, aber mein Vater und die anderen stellten sich der Reihe nach auf.

Der Mann mit dem Notizbuch war nicht der Büffel; er war nur der Assistent.

Im Wagen saß ein weiterer Mann; ein kräftiger Bursche mit Grübchen auf dem kahlen braunen Schädel, einem heiteren Ausdruck auf den Zügen und einer Schrotflinte auf dem Schoß.

Das war der Büffel.

Der Büffel war einer der Grundbesitzer von Laxmangarh. Es gab noch drei andere, und alle hatten ihren Spitznamen nach ihrem ganz besonderen Appetit bekommen.

Der Storch war ein dicker Mann mit dickem Schnurrbart, der sich nach unten bog und spitz auslief. Ihm gehörte der Fluss, der am Dorf vorbeifloss, und er holte sich einen Anteil von jedem Fang eines jeden Fischers und nahm Zoll von jedem Boot, das den Fluss in unsere Richtung überquerte.

Sein Bruder hieß der Keiler. Ihm gehörte alles fruchtbare Ackerland ums Dorf herum. Wollte man das Land bebauen, musste man sich unter seine Füße beugen, den Staub von seinen Sohlen berühren und seine Tageslöhne akzeptieren. Wenn er an Frauen vorbeifuhr, hielt sein Auto; das Fenster glitt nach unten und gab den Blick auf sein Grinsen frei; zwei seiner Zähne, rechts und links von der Nase, waren außergewöhnlich lang, wie zwei kleine Hauer.

Der Rabe besaß das schlechteste Land, die trockenen, staubigen Hügel rund um das Fort, und er ließ sich von den Ziegenhirten, die ihre Herden dort weideten, seinen Anteil geben. Wenn sie das Geld nicht hatten, steckte er ihnen gern seinen Schnabel in den Hintern, daher nannten sie ihn den Raben.

Der Büffel jedoch war der Gierigste von allen. Er hatte sich die Rikschas und die Straßen einverleibt. Wenn man also eine Rikscha zog oder eine Straße benutzte, musste man ihn bezahlen – nicht weniger als ein Drittel vom Verdienst.

Alle vier Großen Tiere wohnten in großen Villen etwas außerhalb von Laxmangarh – im Grundbesitzerviertel. Sie hatten ihre eigenen Tempel auf ihren Grundstücken, ihre eigenen Brunnen und Teiche, und sie kamen nur zur Fütterung ins Dorf. Früher einmal waren die Kinder der vier Großen Tiere auch in eigenen Autos durchs Dorf gefahren; Kusum kann sich noch daran erinnern. Aber nachdem der Sohn des Büffels von den Naxaliten entführt wurde – von denen haben Sie vielleicht gehört, schließlich sind es Kommunisten wie Sie, die Reiche aus Prinzip erschießen –, haben die Großen Tiere ihre Söhne und Töchter weggeschickt, nach Dhanbad oder nach Delhi.

Ihre Kinder waren weg, aber die Großen Tiere blieben und ernährten sich vom Dorf und allem, was darin gedieh, bis für niemanden mehr etwas zum Fressen übrig war. Also verließ der Rest des Dorfes auf Nahrungssuche seine Heimat. Jedes Jahr um die gleiche Zeit versammelten sich alle Männer von Laxmangarh vor dem Teehaus und warteten. Wenn dann die Busse kamen, stiegen sie ein – bis drinnen alles voll war, dann kletterten sie aufs Dach oder hängten sich an die Seiten – und fuhren nach Gaya; dort eilten sie zum Bahnhof und stürmten die Züge – bis drinnen alles voll war, dann kletterten sie aufs Dach oder hängten sich an die Seiten – und fuhren weiter nach Delhi, Kalkutta oder Dhanbad, um Arbeit zu suchen.

Einen Monat vor der Regenzeit kehrten die Männer aus Delhi, Kalkutta oder Dhanbad zurück, magerer, dunkler, wütender, aber mit Geld in der Tasche. Die Frauen erwarteten sie. Sie versteckten sich hinter der Tür, und kaum waren die Männer eingetreten, stürzten die Frauen sich auf sie wie Wildkatzen auf ein Stück Fleisch. Es gab Geschrei, Geheule und Schläge. Meine Onkel widersetzten sich und schafften es, einen Teil ihres Geldes zu behalten, aber mein Vater wurde jedes Mal bis aufs Hemd ausgezogen. «Die Stadt habe ich überstanden, aber die Frauen meines Hauses überstehe ich nicht», sagte er dann und ließ sich in eine Ecke sinken. Die Frauen gaben ihm erst nach der Büffelkuh zu essen.

Dann ging ich zu ihm und spielte mit ihm: Ich kletterte auf seinen Rücken und fuhr mit der Hand über seine Stirn – über die Augen – die Nase – bis hinab zum Hals, bis zu der kleinen Mulde unterhalb der Kehle. Da ließ ich meinen Finger liegen – das ist immer noch meine liebste Stelle am menschlichen Körper.

Der Körper eines Reichen ist wie ein erstklassiges Baumwollkissen: weiß, weich und ohne Spuren. Unsere Körper sind anders. Das Rückgrat meines Vaters sah aus wie ein knotiges Seil, wie es die Frauen in den Dörfern benutzen, um Wasser aus dem Brunnen zu schöpfen; das Schlüsselbein lief deutlich sichtbar um seinen Hals wie ein Hundehalsband; kleine Schnitte, Risse und Narben zogen sich wie Peitschenspuren über seine Brust und Taille, auch den Rücken hinunter bis über die Hüfte zum

Hintern. Die Lebensgeschichte eines Armen ist ihm mit scharfer Feder auf den Körper geschrieben.

Auch meine Onkel verrichteten Knochenarbeit, aber sie taten das Gleiche wie alle anderen. Jedes Jahr zu Beginn der Regenzeit gingen sie mit ihren schwarz angelaufenen Sicheln auf die Felder und bettelten den einen oder anderen Grundbesitzer um Arbeit an. Dann säten und jäteten sie, ernteten Reis oder Mais. Auch mein Vater hätte neben ihnen arbeiten können; auch er hätte im Schlamm der Grundbesitzer wühlen können, aber er entschied sich anders.

Er entschied sich für den Kampf.

Da ich bezweifle, dass Sie in China – oder in sonst einem zivilisierten Land – Rikschafahrer haben, müssen Sie erst selbst einen sehen. In den feinen Gegenden von Delhi sind Rikschas nicht erlaubt, damit die Ausländer sie nicht sehen und schockiert sind. Bestehen Sie also darauf, ins alte Delhi zu fahren oder nach Nizamuddin – da sind die Straßen voll von ihnen: streichholzdünne Männer, die sich auf einem Fahrradsitz nach vorn beugen und auf ihrem Gefährt eine wohlhabende Fleischpyramide transportieren – irgendeinen dicken Mann mit seiner dicken Frau und all ihren Einkäufen.

Wenn Sie diese Streichholzmänner sehen, denken Sie an meinen Vater.

Er war vielleicht bloß ein Rikschafahrer – ein menschliches Lasttier –, aber er hatte einen Plan.

Und dieser Plan war *ich*.

Eines Tages verlor er zu Hause die Beherrschung und schrie die Frauen an. Das war an dem Tag, als sie ihm erzählt hatten, ich sei nicht in der Schule gewesen. Da tat er etwas, was er bis dahin nie gewagt hatte: Er schrie Kusum an.

«Wie oft habe ich euch schon gesagt, Munna *muss* lesen und schreiben lernen!»

Kusum war zuerst erschrocken, aber nur einen Augenblick lang. Dann schrie sie zurück:

«Dieser Bursche ist von der Schule nach Hause gerannt – was kann ich dafür? Er ist ein Feigling, und er isst zu viel. Lass ihn im Teehaus arbeiten, da kann er ein bisschen Geld verdienen.»

Meine Tanten und Cousinen scharten sich um sie. Ich verkroch mich hinter meines Vaters Rücken, als sie ihm von meiner Feigheit berichteten.

Sie mögen vielleicht nicht glauben, dass ein Dorfjunge sich vor einer Eidechse fürchtet. Ratten, Schlangen, Affen oder Mungos machen mir gar nichts aus. Ganz im Gegenteil – ich liebe Tiere. Aber Eidechsen ... jedes Mal, wenn ich eine sehe, verwandle ich mich anscheinend in ein Mädchen. Mir gefriert das Blut in den Adern.

In meinem Klassenzimmer stand ein riesiger Schrank, dessen Tür immer angelehnt war – keiner wusste, wozu er diente. Eines Morgens öffnete sich knarrend die Schranktür, und eine Eidechse sprang heraus.

Sie war hellgrün, wie eine nicht ganz reife Guave, und züngelte. Sie war mindestens einen halben Meter lang.

Die anderen Jungen bemerkten sie kaum. Bis jemand meine Miene sah. Dann umzingelten sie mich.

Zwei Jungen hielten mir die Hände auf den Rücken und den Kopf fest. Jemand fing das Biest und kam mit übertrieben langsamen Schritten auf mich zu. Die Eidechse gab keinen Laut von sich – nur ihre rote Zunge zuckte aus dem Mund, züngelte hin und her –, und sie kam immer näher. Ich bekam keinen Ton heraus. Der Lehrer schnarchte hinter mir an seinem Schreibtisch. Das Gesicht der Eidechse kam ganz nah an mein Gesicht heran; dann öffnete sie ihr hellgrünes Maul, und zum zweiten Mal im Leben wurde ich ohnmächtig.

Seitdem war ich nicht mehr in der Schule gewesen.

Als mein Vater die Geschichte hörte, lachte er nicht. Er holte tief Luft; ich spürte am eigenen Körper, wie seine Brust sich ausdehnte.

«Kishan habt ihr aus der Schule geholt, aber dieser Junge muss in der Schule bleiben, habe ich euch gesagt. Seine Mutter hat mir versichert, er könnte die Schule abschließen. Seine Mutter hat gesagt –»

«Ach, zum Teufel mit seiner Mutter!», rief Kusum. «Die war verrückt, und jetzt ist sie tot, den Göttern sei Dank. Jetzt hör mir mal zu: Lass den Jungen im Teehaus arbeiten wie Kishan, sage ich dir.»

Am nächsten Tag kam mein Vater mit mir zur Schule, zum ersten und letzten Mal. Es war im Morgengrauen; das Klassenzimmer war leer. Wir drückten die Tür auf. Blaues Dämmerlicht hing in der Klasse. Unser Lehrer war ein großer Betelkauer und -spucker – und sein Auswurf hatte an drei Wänden überm Boden so eine Art rote Tapete gebildet. Wenn er einschlief, meistens um die Mittagszeit, stahlen wir *Paan* aus seinen Taschen, teilten ihn untereinander auf und kauten ihn; dann imitierten wir seinen Spuckstil – die Hände in den Hüften, den Rücken leicht durchgebogen – und spuckten abwechselnd an die drei verschmutzten Wände.

Die vierte Wand zierte ein verblasstes Wandbild des Buddhas, umgeben von Hirschen und Eichhörnchen – das war die einzige Seite, die der Lehrer verschonte. Die riesige Echse von der Farbe einer unreifen Guave saß davor und tat so, als spielte sie wie die anderen Tiere zu Füßen des Buddhas.

Sie wandte uns den Kopf zu; ich sah ihre Augen glänzen.

«Ist dies das Ungeheuer?»

Die Eidechse drehte den Kopf hin und her, auf der Suche nach einem Fluchtweg. Dann warf sie sich gegen die Wand. Es ging ihr genau wie mir: Sie hatte schreckliche Angst.

«Bring sie nicht um, Papa – schmeiß sie einfach aus dem Fenster, bitte!»

Der Lehrer lag in einer Ecke, schnarchte laut und stank nach Fusel. Neben ihm stand der Palmweinkrug, den er letzte Nacht geleert hatte – mein Vater hob ihn auf.

Die Eidechse lief los, mein Vater den Krug schwingend hinterher.

«Bring sie nicht um, Papa – bitte!»

Aber er wollte nicht hören. Er trat gegen den Schrank, die Eidechse schoss heraus, wieder jagte er sie, zerschlug alles, was ihm in die Quere kam, und schrie dabei: «Hiijaa! Hiijaa!» Er schlug mit dem Krug nach der Echse, bis der Krug zerbrach. Er brach ihr mit der Faust das Genick. Er zertrampelte ihr den Kopf.

Der beißende Geruch zertretenen Fleisches stieg auf. Er hob die tote Eidechse vom Boden und warf sie aus der Tür.

Dann setzte sich mein Vater hin und lehnte sich keuchend an das Wandbild des von sanften Tieren umgebenen Buddhas.

Als er wieder zu Atem gekommen war, sagte er: «Mein ganzes Leben bin ich wie ein Packesel behandelt worden. Ich will doch bloß, dass einer meiner Söhne – wenigstens einer – wie ein Mann leben kann.»

Was das bedeutete, wie ein Mann zu leben, war mir nicht klar. Ich dachte, es hieß vielleicht, so zu leben wie Vijay, der Busfahrer. Der Bus hielt eine halbe Stunde in Laxmangarh, die Fahrgäste stiegen aus, und der Busfahrer stieg von seinem Sitz, um einen Tee zu trinken. Wir alle, die wir im Teehaus arbeiteten, blickten zu diesem Mann auf. Wir bewunderten seine Khakiuniform von der Busgesellschaft, seine silberne Pfeife und die rote Kordel, mit der sie an seiner Hemdtasche befestigt war. Alles an ihm schien zu sagen: Er hatte es geschafft.

Vijay stammte aus einer Familie von Schweinehirten, und das

hieß aus der niedrigsten aller Kasten, und doch hatte er es zu etwas gebracht. Irgendwie hatte er sich mit einem Politiker angefreundet. Die Leute sagten, er hätte sich von dem Politiker den Schnabel in den Hintern stecken lassen. Was auch immer nötig war, er hatte es getan: Er war der erste Unternehmer, den ich kannte. Jetzt hatte er einen Job und eine silberne Pfeife, und wenn er darauf pfiff – kurz vor Abfahrt des Busses –, drehten alle Jungen im Dorf durch und rannten hinter dem Bus her, schlugen gegen das Blech und bettelten darum, mitfahren zu dürfen. Ich wollte wie Vijay werden – ich wollte eine Uniform, einen Lohnscheck, eine glänzende, durchdringende Pfeife und dass die Leute mich ansahen und dachten: *Wie wichtig er aussieht*.

Schon zwei Uhr morgens, Herr Ministerpräsident. Bald muss ich für heute Nacht Schluss machen. Ich will noch einmal den Finger auf den Bildschirm legen und nachschauen, ob auf dem Plakat weitere wichtige Informationen zu finden sind.

Ein paar uninteressante Einzelheiten lasse ich aus …

… IM BEZIRK DHAULA KUAN IN NEU-DELHI, IN DER NACHT ZUM 2. SEPTEMBER, IN DER NÄHE DES ITC MAURYA SHERATON HOTELS …

Also, dieses Hotel, das Sheraton, ist das feinste von ganz Delhi – ich war noch nie drin, aber mein Exarbeitgeber Mr Ashok ging dort immer spätabends trinken. Im Souterrain befindet sich ein Restaurant, das sehr gut sein soll. Wenn Sie die Gelegenheit haben, sollten Sie mal hingehen.

DER GESUCHTE WAR ZUM ZEITPUNKT DER TAT ALS FAHRER EINES FAHRZEUGS VOM TYP HONDA CITY ANGESTELLT. ES WURDE ANZEIGE ERSTATTET, DIE UNTER DEM AKTEN-

ZEICHEN FIR NO. 438/05, P.S. DHAULA KUAN REGISTRIERT IST. ES WIRD AUSSERDEM VERMUTET, DASS DER GESUCHTE IM BESITZ EINER TASCHE MIT EINER GEWISSEN MENGE AN BARGELD IST.

Einer *roten* Tasche, hätte es heißen sollen. Ohne die Farbe ist die Information doch ziemlich nutzlos, oder? Kein Wunder, dass ich nie gesichtet wurde.

Einer gewissen Menge an Bargeld. Man kann in diesem Land jede Zeitung aufschlagen, und immer findet man solchen Mist: «*Gewisse* informierte Kreise haben das Gerücht verbreitet» oder «Eine *gewisse* religiöse Gemeinschaft spricht sich gegen Empfängnisverhütung aus». Das *hasse* ich.

Siebenhunderttausend Rupien.

So viel Bargeld war in die Tasche gestopft. Und Sie können mir glauben, die Polizei wusste das. Ich habe keine Ahnung, wie viel das in chinesischem Geld ist, Mr Jiabao. Aber man kann davon zehn silberne Apple Laptops aus Singapur kaufen.

Auf dem Plakat wird meine Schulbildung nicht erwähnt, Sir – und das ist wirklich eine Schande. Man sollte bei der Beschreibung eines Menschen immer auch von seiner Bildung reden. Sie hätten so etwas schreiben können wie *Der Verdächtige besuchte eine Schule, in der sich halbmeterlange Eidechsen von der Farbe unreifer Guaven in Schränken versteckten …*

Wenn das indische Dorf ein Paradies ist, so ist die Schule ein Paradies im Paradies.

Es sollte in meiner Schule eine kostenlose Schulspeisung geben – ein Regierungsprogramm versprach jedem Jungen zum Mittag drei *Rotis, Daal* aus gelben Linsen und eingelegtes Gemüse. Aber wir bekamen weder das Brot noch die Linsen oder das Gemüse jemals zu Gesicht, und alle wussten, wieso: Der Lehrer hatte unser Kostgeld gestohlen.

Er hatte dafür einen legitimen Grund: Er sagte, man habe ihm seit sechs Monaten kein Gehalt gezahlt. Er wollte nach Art von Mahatma Gandhi gegen das Ausbleiben der Bezahlung protestieren: Er wollte im Klassenzimmer keinen Finger mehr rühren, solange er keinen Brief mit einem Gehaltsscheck erhielt. Dennoch fürchtete er sehr, seine Anstellung zu verlieren, denn obwohl jeder staatliche Posten in Indien schlecht bezahlt ist, bringt er doch zahlreiche Vorteile mit sich. Einmal kam ein Lastwagen mit Schuluniformen ins Dorf, die von der Regierung geschickt worden waren; wir kriegten sie nie zu sehen, aber eine Woche später standen sie im Nachbardorf zum Verkauf.

Niemand machte dem Lehrer deswegen Vorwürfe. Man kann vom Mann auf dem Misthaufen nicht erwarten, dass er gut riecht. Alle Dorfbewohner wussten, sie würden an seiner Stelle genauso handeln. Manche waren sogar stolz auf ihn, weil er so reibungslos damit durchkam.

Eines Morgens kam ein Mann zu Fuß auf unsere Schule zu, der den schönsten Anzug trug, den ich je gesehen hatte, einen blauen Safarianzug, viel beeindruckender als die Uniform des Busfahrers. Wir drängelten uns an der Tür, um seinen Anzug anzustarren. Er hielt einen Rohrstock in der Hand, den er durch die Luft sausen ließ, als er uns an der Tür entdeckte. Wir rannten zurück in den Klassenraum und setzten uns mit unseren Büchern an die Tische.

Es handelte sich um einen überraschenden Kontrollbesuch.

Der Mann im blauen Safarianzug – der Schulinspektor – deutete mit seinem Rohrstock auf Löcher in der Wand oder auf die roten Verfärbungen, während der Lehrer neben ihm buckelte und dauernd «Tut mir leid, Sir, entschuldigen Sie, Sir» sagte.

«In diesem Klassenraum gibt es keinen Tafelschwamm; keine Stühle; keine Schuluniformen für die Jungen. Wie viel Geld aus dem Schulbudget hast du unterschlagen, du Schwesternficker?»

Der Inspektor schrieb vier Sätze an die Tafel und zeigte mit seinem Rohrstock auf einen Jungen.

«Lies das.»

Ein Junge nach dem anderen stand auf und blinzelte ratlos die Wandtafel an.

«Versuchen Sie es mit Balram, Sir», sagte der Lehrer. «Das ist der Klügste von allen. Er kann gut lesen.»

Ich stand also auf und las: *«Wir leben in einem herrlichen Land. Der Buddha ist in diesem Land erleuchtet worden. Der Ganges schenkt unseren Pflanzen, unseren Tieren und unseren Menschen Leben. Wir sind Gott dankbar, dass wir in diesem Land geboren worden sind.»*

«Gut», sagte der Inspektor. «Und wer war der Buddha?»

«Ein erleuchteter Mann.»

«Ein erleuchteter *Gott*!»

(Hoppla! Sechsunddreißig Millionen und fünf!)

Der Inspektor ließ mich meinen Namen an die Tafel schreiben; dann zeigte er mir seine Armbanduhr und forderte mich auf, die Zeit abzulesen. Er zog seine Geldbörse aus der Jacke, nahm ein kleines Foto heraus und fragte mich: «Wer ist dieser Mann, der wichtigste in unser aller Leben?»

Das Bild zeigte einen fülligen Mann mit hochstehenden weißen Haaren, Hamsterbacken, einer schwarzen Hornbrille und dicken goldenen Ohrringen; sein Gesicht strahlte Intelligenz und Freundlichkeit aus.

«Das ist der Große Sozialist.»

«Gut. Und was ist die Botschaft des Großen Sozialisten an die Kinder?»

Ich hatte die Antwort an einer der Tempelwände gelesen: Ein Polizist hatte sie eines Tages mit roter Farbe daran geschrieben.

«Jeder Junge in jedem indischen Dorf kann, wenn er groß ist, Premierminister von Indien werden. Das ist seine Botschaft an alle Kinder dieses Landes.»

Der Inspektor deutete mit dem Rohrstock auf mich. «Du, junger Mann, bist der einzige intelligente, ehrliche, lebhafte Bursche in einer Horde von Banditen und Idioten. Welches Tier ist das seltenste in jedem Dschungel – ein Lebewesen, das in jeder Generation nur einmal auftaucht?»

Ich dachte nach und sagte:

«Der Weiße Tiger.»

«Genau das bist du in diesem Dschungel hier.»

Bevor er ging, sagte der Inspektor: «Ich werde nach Patna schreiben, damit man dir ein Stipendium bewilligt. Du musst auf einc richtige Schule – irgendwo weit weg von hier. Du brauchst eine richtige Uniform und richtige Schulbildung.»

Dann gab er mir ein Abschiedsgeschenk – ein Buch. An den Titel erinnere ich mich sehr gut: *Lektionen für Jungen aus dem Leben des Mahatma Gandhi*.

So wurde ich also der Weiße Tiger. Es folgen noch ein vierter und ein fünfter Name, aber das kommt erst am Ende der Geschichte.

Vom Schulinspektor vor meinem Lehrer und allen Mitschülern gelobt und «Weißer Tiger» genannt zu werden, ein Buch und das Versprechen, ein Stipendium zu bekommen: Das waren erfreuliche Ereignisse, und das einzige unumstößliche Gesetz des Lebens hier in der Finsternis lautet, dass Erfreuliches sich in Unerfreuliches wandelt – und zwar schnell.

Meine Cousine Reena wurde einem Jungen im Nachbardorf versprochen. Weil wir die Familie des Mädchens waren, saßen wir in der Patsche. Wir mussten dem Jungen ein neues Fahrrad kaufen, ihm dazu Bargeld und ein silbernes Armband geben und ein großes Hochzeitsfest arrangieren – was wir auch taten.

Herr Ministerpräsident, Sie wissen wahrscheinlich, wie gern wir Inder Hochzeit feiern – ich habe gehört, dass inzwischen sogar Leute aus anderen Ländern kommen, um auf indische Art zu heiraten. Diesen Ausländern hätten wir aber was zeigen können, sage ich Ihnen! Filmmusik dröhnte aus einem schwarzen Kassettenrekorder, die ganze Nacht wurde getrunken und getanzt! Ich war besoffen, Kishan auch, alle anderen Familienmitglieder ebenso, ich könnte mir vorstellen, dass sogar der Büffelkuh Fusel in den Trog geschüttet wurde.

Zwei oder drei Tage vergingen. Ich saß hinten in meiner Klasse, vor mir die schwarze Tafel mit Kreide, die mein Vater mir von einer seiner Fahrten nach Dhanbad mitgebracht hatte und auf die ich allein für mich das Alphabet schrieb. Die anderen Jungen schwatzten und zankten. Der Lehrer war mal wieder bewusstlos.

Kishan stand in der Klassentür. Er winkte mich mit der Hand heran.

«Was ist los, Kishan? Wollen wir irgendwohin?»

Er sagte immer noch nichts.

«Soll ich mein Buch mitnehmen? Und die Kreide?»

«Warum nicht?», sagte er. Dann legte er mir die Hand auf den Kopf und führte mich nach draußen.

Die Familie hatte beim Storch einen großen Kredit aufgenommen, um eine prächtige Hochzeit ausrichten und meiner Cousine eine reichliche Mitgift geben zu können. Jetzt forderte der Storch sein Geld zurück. Er wollte, dass alle Familienmitglieder für ihn arbeiteten, und er hatte mich in der Schule gesehen – oder vielmehr sein Geldeintreiber. Also musste auch ich ihm übergeben werden.

Ich wurde zum Teehaus geführt. Kishan legte die Hände zusammen und verneigte sich vor dem Inhaber. Ich tat es ihm gleich.

«Wer ist das denn?» Der Inhaber sah mich mit zusammengekniffenen Augen an.

Er saß unter einem riesigen Porträt von Mahatma Gandhi, und ich wusste gleich, ich würde großen Ärger bekommen.

«Mein Bruder», sagte Kishan. «Er ist gekommen, um mit mir zu arbeiten.»

Dann zerrte Kishan den Ofen aus dem Teehaus nach draußen und sagte, ich solle mich setzen. Ich setzte mich neben ihn. Er holte einen Jutesack; darin war ein großer Haufen Kohlen. Er nahm ein Stück Kohle heraus, zerschlug es auf einem Backstein und schüttete die schwarzen Brocken in den Ofen.

«Fester», sagte er, als ich ein Stück Kohle gegen den Backstein schlug. «Fester, fester.»

Schließlich schaffte ich es – die Kohle zerbrach auf dem Backstein. Er stand auf und sagte: «Und jetzt knackst du jedes Stück Kohle aus diesem Sack so klein.»

Etwas später kamen zwei Jungen aus der Schule, um mir zuzuschauen. Dann kamen noch zwei; dann noch zwei. Ich hörte sie kichern.

«Welches Lebewesen taucht in jeder Generation nur einmal auf?», fragte ein Junge laut.

«Der Kohlenknacker», antwortete ein anderer.

Und dann fingen alle an zu lachen.

«Ignorier sie», sagte Kishan. «Die gehen von alleine wieder weg.»

Er sah mich an.

«Du bist wütend auf mich, weil ich dich aus der Schule geholt habe, oder?»

Ich antwortete nicht.

«Du kannst es nicht ausstehen, Kohlen knacken zu müssen, stimmt's?»

Ich sagte nichts.

Er nahm das größte Kohlenstück in die Hand und drückte es. «Stell dir bei jedem Stück vor, es sei mein Schädel; dann lassen sie sich viel leichter knacken.»

Auch er war aus der Schule genommen worden. Das war nach der Hochzeit meiner Cousine Meera passiert. Auch so eine Riesenfeier.

*

Im Teehaus arbeiten. Kohlen knacken. Tische abwischen. Sehr unerfreulich für mich, meinen Sie?

Das ungeschriebene Gesetz des Landes zu brechen – Unerfreuliches in Erfreuliches zu verwandeln –, das ist das Vorrecht des Unternehmers.

Morgen um Mitternacht, Mr Jiabao, werde ich Ihnen davon berichten, wie ich mir selbst im Teehaus eine bessere Bildung verschaffte, als ich sie je in irgendeiner Schule bekommen hätte. Jetzt allerdings muss ich aufhören, diesen Kronleuchter anzustarren, und mich an die Arbeit machen. Es ist fast drei Uhr morgens. Um diese Zeit erwacht Bangalore zum Leben. Der amerikanische Arbeitstag nähert sich seinem Ende, und meiner fängt richtig an. Ich muss auf der Hut sein, wenn die jungen Frauen und Männer aus den Callcentern nach Hause kommen. Dann muss ich in Reichweite meines Telefons sein.

Ich besitze aus den offensichtlichen Gründen kein Mobiltelefon – sie zersetzen einem das Hirn, lassen die Hoden schrumpfen und den Samen austrocknen, wie jeder weiß –, also muss ich im Büro bleiben. Falls es Krisen gibt.

Denn mich rufen die Leute an, wenn sie eine Krise haben!

Wollen wir mal rasch nachsehen, ob es noch was Wichtiges gibt …

… WER INFORMATIONEN ODER HINWEISE AUF DEN GESUCHTEN GEBEN KANN, KANN DIE HOMEPAGE DER CBI BESUCHEN (HTTP://CBI.NIC.IN) ODER SICH PER E-MAIL (DICCBI@CBI.NIC.IN), FAX (011 – 23011334), TELEFON (011 – 23014046 DIREKT; 011 – 23015229 U. 23015218 DURCHWAHL 210) ODER DIREKT AN DIE UNTEN ANGEGEBENE ADRESSE ODER TELEFONNUMMER(N) WENDEN.

DP 3687/05

SHO – DHAULA KUAN, NEU-DELHI

TEL. 28653200, 27641000

In den Text eingefügt ist ein Foto: verschwommen, geschwärzt, verschmiert von der uralten Druckerpresse irgendeines Polizeireviers, schon an der Bahnhofswand kaum erkennbar, jetzt allerdings, auf den Computerbildschirm übertragen und in Pixel verwandelt, bloß noch die Abstraktion eines menschlichen Gesichts: eine kleine Gestalt mit großen, vorstehenden Augen und stoppeligem Schnurrbart. Das könnte jeder zweite indische Mann sein.

Herr Ministerpräsident, ich werde heute Nacht mit einem Kommentar über die Schwächen der Polizeiarbeit in Indien schließen. Es muss sicher eine ganze Busladung Männer in Khakiuniformen nach Laxmangarh aufgebrochen sein – es war schließlich ein aufsehenerregender Fall –, um nach meinem Verschwinden Zeugen zu verhören. Bestimmt haben sie die Ladenbesitzer verhört, die Rikschafahrer eingeschüchtert, den Lehrer geweckt. Hat er als Kind schon geklaut? Hat er mit Huren geschlafen? Wahrscheinlich haben sie ein oder zwei Läden zu Kleinholz geschlagen und ein oder zwei Geständnisse erzwungen.

Aber ich wette, den allerwichtigsten Hinweis haben sie übersehen, obwohl er direkt vor ihrer Nase stand:

Ich meine natürlich das Schwarze Fort.

Wie oft habe ich Kusum angebettelt, mich mit auf den Hügel zu nehmen und durch das Tor ins Fort zu führen. Aber sie sagte immer, ich sei ein Feigling, da oben würde ich vor Angst sterben: Im Fort wohne eine riesige Eidechse, die größte der ganzen Welt.

Also konnte ich bloß hinaufschauen. Die länglichen Schießscharten wurden bei Sonnenaufgang zu rosarot brennenden Strichen, bei Sonnenuntergang leuchteten sie golden; der blaue Himmel lachte durch die Schlitze, und der Mond schien auf die gezackte Brüstung; die Affen tobten wild auf den Mauern entlang, kreischten und sprangen einander an, als wären sie die wiedergeborenen Seelen toter Krieger, die ihre letzte Schlacht noch einmal kämpften.

Ich wollte auch dort hinauf.

Iqbal, einer der vier besten Dichter der Welt – die anderen drei sind Rumi, Mirza Ghalib und noch ein Vierter, auch ein Moslem, dessen Name mir jetzt nicht einfällt –, Iqbal hat ein Gedicht geschrieben, in dem es über Sklaven heißt:

Sie bleiben Sklaven, weil sie das Schöne in dieser Welt nicht sehen können.

Das ist der wahrste Satz, den je irgendwer gesagt hat.

Wirklich ein großer Dichter, dieser Iqbal – *obwohl* er Moslem war.

(Übrigens, Herr Ministerpräsident: Ist Ihnen schon aufgefallen, dass die vier größten Dichter der Welt Moslems sind? Dabei sind alle Moslems, die einem begegnen, entweder Analphabeten oder von Kopf bis Fuß in schwarze Burkas gehüllt oder auf der Suche nach einem Gebäude, das sie in die Luft sprengen können. Das ist doch rätselhaft, oder? Wenn Sie diese Leute begreifen, schicken Sie mir eine Mail.)

Ich konnte schon als Junge das Schöne in der Welt sehen: Es war mir bestimmt, kein Sklave zu bleiben.

Eines Tages fand Kusum heraus, was ich für das Fort empfand. Sie folgte mir von zu Hause bis zum Wassergraben mit den Felsbrocken und sah, was ich dort tat. Am Abend erzählte sie meinem Vater: «Er stand einfach da und starrte das Fort an – genau wie seine Mutter früher. Aus dem Jungen wird nichts, das sage ich dir gleich.»

Als ich vielleicht dreizehn war, beschloss ich, auf eigene Faust zum Fort hinaufzugehen. Ich watete durch den Graben auf die andere Seite und stieg den Hügel hinauf; als ich gerade hineingehen wollte, materialisierte sich ein schwarzes Ding im Eingangstor. Ich machte auf dem Absatz kehrt und rannte wieder hinunter, sogar zum Weinen zu verschreckt.

Es war bloß eine Kuh. Aus dieser sicheren Entfernung konnte ich es sehen, aber jetzt war ich zu verstört, um noch mal raufzuklettern.

Ich versuchte es noch oft, aber ich war so ein Feigling, dass ich bei jedem Aufstieg die Nerven verlor und wieder zurückging.

Im Alter von vierundzwanzig Jahren, als ich schon in Dhanbad als Chauffeur für Mr Ashok arbeitete, kehrte ich nach Laxmangarh zurück, als mein Herr und seine Frau einen Ausflug dorthin machten. Das war für mich eine sehr wichtige Fahrt, und ich hoffe, wenn es die Zeit erlaubt, kann ich später noch in allen Einzelheiten darauf eingehen. Im Moment möchte ich nur so viel sagen: Als Mr Ashok und Pinky Madam sich nach ihrem Mittagessen ausruhten, hatte ich nichts zu tun und beschloss, es noch einmal zu versuchen. Ich schwamm durch den Graben, kletterte den Hügel hinauf, ging durchs Tor und zum ersten Mal ins Schwarze Fort hinein. Es war nicht viel zu sehen – bloß ein paar verfallene Mauern und eine Handvoll ängstlicher Affen, die mich aus sicherer Entfernung beobachteten. Ich stellte einen Fuß auf die Brüstung und schaute von dort hinab auf mein Dorf. Mein kleines Laxmangarh. Ich sah den Tempelturm, den Markt, das glänzende Abwasserband, die Villen der Grundbesitzer – und mein Zuhause mit der kleinen schwarzen Wolke davor – der Büffelkuh. Es kam mir vor wie die schönste Aussicht der Welt.

Ich beugte mich in Richtung meines Dorfes über die Festungsmauer – und dann tat ich etwas so Widerwärtiges, dass ich es Ihnen nicht beschreiben kann.

Na ja, vielleicht doch: Ich *spuckte*. Immer und immer wieder. Und dann spazierte ich pfeifend und ein Liedchen summend wieder den Hügel hinunter.

Acht Monate später schnitt ich Mr Ashok die Kehle durch.

DIE ZWEITE NACHT

Zu Händen von:

SEINE EXZELLENZ WEN JIABAO
INZWISCHEN WAHRSCHEINLICH FEST EINGESCHLAFEN IM
BÜRO DES MINISTERPRÄSIDENTEN
IN CHINA

Gesandt von:

SEIN MITTERNÄCHTLICHER LEHRER
IN UNTERNEHMERFRAGEN:
«DER WEISSE TIGER»

Herr Ministerpräsident.

Also.

Wie klingt mein Lachen?

Wonach riechen meine Achselhöhlen?

Und stimmt es, dass meine Lippen sich beim Grinsen – wie Sie inzwischen zweifellos glauben – zu einer teuflischen Fratze verzerren?

Ach, Sir, ich könnte immer weiter über mich reden. Ich könnte prahlen, dass ich nicht bloß ein Mörder bin, sondern meinen Arbeitgeber umgebracht (der eine Art Ersatzvater ist) und außerdem wahrscheinlich zum Tod meiner gesamten Familie beigetragen habe. Ein indirekter Massenmörder.

Aber ich will nicht die ganze Zeit über mich reden. Sie sollten mal manche Internetunternehmer aus Bangalore hören – mein Start-up hat einen Vertrag mit American Express abgeschlossen, mein Start-up verwaltet die Software für ein Krankenhaus in London, blablabla. Ich kann diese ganze Bangalore-Attitüde nicht ausstehen, kann ich Ihnen sagen.

(Aber wenn Sie unbedingt mehr über mich wissen wollen, gehen Sie einfach auf *meine* Homepage: www.whitetiger-technologydrivers.com. Ganz recht! Das ist der Link zu *meinem* Start-up!)

Ich habe also wirklich die Nase voll vom Reden über mich, Sir. Heute Nacht möchte ich über den anderen wichtigen Mann in meiner Geschichte sprechen.

Meinen Ex.

Mr Ashoks Gesicht tritt mir jetzt wieder so vor Augen wie früher jeden Tag, als ich noch in seinem Dienst stand – im Rückspiegel seines Wagens. Es war ein so gut aussehendes Gesicht, dass ich manchmal den Blick nicht davon wenden konnte. Stellen Sie sich einen großen Mann vor, ein Meter achtzig, breitschultrig, die kräftigen, strafbereiten Unterarme eines Grundbesitzers; und doch war er immer sanftmütig (*fast* immer – abgesehen von dem einen Mal, als er Pinky Madam ins Gesicht schlug) und freundlich zu den Menschen in seiner Umgebung, sogar zu seinen Dienern und seinem Chauffeur.

Und jetzt erscheint noch ein zweites Gesicht neben seinem im Spiegel meiner Erinnerung. Pinky Madam – seine Frau. Ganz genauso attraktiv wie ihr Mann; wie auch das Bild der Göttin im Birla-Hindutempel in Neu-Delhi ebenso schön ist wie das des Gottes, dem sie angetraut ist. Sie saß immer mit hinten, die beiden unterhielten sich, und ich fuhr sie, wohin sie wollten, so treu und folgsam, wie der Dienergott Hanuman seinen Herrn und seine Herrin, Ram und Sita, durch die Welt trug.

Wenn ich an Mr Ashok denke, werde ich ganz sentimental. Ich hoffe, ich habe hier irgendwo ein paar Servietten herumliegen.

Ein eigenartiges Phänomen: Wenn man einen Menschen ermordet, fühlt man sich für dessen Leben verantwortlich – betrachtet es vielleicht sogar als sein eigenes. Man weiß mehr über ihn als sein Vater oder seine Mutter; sie kannten ihn als Embryo, aber man selbst kennt ihn als Leiche. Niemand sonst ist in der Lage, seine Lebensgeschichte zu vollenden; nur man selbst weiß, warum sein Körper vor der Zeit ins Feuer muss, warum seine Zehen sich krümmen und um eine weitere Stunde auf Erden kämpfen.

Auch wenn ich ihn umgebracht habe, werden Sie von mir kein böses Wort über ihn hören. Als ich sein Diener war, habe ich seinen guten Namen beschützt, und jetzt, da ich (gewissermaßen) sein Herr bin, werde ich damit nicht aufhören. Ich verdanke ihm so viel. Er und Pinky Madam saßen so oft auf dem Rücksitz und plauderten über das Leben, über Indien, über Amerika – abwechselnd auf Hindi und auf Englisch –, und indem ich ihnen lauschte, lernte ich eine Menge über das Leben, über Indien und Amerika – und sogar ein bisschen Englisch. (Vielleicht ein bisschen mehr, als ich bisher gezeigt habe!) Viele meiner besten Ideen habe ich in Wirklichkeit von meinem Ex-Arbeitgeber oder seinem Bruder oder sonst welchen Leuten geborgt, die ich durch die Gegend gefahren habe. (Ich muss zugeben, Herr Ministerpräsident: Ich bin kein origineller Denker, aber ein origineller *Zuhörer*.) Zwar gab es zwischen Mr Ashok und mir auch gelegentlich Unstimmigkeiten über ein bestimmtes Wort – *Einkommenssteuer* –, und damit verschlechterte sich unser Verhältnis, aber diese unschönen Dinge gehören weiter ans Ende meiner Geschichte. Momentan stehen wir noch auf bestem Fuß: Wir haben uns gerade erst kennengelernt, weit weg von Delhi in der Stadt namens Dhanbad.

Nach Dhanbad kam ich nach dem Tod meines Vaters. Er war schon eine ganze Zeit krank gewesen, aber in Laxmangarh gibt es kein Krankenhaus, obwohl drei verschiedene Politiker vor drei verschiedenen Wahlen drei verschiedene Grundsteine für Krankenhäuser gelegt haben. Als er anfing, Blut zu spucken, brachten Kishan und ich ihn im Boot über den Fluss. Die ganze Zeit wuschen wir ihm den Mund mit Flusswasser aus, doch das war so verschmutzt, dass er davon noch mehr Blut spuckte.

Am anderen Ufer erkannte ihn ein Rikschafahrer; er brachte uns drei umsonst ins staatliche Krankenhaus.

Auf den Eingangsstufen des großen, verwittert weißen Gebäudes saßen drei schwarze Ziegen; der Gestank von Ziegenkot wehte aus der offenen Tür. Die meisten Fensterscheiben waren geborsten; eine Katze starrte uns aus einem der gesprungenen Fenster an.

Am Tor hing ein Schild:

FREIES ALLGEMEINES LOHIA-KRANKENHAUS
VOLLER STOLZ EINGEWEIHT VOM GROSSEN SOZIALISTEN
DER HEILIGE BEWEIS,
DASS ER SEINE VERSPRECHEN HÄLT

Kishan und ich trugen unseren Vater hinein und traten dabei auf die Ziegenkötel, die wie Sternbilder auf dem Boden verteilt waren. Im Krankenhaus gab es keinen Arzt. Nachdem wir den Stationshelfer mit zehn Rupien bestochen hatten, verriet er uns, dass am Abend vielleicht ein Arzt käme. Die Türen der Krankenzimmer standen weit offen; aus den Betten ragten Sprungfedern, und die Katze fauchte uns an, kaum dass wir die Schwelle überschritten hatten.

«In den Zimmern ist es nicht sicher – die Katze hat Blut geleckt.»

Zwei Moslems hatten eine Zeitung auf dem Boden ausgebreitet und sich daraufgesetzt. Einer von ihnen hatte eine offene Wunde am Bein. Er lud uns ein, uns zu ihm und seinem Freund zu setzen. Kishan und ich ließen Vater auf die Zeitungen sinken. Wir warteten.

Zwei kleine Mädchen kamen und setzten sich hinter uns; beide hatten gelbe Augen.

«Gelbsucht. *Sie* hat mich angesteckt.»

«Hab ich nicht! *Du* hast *mich* angesteckt. Und jetzt müssen wir beide sterben!»

Ein alter Mann mit einer Mullkompresse auf einem Auge setzte sich hinter die beiden Mädchen.

Die beiden Moslems legten immer mehr Zeitungen auf den Boden, und die Schlange aus kranken Augen, offenen Wunden und delirierenden Mündern wurde immer länger.

«Warum ist denn kein Arzt da?», fragte ich. «Das ist doch das einzige Krankenhaus auf beiden Seiten des Flusses.»

«Es ist so», sagte der ältere Moslem, «es gibt einen Regierungsbeauftragten für medizinische Fragen, der überprüfen soll, ob die Ärzte tatsächlich solche Dorfkrankenhäuser wie dieses betreuen. Immer wenn dieser Posten frei wird, lässt der Große Sozialist alle wichtigen Ärzte wissen, dass der Posten zur Versteigerung kommt. Im Augenblick beträgt der Preis um die vierhunderttausend Rupien.»

«So viel!», rief ich mit weit offenem Mund.

«Warum nicht? Im öffentlichen Dienst lässt sich gutes Geld verdienen! Stell dir vor, ich bin Arzt. Ich leihe mir das Geld zusammen, um es dem Großen Sozialisten zu geben, wobei ich ihm die Füße küsse. Er gibt mir die Stelle. Ich lege einen Eid auf Gott und die indische Verfassung ab, dann lege ich meine Stiefel auf den Schreibtisch in der Hauptstadt des Bundesstaates.» Er hob die Füße und legte sie auf einen imaginären Schreibtisch. «Als Nächstes rufe ich alle mir unterstellten Ärzte, deren Arbeit ich eigentlich kontrollieren soll, in mein Büro. Ich hole meinen großen Regierungsordner aus der Schublade. Ich rufe ‹Dr. Ram Pandey› auf.»

Er zeigte mit dem Finger auf mich; ich übernahm die Rolle.

Ich grüßte ihn: «Jawohl, Sir!»

Er hielt mir seine Handfläche hin.

«Sie, mein lieber Dr. Ram Pandey, werden jetzt freundlicherweise ein Drittel Ihres Gehalts in meine Hand legen. So ist es brav. Im Gegenzug tue ich das.» Er machte ein Häkchen in seinen imaginären Ordner. «Sie können den Rest Ihres Beamtensalärs behalten und den Rest der Woche in irgendeinem Privatkrankenhaus arbeiten. Vergessen Sie das Dorf. Denn nachweislich dieses Ordners *waren* Sie dort. Sie haben mein verwundetes Bein behandelt, die Gelbsucht dieses Mädchens geheilt.»

«Ah», sagten die Patienten. Sogar die Stationshelfer, die sich um uns geschart hatten, nickten anerkennend. Geschichten über Verkommenheit und Korruption sind doch immer die besten, nicht wahr?

Als Kishan Vater etwas Essen in den Mund schob, spuckte er es mit Blut wieder aus. Sein magerer dunkler Körper schüttelte sich in Krämpfen, und das Blut flog in alle Richtungen. Die Mädchen mit den gelben Augen fingen an zu heulen, die anderen Patienten rückten von uns ab.

«Er hat Tuberkulose, oder?», fragte der ältere Moslem, während er die Fliegen von seiner Beinwunde verscheuchte.

«Wissen wir nicht, Sir. Er hustet schon eine ganze Weile, aber wir wussten nicht, was es war.»

«Ach, das ist bestimmt Tuberkulose. Habe ich schon oft bei Rikschafahrern gesehen. Die Arbeit schwächt sie. Na ja, vielleicht taucht der Arzt am Abend noch auf.»

Tat er nicht. An jenem Abend gegen sechs Uhr wurde mein Vater, wie im Regierungsordner sicherlich korrekt verzeichnet, für immer von seiner Tuberkulose geheilt. Die Stationshelfer ließen uns erst sauber machen, bevor wir seine Leiche hinausschaffen durften. Eine Ziege kam schnüffelnd herein, als wir das Blut beseitigten. Die Helfer streichelten sie und fütterten sie mit einer dicken Möhre, während wir das infizierte Blut meines Vaters vom Boden aufwischten.

Einen Monat nach der Einäscherung fand Kishans Hochzeit statt.

Das war eine der guten Hochzeiten. Wir stellten den Bräutigam und nahmen die Familie des Mädchens richtig aus. Ich weiß noch genau, was wir von denen als Mitgift bekamen, und wenn ich daran denke, wird mir heute noch der Mund wässrig: fünftausend Rupien in bar, lauter saubere, neue Scheine, frisch von der Bank, dazu ein Hero-Fahrrad und eine dicke Goldkette für Kishan.

Nach der Hochzeit nahm Großmutter Kusum die fünftausend, das Fahrrad und die Goldkette an sich; Kishan bekam zwei Wochen Zeit, seinen Schnabel in seine Frau zu stecken, dann wurde er nach Dhanbad verfrachtet. Mein Cousin Dilip und ich mussten mit. Wir fanden alle drei Arbeit in einem Teehaus dort – der Besitzer hatte viel Gutes über Kishans Arbeit im Teehaus von Laxmangarh gehört.

Zu unserem Glück hatte er von mir nichts gehört.

Gehen Sie mal irgendwo am Ganges in ein Teehaus, Sir, und schauen Sie sich die Männer an, die dort arbeiten – ich habe Männer gesagt, aber man sollte sie eher menschliche Spinnen nennen, die mit Lappen in der Hand zwischen und unter den Tischen herumkrabbeln, gebeugte Menschen in geborgten Uniformen, träge und unrasiert, vielleicht schon über dreißig oder vierzig oder fünfzig, aber immer noch «Jungen». So ist das Schicksal, wenn man eine Arbeit gut macht – mit Ehrlichkeit, Aufrichtigkeit und Hingabe, so wie Gandhi es zweifellos getan hätte.

Ich hingegen verrichtete meine Arbeit völlig unehrlich, ohne jede Hingabe und Aufrichtigkeit – daher war das Teehaus für mich eine bereichernde Erfahrung.

Anstatt Flecken unter den Tischen wegzuwischen und Kohlen für den Ofen zu zerschlagen, nutzte ich meine Zeit im Teehaus von Laxmangarh, um alle Gäste an allen Tischen zu belauschen, jedes Wort zu erhaschen. Ich hatte entschieden, nur so könnte ich meine Ausbildung vorantreiben – und das darf ich mir zugutehalten: Ich habe immer an den Wert der Bildung geglaubt – vor allem an den meiner eigenen.

Der Ladeninhaber saß vorn unter dem großen Foto von Gandhi und rührte in einem träge blubbernden Topf Zuckersirup. Er wusste, was ich trieb! Immer wenn er mich unter einem Tisch trödeln sah, wenn ich einen Fleck zu entfernen vorgab, um länger einem Gespräch folgen zu können, schrie er: «Du Bandit!», sprang vom Stuhl hoch, jagte mich mit seinem Rührlöffel durchs Teehaus und schlug mir damit auf den Kopf. Der heiße Sirup verbrühte mich, wo er mich traf, und hinterließ an meinen Ohren eine ganze Reihe heller Flecken, die manchmal für Vitiligo oder eine andere Hautkrankheit gehalten werden; ein Netz von Rosa, an dem man mich heute noch erkennen kann, auch wenn es der Polizei, wie zu erwarten, entging.

Schließlich wurde ich weggeschickt. Danach wollte mich in Laxmangarh niemand mehr einstellen, nicht mal als Erntehelfer. Kishan und Dilip waren also vor allem meinetwegen nach Dhanbad gegangen – sie wollten mir die Gelegenheit geben, einen zweiten Karriereanlauf als menschliche Spinne zu nehmen.

Auf seinem Weg vom Dorf in die Stadt, von Laxmangarh nach Delhi, kommt der Unternehmer durch unterschiedlich viele Provinzstädte, die genauso schmutzig, laut und chaotisch sind wie die großen Städte – ohne jedoch das Geschichtsbewusstsein, den Plan und die Größe richtiger Städte vorweisen zu können. Halb gare Städte, für halb gare Menschen erbaut.

In Dhanbad lag Geld in der Luft. Ich sah Gebäude, deren Wände ganz aus Glas waren, und Männer mit Gold in den Zähnen. Und dieses ganze Glas und Gold kam aus den Bergwerken. Außerhalb der Stadt gab es Kohle, mehr Kohle als irgendwo sonst in der Finsternis, vielleicht sogar mehr als sonst irgendwo auf der Welt. Bergarbeiter kamen zum Essen in mein Teehaus – ich bediente sie immer zuvorkommend, weil sie die besten Geschichten erzählten.

Sie sagten, die Minen erstreckten sich vor der Stadt kilometerweit. An manchen Stellen brannten unterirdische Feuer, und der Rauch stieg an die Oberfläche – und diese Feuer brannten schon seit hundert Jahren!

Im Teehaus in dieser auf Kohle gebauten Stadt, wo ich sehr langsam einen Tisch abwischte, um dabei ein Gespräch zu belauschen, änderte sich mein Leben.

«Weißt du, manchmal denke ich, ich habe die falsche Entscheidung getroffen, als ich Bergarbeiter wurde.»

«Und dann? Was können Leute wie du und ich denn sonst werden? Politiker?»

«Heutzutage kaufen sich alle Autos – und weißt du, wie viel sie ihren Fahrern zahlen? Tausendsiebenhundert Rupien im Monat!»

Ich ließ meinen Lappen fallen und rannte zu Kishan, der das Innere eines Ofens sauber machte.

Nach dem Tod meines Vaters hatte Kishan sich um mich gekümmert. Ich will seinen Anteil an meiner heutigen Stellung gar nicht verhehlen. Aber er hatte keinerlei Unternehmergeist oder Schwung. Er hätte mich ebenso gern im Schlamm versinken lassen.

«Keine Chance», sagte Kishan. «Großmutter hat gesagt, bleibt in der Teestube – also bleiben wir in der Teestube.»

Ich ging zu allen Taxiständen; auf Knien bettelte ich wahllos Fremde an; aber niemand wollte mir umsonst Autofahren beibringen. Fahren zu lernen würde dreihundert Rupien kosten.

Dreihundert Rupien!

In Bangalore finde ich heute nie genug Arbeitskräfte für mein Unternehmen. Die Leute kommen und gehen. Die Guten bleiben nie. Ich habe sogar schon daran gedacht, eine Anzeige in die Zeitung zu setzen.

IN BANGALORE ANSÄSSIGER UNTERNEHMER SUCHT
AUFGEWECKTE MITARBEITER –
SOFORT BEWERBEN!
ATTRAKTIVE ENTLOHNUNG WINKT
LEBENS- UND GESCHÄFTSWEISHEITEN
GRATIS INKLUSIVE!

Man muss bloß mal in irgendeine Bar oder Schänke in Bangalore gehen und die Ohren aufsperren: *Ich kriege nicht genügend Callcenterkräfte, nicht genug Softwarespezialisten, nicht genug Verkaufsleiter.* Jede Woche zwanzig, fünfundzwanzig Seiten Stellenanzeigen in der Zeitung.

In der Finsternis ist das ganz anders. Da sitzen jeden Morgen Zehntausende junger Männer in den Teehäusern und lesen Zeitung oder liegen auf einem *Charpoy* und summen eine Melodie vor sich hin oder sitzen in ihren Zimmern und reden mit dem Foto einer Filmschauspielerin. Sie haben heute keine Arbeit. Sie wissen, sie werden heute auch keine bekommen. Sie haben den Kampf aufgegeben.

Das sind die Cleveren.

Die Dummköpfe haben sich auf einem Platz in der Dorfmitte versammelt. Ab und zu kommt ein Lastwagen vorbei, alle Männer rennen mit ausgestreckten Armen darauf zu und schreien: «Nimm mich! Nimm mich!»

Alle schubsten mich weg; ich schubste zurück, aber der Lastwagen nahm bloß sechs oder sieben Männer auf und ließ den

Rest zurück. Sie fuhren zu irgendeiner Baustelle zum Graben – die Glückspilze. Wieder eine halbe Stunde Warten. Ein weiterer Lastwagen. Wieder schubsen, wieder kämpfen. Nach dem fünften oder sechsten Gerangel des Tages stand ich endlich an der Spitze der Meute, Kopf an Kopf mit dem Fahrer. Es war ein Sikh, ein Mann mit einem großen blauen Turban. Mit einer Hand schwang er einen Holzknüppel, um die Männer zurückzudrängen.

«Hemden ausziehen!», schrie er. «Alle! Ich muss mir von jedem erst die Brustwarzen anschauen, ehe ich ihm Arbeit gebe!»

Er schaute meine Brust an; kniff in die Warzen – gab mir einen Klaps auf den Hintern – starrte mir ins Gesicht – stieß mir dann den Knüppel gegen den Oberschenkel: «Zu dünn! Verpiss dich!»

«Geben Sie mir eine Chance, Sir – mein Körper ist schmal, aber es steckt jede Menge Kampfeswille drin – ich grabe für Sie, schleppe Zementsäcke, ich –»

Er schwang den Knüppel, der mich am linken Ohr traf. Ich stürzte nieder, und andere nahmen rasch meinen Platz ein.

Ich saß auf dem Boden, rieb mir das Ohr und sah den Lastwagen in einer großen Staubwolke abfahren.

Der Schatten eines Raubvogels strich über meinen Körper. Ich brach in Tränen aus.

«Weißer Tiger! Da bist du ja!»

Kishan und mein Cousin Dilip halfen mir auf und lächelten dabei breit. Tolle Neuigkeiten! Großmutter hatte eingewilligt, in Fahrstunden für mich zu investieren. «Nur eine Bedingung», sagte Kishan. «Großmutter sagt, du bist ein Gierhals. Du sollst bei allen Göttern im Himmel schwören, dass du sie nicht vergisst, wenn du erst mal reich geworden bist.»

«Ich schwöre.»

«Kneif dich in den Hals und schwöre – du wirst jeden Monat jede Rupie, die du verdienst, an Großmutter schicken.»

Wir gingen in das Haus, in dem die Taxifahrer wohnten. Ein alter Mann im hellbraunen Anzug, der nach alter Militäruniform aussah, rauchte eine Wasserpfeife, in deren Kopf Kohlen glühten. Kishan erklärte ihm die Lage.

Der alte Fahrer fragte: «Aus welcher Kaste seid ihr?»

«Halwai.»

«Zuckerbäcker», sagte der alte Fahrer und schüttelte den Kopf. «Ihr seid Zuckerbäcker. Ihr macht Süßigkeiten. Wie wollt ihr fahren lernen?» Er zeigte mit dem Mundstück auf die glühenden Kohlen. «Das ist so, als ob man aus Kohlen Eis machen wollte. Ein Automobil zu beherrschen» – er betätigte einen unsichtbaren Schaltknüppel – «ist wie einen wilden Hengst zu zähmen – das schafft nur ein Junge aus der Kriegerkaste. Dafür muss man Aggression im Blut haben. Moslems, Rajputs, Sikhs – das sind Kämpfer, die können auch Fahrer werden. Meint ihr, ein Zuckerbäcker hält es lange im vierten Gang aus?»

Doch am nächsten Morgen begann die Kohle zu lernen, wie man Eis macht. So was erreicht man mit dreihundert Rupien plus Zuschlag. Wir übten in einem Taxi. Jedes Mal, wenn ich mich verschaltete, schlug er mir mit der flachen Hand auf den Schädel. «Wieso bleibst du nicht bei deinen Süßigkeiten und deinem Tee?»

Für jede Fahrstunde im Wagen ließ er mich zwei oder drei darunter verbringen – ich wurde unbezahlter Automechaniker für den ganzen Taxistand; jeden Abend spät kroch ich unter einem Taxi hervor, das Gesicht schwarz vor Schmiere, die Hände glänzend vor Motoröl. Ich tauchte in einen schwarzen Ganges ein – und tauchte als Fahrer wieder auf.

«Jetzt hör mal zu», sagte der alte Fahrer, als ich ihm die hundert Rupien in die Hand drückte, die wir ihm als Zuschlag versprochen hatten. «Es reicht nicht, bloß zu fahren. Du musst ein *Fahrer* werden. Du musst die richtige Einstellung haben, verstehst du? Wenn dich auf der Straße jemand überholen will, machst du so» – er ballte die Faust und schüttelte sie –«und nennst ihn ein paarmal Schwesternficker. Die Straße ist ein Dschungel, verstehst du? Ein guter Fahrer muss brüllen, um voranzukommen.»

Er klopfte mir auf die Schulter.

«Du bist besser, als ich dachte – du bist eine richtige Wundertüte, Kleiner. Jetzt habe ich eine Belohnung für dich.»

Er ging los; ich folgte ihm. Es war Abend. Wir gingen über dämmrige Straßen und Märkte, eine halbe Stunde lang, während es um uns herum dunkler wurde – und dann kam es mir vor, als wären wir in ein Feuerwerk eingetaucht.

Die Straße war gesäumt von bunten Türen und Fenstern, und aus jeder Tür und jedem Fenster sah mich eine Frau mit breitem Lächeln an. Zwischen den Dachfirsten hingen Girlanden aus rotem Papier und Silberfolie über der Straße; auf beiden Seiten wurde an kleinen Ständen Tee gekocht. Vier Männer rannten gleichzeitig auf uns zu. Der alte Mann erklärte ihnen, sie sollten sich zurückhalten, weil es mein erstes Mal sei. «Lasst ihn erst mal die Aussicht genießen. Das ist doch das Beste an der Sache, oder – das Angucken!»

«Na sicher», sagten die Männer und traten zurück. «Das wollen wir ja auch – dass er sich amüsiert!»

Mit offenem Mund ging ich neben dem alten Fahrer her und starrte all die hinreißenden Frauen an, die mich durch ihre vergitterten Fenster lockten und riefen – und alle bettelten darum, dass ich meinen Schnabel in sie steckte!

Der alte Fahrer erklärte mir die verschiedenen Angebote. Auf den Fensterbänken im oberen Stockwerk eines Gebäudes, die Beine so gespreizt, dass man ihre volle, dunkel glänzende Pracht bewundern konnte, saßen «die Amerikanerinnen»: Mädchen in kurzen Röcken und Plateauschuhen, mit rosa Handtaschen, auf die mit Pailletten englische Namen geschrieben waren. Sie waren schlank und sportlich – für Männer, die auf westliche Figuren stehen. In einer Ecke, auf der Schwelle eines offenen Hauses, hockten «die Traditionellen» – mollige, fleischige Frauen in Saris, für all jene, die was fürs Geld haben wollen. In einem anderen Fenster saßen Eunuchen – im nächsten Teenager. Zwischen den Beinen einer Frau tauchte das Gesicht eines kleinen Jungen auf und verschwand wieder.

Ein blendend heller Blitz: Eine blaue Tür ging auf, und vier hellhäutige Nepalesinnen in herrlichen roten Petticoats schauten heraus.

«Die!», rief ich. «Die! Die! Die will ich!»

«Gut», sagte der alte Fahrer. «Die mag ich auch – ich gehe immer zu den Ausländerinnen.»

Wir gingen hinein, er suchte sich eine der vier Frauen aus, ich eine andere, wir gingen in zwei verschiedene Zimmer, und die Frau, die ich ausgesucht hatte, schloss die Tür hinter mir.

Mein erstes Mal!

Eine halbe Stunde später, nachdem der Alte und ich betrunken und glücklich wieder zu seinem Haus gewankt waren, legte ich frische Kohlen auf seine Wasserpfeife und brachte sie ihm. Ich sah ihn einen tiefen, zufriedenen Zug aus der Pfeife nehmen. Rauch drang aus seinen Nasenlöchern.

«Was ist denn jetzt? Ich habe dich gelehrt, ein Fahrer und ein Mann zu werden – was willst du denn noch?»

«Sir ... können Sie nicht die Taxifahrer fragen, ob sie noch einen brauchen? Ich kann ja zuerst auch umsonst arbeiten. Ich brauche Arbeit.»

Der alte Fahrer lachte. «Ich habe seit vierzig Jahren keine Arbeit mehr gehabt, du Trottel. Wie soll ich dir wohl helfen? Und jetzt hau ab.»

Also ging ich am nächsten Morgen von Haus zu Haus, klopfte

an die Tore und Türen der Reichen und fragte, ob jemand für seinen Wagen einen Fahrer brauchte – einen guten Fahrer mit Erfahrung.

Alle sagten Nein. So fand man keine Arbeit. Man musste jemanden in der Familie kennen, um Arbeit zu bekommen. Und nicht einfach ans Tor klopfen und fragen.

Im größten Teil Indiens wird Unternehmergeist nicht belohnt, Exzellenz. Das ist die traurige Wahrheit.

Jeden Abend kam ich niedergeschlagen und den Tränen nahe nach Hause, doch Kishan sagte: «Versuch es weiter. Irgendwann wird jemand Ja sagen.»

Also suchte ich weiter von Haus zu Haus, von Tor zu Tor, von Tür zu Tür. Nach zwei Wochen Fragen und Weggeschickt-Werden kam ich schließlich zu einem Haus mit drei Meter hohen Mauern und einem Eisengitterkäfig um jedes Fenster.

Ein verschlagener Nepalese mit schräg stehenden Augen und einem weißen Schnauzbart linste mich durchs Torgitter an.

«Was willst du?»

Seine Art zu fragen gefiel mir überhaupt nicht; ich setzte ein freundliches Lächeln auf.

«Brauchen Sie vielleicht einen Fahrer, Sir? Ich habe vier Jahre Berufserfahrung. Mein Herr ist vor Kurzem verstorben, deshalb –»

«Verpiss dich. Wir haben schon einen Fahrer», sagte der Nepalese. Er ließ einen großen Schlüsselbund um den Finger kreisen und grinste.

Mein Mut sank, und ich wollte mich schon zum Gehen wenden, als ich oben auf der Terrasse eine Gestalt entdeckte, einen Mann in langen, weiten, weißen Gewändern, der tief in Gedanken versunken ständig im Kreis lief. Ich schwöre, Sir – und zwar bei allen 36000004 Göttern –, als ich sein Gesicht sah, wusste ich: *Das ist mein Herr.*

Ein dunkles Schicksal hatte seine Lebenslinie mit der meinen verwoben, denn im selben Augenblick schaute er nach unten.

Ich wusste, er würde kommen, mich zu retten. Ich musste bloß diesen nepalesischen Arsch so lange wie möglich hinhalten.

«Ich bin ein guter Fahrer, Sir. Ich rauche nicht, ich trinke nicht, ich stehle nicht.»

«Du sollst dich verpissen, hast du nicht gehört?»

«Ich ehre Gott, und ich ehre meine Familie.»

«Was ist denn dein Problem? Hau jetzt sofort ab, sonst –»

«Ich tratsche nicht über meine Herren, ich stehle nicht, ich rede nicht gotteslästerlich.»

Genau in diesem Moment ging die Haustür auf. Aber es war nicht der Mann von der Terrasse, sondern ein älterer Herr mit dickem weißen Schnurrbart, der sich nach unten bog und spitz auslief.

«Was ist los, Ram Bahadur?», fragte er den Nepalesen.

«Ein Bettler, Sir. Er bettelt um Geld.»

Ich schlug ans Tor. «Ich komme aus eurem Dorf, Sir. Ich bin aus Laxmangarh! Dem Dorf beim Schwarzen Fort! Aus eurem Dorf!»

Der Alte war der Storch!

Er starrte mich unendlich lange an und sagte dann zum nepalesischen Wächter: «Lass den Jungen herein.»

Wuusch! – Kaum war das Tor aufgegangen, warf ich mich schon dem Storch zu Füßen. Kein Olympiasprinter konnte schneller sein; der Nepalese hatte keine Chance, mich aufzuhalten.

An dem Tag hätten Sie mich mal sehen sollen – was für eine Vorstellung! Was für ein Heulen und Küssen und Weinen! Man hätte meinen können, ich sei in die Schauspielerkaste geboren. Und während ich die Füße des Storchs umklammert hielt, starrte ich die ganze Zeit auf seine riesigen, schmutzigen, ungeschnittenen Fußnägel und dachte: *Was macht er hier in Dhanbad? Warum ist er nicht zu Hause, zieht den armen Fischern das Geld aus der Tasche und besteigt ihre Töchter?*

«Steh auf, Junge», sagte er – große, ungeschnittene Fußnägel zerkratzten mir die Wangen. Mr Ashok – das war natürlich der Mann auf der Terrasse gewesen – stand jetzt neben ihm.

«Kommst du wirklich aus Laxmangarh?»

«Jawohl, Sir. Ich habe im Teehaus gearbeitet – in dem mit dem großen Foto von Gandhi. Da habe ich Kohlen geknackt. Sie sind einmal zum Teetrinken gekommen.»

«Ach ... das alte Dorf.» Er schloss die Augen. «Erinnern sich die Leute dort an mich? Ich war seit drei Jahren nicht mehr da.»

«Natürlich, Sir – die Leute sagen: ‹Unser Vater ist fort, Thakur Ramdev ist gegangen, der Beste aller Grundbesitzer, wer soll uns nun beschützen?›»

Das hörte der Storch gern. Er wandte sich an Mr Ashok. «Wir wollen mal sehen, wie gut er ist. Hol auch Mukesh her. Drehen wir eine Runde.»

Erst später wurde mir klar, wie viel Glück ich gehabt hatte. Mr Ashok war erst am Tag zuvor aus Amerika zurückgekehrt; für ihn war ein Wagen gekauft worden. Für den wurde ein Fahrer benötigt. Und genau an diesem Tag war ich aufgetaucht.

In der Garage standen zwei Autos. Das eine war der übliche Maruti Suzuki – das kleine weiße Auto, das man überall in Indien sieht –, das andere der Honda City. Der Maruti ist ein einfacher kleiner Bursche, jedem Fahrer gern zu Diensten; kaum hat man den Zündschlüssel gedreht, tut er auch schon genau, was der Fahrer will. Der Honda City ist ein größerer Wagen, eine kultivierte Erscheinung mit eigenem Willen; er hat Servolenkung und einen fortschrittlichen Motor, und er macht, was *er* will. So nervös, wie ich damals war, Sir, wäre ich mit Sicherheit geliefert gewesen, wenn der Storch mich zum Fahrtest in den Honda City gebeten hätte. Aber ich hatte das Glück auf meiner Seite.

Sie ließen mich den Maruti Suzuki fahren.

Der Storch und Mr Ashok stiegen hinten ein; ein kleiner, dunkelhäutiger Mann – Mukesh Sir, der andere Sohn des Storchs – setzte sich auf den Beifahrersitz und gab mir Anweisungen. Der nepalesische Wächter sah mit finsterer Miene, wie ich das Auto durchs Tor fuhr – und hinaus in die Stadt Dhanbad.

Sie ließen mich eine halbe Stunde herumfahren und forderten mich dann auf, zum Haus zurückzukehren.

«Nicht schlecht», sagte der alte Mann beim Aussteigen. «Der Bursche fährt gut und aufmerksam.»

«Halwai.»

«Halwai ...» Er wandte sich an den kleinen Dunkelhäutigen. «Was ist das für eine Kaste, oben oder unten?»

Und ich wusste, dass meine Zukunft von der Antwort auf diese Frage abhing.

*

Ich sollte Ihnen vielleicht das eine oder andere über Kasten erzählen. Selbst Inder kommen bei diesem Wort ins Schleudern, vor allem die gebildeten Leute in den Großstädten. Sie bringen alles durcheinander, wenn sie es Ihnen zu erklären versuchen. Dabei ist es eigentlich ganz einfach.

Fangen wir mit mir an.

Also: Halwai, mein Name, bedeutet «Zuckerbäcker».

Das ist meine Kaste – mein Schicksal. Jeder Mensch in der Finsternis, der den Namen hört, weiß sofort über mich Bescheid. Darum haben Kishan und ich auch immer überall Arbeit an

Süßwarenständen und in Teehäusern gefunden. Die Besitzer dachten: *Ach, das sind Halwais, die haben Tee und Zucker im Blut*.

Aber wenn wir doch Halwais waren, wieso machte mein Vater dann kein Zuckerwerk, sondern zog eine Rikscha? Warum musste ich in meiner Kindheit Kohlen knacken und Tische abwischen, anstatt *Gulab Jamun* und andere Süßigkeiten zu essen, wann immer ich wollte? Warum war ich dünn, dunkelhäutig und gerissen und nicht dick, sahnehell und freundlich lächelnd, wie es sich für einen Jungen gehört, der mit Bonbons großgezogen wird?

Es ist so: Als unsere Nation die reichste der Welt war, in den Zeiten ihrer Größe, da war das Land wie ein Zoo. Ein sauberer, gepflegter, ordentlicher Zoo. Ein jeder an seinem Platz, alle glücklich. Goldschmiede hier. Kuhhirten da. Grundbesitzer dort. Der Mann, der Halwai hieß, machte Zuckerwerk. Der Mann, der Kuhhirte hieß, hütete Kühe. Die Unberührbaren schafften den Kot weg. Grundbesitzer waren freundlich zu ihren Leibeigenen. Frauen verhüllten ihr Gesicht mit einem Schleier und senkten den Blick, wenn sie mit fremden Männern sprachen.

Und dann waren dank dieser ganzen Politiker in Delhi am 15. August 1947 – am Tag, als die Briten abzogen – die Käfigtüren aufgelassen worden; die Tiere waren einander an die Kehle gegangen, hatten sich gegenseitig in Stücke gerissen, statt der Zooregeln herrschte nun das Gesetz des Dschungels. Die Wildesten und Hungrigsten hatten alle anderen aufgefressen und dicke Bäuche bekommen. Und jetzt zählte nur noch das: der Umfang des Bauches. Ganz egal, ob Frau, Moslem oder Unberührbarer: Jeder mit dickem Bauch konnte aufsteigen. Der Vater meines Vaters muss noch ein richtiger Halwai gewesen sein, ein Zuckerbäcker, doch als der Laden vererbt werden sollte, musste ein Mitglied einer anderen Kaste ihn unter Mithilfe der Polizei gestohlen haben. Mein Vater hatte nicht genug Bauch gehabt, sich zu wehren. Darum war er ganz bis in den Schlamm hinuntergesunken und Rikschafahrer geworden. Darum war ich um mein Los betrogen worden, dick, sahnehell und freundlich lächelnd zu werden.

Zusammengefasst: In den alten Zeiten gab es in Indien tausend Kasten und tausend Schicksale. Heutzutage gibt es bloß noch zwei Kasten: Menschen mit großen Bäuchen und Menschen mit kleinen Bäuchen.

Und nur zwei Schicksale: fressen – oder gefressen werden.

*

Der Dunkelhäutige – Mukesh Sir, Mr Ashoks Bruder – wusste die Antwort nicht; ich sagte ja gerade, die Leute in den Großstädten kennen sich mit dem Kastensystem nicht aus, also fragte der Storch mich selbst.

«Kommst du aus einer oberen oder einer unteren Kaste, Junge?»

Ich wusste nicht, was er hören wollte, also warf ich die beiden Antworten hoch wie eine Münze – wahrscheinlich hätte ich für beide gute Argumente finden können – und sagte dann: «Aus einer unteren, Sir.»

Der Alte wandte sich an Mukesh Sir: «Unsere Angestellten kommen alle aus den oberen Kasten. Es kann nicht schaden, wenn auch ein paar Leute aus den unteren Kasten für uns arbeiten.»

Mukesh Sir sah mich mit zusammengekniffenen Augen an. Er kannte sich mit den Dorfsitten nicht aus, aber er war gerissen wie alle Grundbesitzer.

«Trinkst du?»

«Nein, Sir. In unserer Kaste wird nicht getrunken.»

«Halwai …», sagte Mr Ashok grinsend. «Bist du ein Zuckerbäcker? Kannst du was Süßes für uns machen, wenn du nicht fährst?»

«Aber sicher, Sir. Das kann ich sehr gut. Sehr leckeres Zuckerwerk, *Gulab Jamuns, Laddus*, alles, was Sie wollen», sagte ich. «Ich habe viele Jahre im Teehaus gearbeitet.»

Das schien Mr Ashok zu amüsieren. «Das gibt es nur in Indien», sagte er, «dass einem der Chauffeur auch noch Süßigkeiten macht. Nur in Indien. Du kannst morgen anfangen.»

«Nicht so schnell», sagte Mukesh Sir. «Erst müssen wir uns mal nach seiner Familie erkundigen. Wie viele es sind, wo sie wohnen, alles. Und dann noch etwas: Wie viel willst du haben?»

Noch ein Test.

«Ganz und gar nichts, Sir. Sie sind wie Vater und Mutter für mich, wie kann ich von meinen Eltern Geld fordern?»

«Achthundert Rupien im Monat», sagte er.

«Nein, bitte, Sir – das ist zu viel. Geben Sie mir halb so viel, das ist genug – mehr als genug.»

«Wenn wir dich länger als zwei Monate behalten, steigt der Lohn auf fünfzehnhundert.»

Ich setzte eine angemessen niedergeschlagene Miene auf und akzeptierte das Angebot.

Mukesh Sir war immer noch nicht ganz überzeugt von mir. Er schaute mich von oben bis unten an und sagte: «Er ist noch jung. Wollen wir nicht lieber jemand Älteren?»

Der Storch schüttelte den Kopf. «Wenn man sie jung fängt, hat man sie ein Leben lang. Bei einem Chauffeur Mitte vierzig kriegt man vielleicht noch, na ja, zwanzig Jahre Arbeitszeit, dann werden seine Augen schwach. Dieser Bursche bleibt uns noch dreißig, fünfunddreißig Jahre erhalten. Seine Zähne sind gut, er hat noch alle Haare, er ist in guter Verfassung.»

Er lutschte an seinem *Paan*, dessen Saft ihm den Mund füllte, drehte sich zur Seite und spuckte einen Strahl roter Flüssigkeit aus.

Dann sagte er, ich solle in zwei Tagen wiederkommen.

Er musste seinen Mann in Laxmangarh angerufen haben. Und der musste mit Kusum gesprochen, die Nachbarn ausgefragt und dann zurückgerufen haben: «Er kommt aus einer guten Familie. Die haben noch nie Ärger gemacht. Der Vater ist vor ein paar Jahren an Tuberkulose gestorben. War Rikschafahrer. Bruder lebt auch in Dhanbad, arbeitet in Teehäusern. Keine Hinweise auf Unterstützung von Naxaliten oder anderen Terroristen. Und sie ziehen nicht in der Gegend herum: Wir wissen *genau*, wo sie sind.»

Diese letzte Information war besonders wichtig. Sie mussten immer wissen, wo meine Familie war.

Ich habe Ihnen doch noch nicht erzählt, was der Büffel mit seinem Hausdiener angestellt hat, oder? Der auf seinen kleinen Sohn aufpassen sollte, als der von den Naxaliten entführt und schließlich zu Tode gequält wurde? Dieser Diener kam aus unserer Kaste. Ein Halwai. Als kleiner Junge hatte ich ihn ein- oder zweimal gesehen.

Der Diener sagte, er habe mit der Entführung nichts zu tun; der Büffel glaubte ihm nicht und ließ ihn von vier Auftragskillern foltern. Danach schossen sie ihm eine Kugel durch den Kopf.

So weit, so gut. Wenn jemand zulässt, dass mein Sohn entführt wird, würde ich dasselbe mit ihm machen.

Aber weil der Büffel überzeugt war, dass der Mann gegen Bezahlung an der Entführung mitgewirkt hatte, nahm er auch an seiner Familie Rache. Ein Bruder wurde bei der Feldarbeit angegriffen und totgeschlagen. Dessen Frau wurde von drei Männern gemeinsam erledigt. Auch eine noch unverheiratete

Schwester wurde umgelegt. Dann wurde das Haus der Familie von den vier Killern umstellt und in Brand gesetzt.

Wer würde wollen, dass seiner Familie so etwas zustößt, Sir? Welches unmenschliche elendige Ungeheuer würde seine eigene Großmutter, seinen Bruder, seine Tanten, Nichten und Neffen zum Tode verurteilen?

Der Storch konnte sich meiner Loyalität sicher sein.

Als ich wiederkam, öffnete mir der nepalesische Wächter wortlos die Tür. Jetzt war ich drinnen.

Was Herren angeht, so waren Mr Ashok, Mukesh Sir und der Storch besser als neun von zehn. Für die Dienstboten war immer genug zu essen im Haus. Sonntags gab es sogar etwas Besonderes, Reis mit kleinen roten Brocken Hühnerfleisch. Ich hatte noch nie im Leben richtiges Huhn gegessen; ich fühlte mich wie ein König, da ich jetzt jeden Sonntag Huhn aß und mir danach die Finger leckte. Ich hatte ein Zimmer mit Dach zum Schlafen. Gut, ich musste es mir mit dem anderen Fahrer teilen, einem grimmigen Burschen namens Ram Persad, und er hatte das schöne große Bett, während ich auf dem Boden schlief – aber ein Dach überm Kopf ist ein Dach überm Kopf, viel besser als auf der Straße zu schlafen, wie Kishan und ich es die ganze Zeit in Dhanbad getan hatten. Aber vor allem bekam ich das, was wir in der Finsternis Aufgewachsenen am höchsten schätzen: eine Uniform. Eine Khakiuniform!

Am nächsten Tag ging ich zur Bank – zu der mit einer Wand ganz aus Glas. Ich sah mein Spiegelbild in den Scheiben – ganz in Khaki. Ich lief bestimmt ein Dutzend Mal vor der Bank auf und ab und starrte mich selbst an.

Wenn sie mir jetzt noch eine silberne Pfeife gegeben hätten, hätte ich mich wie im Paradies gefühlt!

Einmal im Monat kam Kishan mich besuchen. Kusum hatte beschlossen, dass ich jeden Monat neunzig Rupien für mich behalten könne: Der Rest ging vollständig an Kishan, der es sofort zu ihr ins Dorf schickte. Jeden Monat reichte ich ihm das Geld durch die schwarzen Gitterstäbe des Hintertors, dann unterhielten wir uns ein paar Minuten, bis der Nepalese rief: «Das reicht – auf den Jungen wartet Arbeit!»

Die Arbeit des Fahrers Nummer zwei war einfach. Wenn Fahrer Nummer eins, Ram Persad, einen der Herren im Honda City durch die Stadt fuhr und jemand anders aus dem Haus zum Markt, zu einem Bergwerk oder zum Bahnhof wollte, stieg ich in den Maruti Suzuki und fuhr ihn oder sie hin. Sonst musste ich im Haus bleiben und mich nützlich machen.

Ich habe gesagt, sie hätten mich als «Fahrer» angestellt. Ich weiß ja nicht genau, wie Sie das in China mit Dienern handhaben. Aber in Indien – oder jedenfalls in der Finsternis – haben die Reichen keine Fahrer, Köche, Barbiere oder Schneider. Sie haben einfach Diener.

Damit meine ich, dass ich, immer wenn ich kein Auto fuhr, den Innenhof fegen, Tee kochen, mit einem langen Besen Spinnweben wegmachen oder eine Kuh vom Grundstück jagen musste. Es gab nur eines, was mir nicht erlaubt war, nämlich den Honda City zu berühren: Das durfte nur Ram Persad. Abends sah ich ihm zu, wie er die glänzende Karosserie mit einem weichen Tuch abwischte. Und ich brannte vor Neid.

Auch von außen sah ich, dass es sich um ein wunderschönes modernes Auto mit allen nötigen Annehmlichkeiten handelte: Stereoradio, Klimaanlage, schönen, glänzenden Ledersitzen und hinten einem großen Spucknapf aus Edelstahl. Es musste himmlisch sein, so einen schönen Wagen fahren zu dürfen. Und ich hatte bloß meinen zerbeulten alten Maruti Suzuki.

Als ich eines Abends wieder zuschaute, kam Mr Ashok vorbei und steckte die Nase in den Wagen. Ich hatte schon gemerkt, dass er ein sehr neugieriger Mensch war.

«Wofür ist das denn? Dieses glänzende Ding vor den Rücksitzen.»

«Ein Spucknapf, Sir.»

«Was?»

Ram Persad erklärte es ihm. Der Spucknapf war für den Storch, der gern *Paan* kaute. Wenn er den Saft aus dem Fenster spuckte, könnte er die Wagenseiten besudeln, also spuckte er vor die Füße in den Spucknapf, den der Fahrer nach jeder Fahrt leerte und auswusch.

«Ekelhaft», sagte Mr Ashok.

Er fragte noch etwas anderes, als Mukesh Sirs Sohn Roshan mit einem Plastikschläger und einem Ball in der Hand angerannt kam.

Ram Persad schnipste mit den Fingern in meine Richtung.

(Zu den Pflichten des Fahrers Nummer zwei gehörte es, mit jedem Bengel des Haushalts Cricket zu spielen, wenn dieser es verlangte – und ihn natürlich mit großem Vorsprung gewinnen zu lassen.)

Mr Ashok spielte mit. Er stellte sich als Wicket-Keeper hinter Roshan, während ich ihm Bälle zuwarf.

«Ich bin Azharuddin, Kapitän von Indien!», rief der Bengel jedes Mal, wenn er vier oder sechs Runs erzielt hatte.

«Nenn dich lieber Gavaskar. Azharuddin ist Moslem.»

Das war der Storch. Er war zum Zuschauen in den Innenhof gekommen.

«Was für ein Unsinn, Vater!», sagte Mr Ashok. «Hindu oder Moslem, was macht das für einen Unterschied?»

«Ach, ihr jungen Leute mit euren neumodischen Ideen!», entgegnete der Storch. Er legte mir die Hände auf die Schultern. «Ich muss dir den Fahrer entführen, Roshan – tut mir leid, aber in einer Stunde bekommst du ihn zurück, einverstanden?»

Der Storch hatte für Fahrer Nummer zwei besondere Verwendung. Er hatte schlimme Beine mit Krampfadern, und ein Arzt hatte ihm geraten, sich abends in den Hof zu setzen, die Füße in warmes Wasser zu halten und von einem Diener massieren zu lassen.

Ich musste also das Wasser auf dem Herd erhitzen, in den Hof tragen, die Füße des Alten einzeln ins heiße Wasser stellen und sie dann sanft massieren; dabei schloss er die Augen und seufzte.

Nach einer halben Stunde sagte er: «Das Wasser ist kalt geworden», worauf ich seine Füße wieder einzeln aus dem Eimer heben und diesen zur Toilette tragen musste. Das Wasser darin war inzwischen dunkel – Haar und abgestorbene Haut schwammen darauf. Dann musste ich den Eimer mit frischem heißen Wasser füllen und wieder hinaustragen.

Während ich massierte, holten sich seine beiden Söhne Stühle heran und setzten sich zu ihrem Vater, um zu plaudern. Ram Persad brachte eine Flasche mit goldener Flüssigkeit und goss sie in drei Gläser, ließ in jedes Eiswürfel fallen und reichte sie den dreien. Die Söhne warteten, dass der Vater den ersten Schluck nahm und sagte: «Aah ... Whisky. Wie könnten wir dieses Land ohne ihn überleben.» Dann begann das Gespräch. Je länger sie redeten, desto schneller massierte ich. Sie sprachen über Politik, über Kohle und über Ihr Land – über China. Irgendwie schienen diese drei Dinge – Politik, Kohle, China – Einfluss auf das Familienvermögen des Storches zu haben; und irgendwie begriff ich, dass auch mein Schicksal von ihnen abhing, da ich nun Teil seiner Familie war. Das Geplauder über Kohle und China vermischte sich mit dem Duft des Whiskys, der aus den Gläsern stieg, dem Schweißgestank von den Füßen des Storches im warmen Wasser, seiner schuppigen Haut und den sanften Tritten von Mr Ashok oder dem Mungo, wenn sie mich beim Herumlaufen mit ihren Sandalen trafen. Ich saugte alles auf – das ist das Erstaunliche an uns Unternehmern. Wir sind wie Schwämme – wir saugen alles auf und werden größer.

Ein harter Schlag traf mich am Kopf.

Ich schaute hoch, und der Storch, dessen Hand immer noch über meinem Scheitel schwebte, starrte mich böse an.

«Du weißt, wofür das war?»

«Ja, Sir», sagte ich mit seligem Lächeln.

«Gut.»

Eine Minute später gab er mir eine weitere Kopfnuss.

«Sag ihm, warum du ihn schlägst. Ich glaube, er weiß es nicht. Du drückst zu fest, Bursche. Du wirst ja ganz aufgeregt. Das mag mein Vater nicht. Mach vorsichtiger.»

«Jawohl, Sir.»

«Musst du die Diener schlagen, Vater?»

«Wir sind hier nicht in Amerika, mein Sohn. Stell nicht solche Fragen.»

«Warum darf ich keine Fragen stellen?»

«Sie erwarten das von uns, Ashok. Das darfst du nicht vergessen – dafür respektieren sie uns.»

Pinky Madam nahm an diesen Unterhaltungen nie teil. Abgesehen von gelegentlichem Federballspiel mit Ram Persad, wofür sie eine dunkle Sonnenbrille aufsetzte, verließ sie nie ihr Zimmer. Ich fragte mich, was wohl mit ihr los war – stritt sie sich mit ihrem Mann? Besorgte er es ihr im Bett nicht richtig?

Wenn der Storch zum zweiten Mal «Das Wasser ist kalt geworden» sagte und die Füße aus dem Eimer nahm, war mein Dienst beendet.

Ich schüttete das Wasser in den Ausguss.

Dann wusch ich mir zehn Minuten lang die Hände, trocknete sie ab und wusch sie noch einmal, aber es änderte nichts. Egal, wie lange man sich die Hände wäscht, nachdem man einem Mann die Füße massiert hat – der Geruch seiner alten, schuppigen Haut bleibt einem den ganzen Tag an den Fingern kleben.

*

Nur eine Tätigkeit erledigten Diener Nummer eins und Diener Nummer zwei zusammen: Mindestens einmal pro Woche verließen Ram Persad und ich gegen sechs Uhr das Haus und gingen auf der Hauptstraße bis zu einem Laden, dessen Schild verkündete:

«JACKPOT» ENGLISCHER SPIRITUOSENLADEN
AUSLÄNDISCHE SPIRITUOSEN IN INDIEN HERGESTELLT

Vielleicht sollte ich Ihnen erklären, Mr Jiabao, dass es in diesem Land zwei Sorten von Männern gibt: solche, die indischen, und solche, die englischen Alkohol trinken. «Indischer» Alkohol ist für Dörfler wie mich – Palmwein, Arrak, Selbstgebrannter. «Englischer» Alkohol ist natürlich für die Reichen. Rum, Whisky, Bier, Gin – alles, was die Engländer uns hinterlassen haben. (Gibt es auch «chinesischen» Alkohol, Herr Ministerpräsident? Den würde ich sehr gern probieren.)

Eine der wichtigsten Aufgaben des Fahrers Nummer eins bestand darin, mindestens einmal pro Woche abends um sechs zum Jackpot zu gehen und eine Flasche des teuersten Whiskys für den Storch und seine Söhne zu kaufen. Die Dienstbotenregeln besagten, fragen Sie mich nicht, wieso, dass der nachrangige Fahrer ihn bei dieser Besorgung begleitete. Ich nehme an, ich sollte aufpassen, dass er nicht mit der Flasche durchbrannte.

Farbige Flaschen verschiedenster Größen füllten die Regale im Jackpot, und hinterm Tresen versuchten zwei Teenager verzweifelt, die Bestellungen aufzunehmen, die ihnen von den Männern vorm Tresen zugerufen wurden. An der weißen Außenwand des Ladens waren mit tropfender roter Farbe Hunderte Namen alkoholischer Getränke aufgemalt, eingeteilt in die fünf Kategorien Bier, Rum, Whisky, Gin und Wodka.

PREISLISTE «JACKPOT» ENGLISCHE SPIRITUOSEN

UNSERE WHISKYS

WHISKY ERSTER KLASSE

	Viertel	Halber	Ganze Flasche
BLACK DOG	–	–	1330
TEACHER'S	–	530	1230
VAT 69	–	–	1210

WHISKY ZWEITER KLASSE

	Viertel	Halber	Ganze Flasche
ROYAL CHALLENGE	110	220	390
ROYAL STAG	110	219	380
BAGPIPER	84	200	288

WHISKY DRITTER KLASSE

	Viertel	Halber	Ganze Flasche
ROYAL CHOICE	61	110	200
WILD HORSE	44	120	200

(noch billigerer Whisky im Angebot: am Tresen nachfragen)

UNSERE WODKAS

Wodka Erster Klasse …

Es war nur ein kleiner Laden, doch drängten sich mindestens fünfzig Männer auf den drei Metern vorm Tresen, und alle schrien nach Leibeskräften und schwenkten größere Geldscheine:

«Kingfisher Strong, ein Liter!»
«Old Monk, halbe Flasche!»
«Thunderbolt! Thunderbolt!»

Sie wollten diesen Schnaps nicht selbst trinken; an ihren schmutzigen, zerrissenen Hemden sah man, dass auch sie Diener waren wie Ram Persad und ich, die englischen Alkohol für ihre Herren kaufen sollten. Wenn wir am Wochenende nach acht Uhr abends in den Jackpot kamen, herrschte dort Bürgerkrieg; ich musste die anderen Männer in Schach halten, während Ram Persad sich nach vorn kämpfte und schrie:

«Black Dog! Ganze Flasche!»

Black Dog war der erste Name in der ersten Whiskyklasse. Das war das Einzige, was der Storch und seine Söhne tranken.

Ram Persad besorgte den Whisky, dann prügelte ich uns zwischen den anderen Dienern den Weg nach draußen frei, während er die Flasche schützend in den Armen hielt. Das war die einzige Gelegenheit, bei der wir im Team arbeiteten.

Auf dem Heimweg hielt Ram Persad immer irgendwo an und zog die Flasche Black Dog aus dem Pappkarton. Er behauptete, er wolle nur überprüfen, ob man uns im Jackpot übers Ohr gehauen habe. Ich wusste, er log. Er wollte bloß die Flasche anfassen. Er wollte eine volle, unberührte Flasche erstklassigen Whisky in der Hand halten. Er wollte sich vorstellen, er habe sie für sich gekauft. Dann ließ er die Flasche wieder in den Karton gleiten und ging zum Haus zurück, und ich folgte ihm, die Augen immer noch geblendet vom Anblick so viel englischen Alkohols.

Wenn Ram Persad nachts in seinem Bett schnarchte, lag ich auf dem Boden, den Kopf auf die Hände gebettet.

Ich starrte an die Decke.

Und ich dachte darüber nach, dass die beiden Söhne des Storchs so verschieden waren wie Tag und Nacht.

Mukesh Sir war klein, dunkel, hässlich und sehr gerissen. Zu Hause im Dorf hätten wir ihn «den Mungo» genannt. Er war seit einigen Jahren verheiratet mit einer unansehnlichen Frau, die nach der Geburt von zwei Kindern, beides Jungen, fahrplanmäßig dick geworden war. Dieser Kerl, dieser Mungo, hatte zwar nicht den Körper seines Vaters, wohl aber dessen Geist geerbt. Wenn er mich auch nur einen Augenblick müßiggehen sah, rief er sofort: «Fahrer, lunger nicht herum! Wasch das Auto!»

«Das habe ich schon gewaschen, Sir.»

«Dann schnapp dir einen Besen und feg den Hof.»

Mr Ashok hingegen hatte den gleichen Körperbau wie sein Vater: Er war groß, breitschultrig und gut aussehend, wie es sich für den Sohn eines Grundbesitzers gehörte. Abends sah ich ihn mit seiner Frau im Garten Badminton spielen. Sie trug eine Hose; mir blieb der Mund offen stehen. Wer hatte je eine Frau in Hosen gesehen – außer im Film? Zuerst nahm ich an, sie sei Amerikanerin, eines von diesen Zauberdingen, die er aus New York mitgebracht hatte, wie seinen Akzent und das fruchtige Parfüm, das er sich nach dem Rasieren ins Gesicht spritzte.

Zwei Tage später sah ich Ram Persad und den Nepalesen plaudern. Ich nahm mir einen Besen, begann den Hof zu fegen und schob mich immer dichter an sie heran.

«Sie ist Christin, wusstest du das?»

«Ist nicht wahr.»

«Doch!»

«Und er hat sie geheiratet?»

«In Amerika. Wenn wir Inder dahin gehen, verlieren wir jeden Respekt vor der Kaste», sagte der Nepalese. «Der Alte war absolut gegen die Heirat. Ihre Familie war auch nicht gerade glücklich.»

«Aber wie ist es dann dazu gekommen?»

Der Nepalese starrte mich böse an. «He, belauschst du uns etwa?»

«Nein, Sir.»

*

Eines Morgens klopfte es an die Tür des Fahrerzimmers, und als ich öffnete, stand Pinky Madam mit zwei Schlägern in der Hand davor.

Im Hof war zwischen zwei Pfosten ein Netz gespannt; sie stellte sich auf die eine Seite, ich auf die andere. Sie schlug den Federball – er stieg hoch und fiel vor meinen Füßen zu Boden.

«Hey! Beweg dich! Schlag ihn zurück!»

«Entschuldigung, Madam. Tut mir sehr leid.»

Ich hatte dieses Spiel noch nie gespielt. Ich schlug den Federball in ihre Richtung, er landete im Netz.

«Ach, mit dir hat das ja keinen Zweck. Wo ist denn der andere Fahrer?»

Ram Persad eilte sofort ans Netz. Er hatte uns schon die ganze Zeit von der Seitenlinie aus beobachtet. Er wusste genau, wie man Badminton spielte.

Ich sah zu, wie er den Federball sauber übers Netz spielte, wie sie beide Schlag um Schlag wechselten, und in meinem Bauch brannte es.

Gibt es auf Erden größeren Hass als den des Dieners Nummer zwei für Diener Nummer eins?

Auch wenn wir im gleichen Zimmer schliefen, bloß einen Meter auseinander, sprachen wir nie ein Wort miteinander – nicht mal *Hallo* oder *Wie geht es deiner Mutter*, kein Wort. Ich spürte die Hitze, die er die ganze Nacht ausstrahlte – ich wusste, er verfluchte mich und belegte mich im Schlaf mit bösen Zaubern. Er begann nämlich jeden Tag damit, dass er sich vor mindestens zwanzig Bildern verschiedener Götter verneigte, die er auf seiner Zimmerseite aufgestellt hatte, und dazu «Om, Om, Om» sagte. Dabei sah er mich aus dem Augenwinkel an, als wollte er sagen: *Und du? Betest du nicht? Du bist wohl ein Naxalit?*

Eines Abends ging ich auf den Markt und kaufte zwei Dutzend der billigsten Abbilder von Hanuman und Ram, die ich finden konnte, und schleppte sie in unsere Unterkunft. Jetzt hatten wir also beide die gleiche Zahl Götter im Zimmer; und jeden Morgen übertönten wir uns gegenseitig mit unseren Gebeten und verneigten uns vor unseren jeweiligen Gottheiten.

Der Nepalese steckte mit Ram Persad unter einer Decke. Eines Tages stürmte er in unser Zimmer und stellte mit lautem Knall einen großen Plastikeimer auf den Boden.

«Magst du Hunde, Dorfjunge?», fragte er mit breitem Grinsen.

Es gab im Haus zwei Spitze – Cuddles und Puddles. Die Reichen erwarten nämlich, dass man ihre Hunde wie Menschen behandelt – sie sollen verhätschelt, ausgeführt, gestreichelt und sogar gewaschen werden! Und dreimal dürfen Sie raten, wer sie waschen durfte. Ich kniete mich also hin und schrubbte die Hunde, shampoonierte sie, seifte sie ein, wusch sie wieder ab, föhnte sie trocken. Dann führte ich sie an einer Kette übers Grundstück, während der König von Nepal in einer Ecke saß und rief: «Zerr nicht so an der Kette! Die sind mehr wert als du!»

Als ich mit Puddles und Cuddles fertig war, ging ich in mein

Zimmer zurück und roch an meinen Händen – das Einzige, was Dienerhände vom Geruch des Hundefells befreien kann, ist der Geruch der Haut seines Herrn.

Mr Ashok stand vor meiner Zimmertür.

Ich lief auf ihn zu und verneigte mich tief. Er ging ins Zimmer; ich folgte ihm, immer noch gebückt. Auch er musste sich durch die Tür bücken – sie war für unterernährte Dienstboten gebaut, nicht für einen großen, wohlgenährten Herrn wie ihn. Er sah misstrauisch an die Decke.

«Wie furchtbar», sagte er.

Bis dahin war mir nie aufgefallen, dass die Farbe sich in großen Fladen von der Decke löste und dass in jeder Ecke Spinnweben hingen. Bisher war ich mit dem Zimmer so zufrieden gewesen.

«Warum riecht es hier so? Mach das Fenster auf.»

Er setzte sich auf Ram Persads Bett und drückte mit dem Zeigefinger hinein. Es fühlte sich hart an. Sofort hörte ich auf, Ram Persad um das Bett zu beneiden.

(Und so sah ich das Zimmer mit *seinen* Augen, roch es mit *seiner* Nase, berührte es mit *seinen* Fingerspitzen – ich hatte schon angefangen, mir meinen Herrn einzuverleiben!)

Er schaute in meine Richtung, wich aber meinem Blick aus, als hätte er aus irgendeinem Grund ein schlechtes Gewissen.

«Du und Ram Persad, ihr werdet ein besseres Zimmer bekommen. Getrennte Betten. Und ein bisschen Privatsphäre.»

«Bitte, tun Sie das nicht, Sir. Dieser Raum ist für uns wie ein Palast.»

Als ich das gesagt hatte, ging es ihm besser. Er sah mich an.

«Du bist aus Laxmangarh, oder?»

«Ja, Sir.»

«Ich bin in Laxmangarh geboren. Aber ich habe es seither nicht mehr gesehen. Bist du auch dort geboren?»

«Ja, Sir. Geboren und aufgewachsen.»

«Und wie ist es?»

Bevor ich antworten konnte, sagte er: «Es muss so schön sein.»

«Wie das Paradies, Sir.»

Er sah mich von oben bis unten an, vom Kopf bis zu den Zehen, so wie ich ihn ständig anschaute, seit ich in sein Haus gekommen war.

In seinen Augen malte sich großes Staunen: Wie konnte dieselbe Erde, dasselbe Wasser, dieselbe Sonne zwei so unterschiedliche menschliche Wesen hervorbringen?

«Da will ich heute hinfahren», sagte er und stand auf. «Ich möchte meinen Geburtsort sehen. Du wirst mich fahren.»

«Jawohl, Sir!»

Nach Hause! In meiner Uniform, am Steuer des Autos, das dem Storch gehörte, mit seinem Sohn und seiner Schwiegertochter plaudernd!

Fast hätte ich ihm die Füße geküsst!

Eigentlich hatte der Storch mitkommen wollen, und dann wäre es wirklich ein triumphaler Einzug ins Dorf geworden – aber in letzter Minute beschloss er, in Dhanbad zu bleiben. Also fuhr ich am Ende nur mit Mr Ashok und Pinky Madam im Honda City hinaus aufs Land in Richtung Laxmangarh.

Es war das erste Mal, dass ich die beiden fuhr – bisher hatte dieses Privileg Ram Persad zugestanden. Ich war noch nicht an den Honda City gewöhnt, einen launischen Wagen mit eigenem Willen, wie ich schon sagte. Ich betete einfach zu den Göttern – und zwar zu allen –, dass ich keinen Fehler machen würde.

Eine halbe Stunde lang sprachen sie nicht. Manchmal spürt man als Fahrer die Spannung im Auto; dann steigt die Innentemperatur. Die Frau, die hinten saß, war sehr ärgerlich.

«Warum fahren wir eigentlich in diesen Ort am Ende der Welt?» Endlich brach ihre Stimme das Schweigen.

«Das ist das Dorf meiner Vorfahren, Pinky. Möchtest du es nicht auch gern sehen? Da bin ich geboren – aber Vater hat mich als Kind schon weggeschickt. Damals gab es irgendwelchen Ärger mit kommunistischen Guerillatruppen. Ich dachte, wir könnten –»

«Hast du dir schon ein Rückreisedatum überlegt?», fragte sie unvermittelt. «Ich meine, nach New York.»

«Nein. Noch nicht. Aber das entscheiden wir bald.»

Er schwieg eine Weile; meine Ohren waren jetzt sperrangelweit geöffnet. Wenn sie tatsächlich nach Amerika zurückgingen – würden sie dann im Haus keinen zweiten Fahrer mehr benötigen?

Sie sagte nichts, aber ich konnte ihre Zähne knirschen hören, das schwöre ich.

Mr Ashok hingegen schien nichts zu merken. Er summte ein Lied aus einem Film vor sich hin, bis sie es sagte: *«What a fucking joke.»*

«Was ist los?»

«Du hast mich doch angelogen wegen der Rückkehr nach Amerika, Ashok – du wirst nie zurückkehren, stimmt's?»

«Da sitzt noch ein Fahrer im Auto, Pinky – ich erkläre dir alles später.»

«Ach, was hat der schon zu bedeuten! Das ist doch bloß der Fahrer. Und du wechselst mal wieder das Thema!»

Ein wunderbarer Duft erfüllte den Wagen – ich wusste, sie musste sich bewegt und ihre Kleidung gerichtet haben.

«Wozu brauchen wir eigentlich einen Fahrer? Wieso fährst du nicht selbst, so wie früher?»

«Das war in New York, Pinky – in Indien kann man nicht fahren, sieh dir doch bloß mal diesen Verkehr an. Kein Mensch hält sich an irgendwelche Regeln – die Leute rennen wie die Verrückten über die Straße – da – guck dir das an –»

Ein Traktor kam in Höchstgeschwindigkeit auf uns zu, aus seinem Abgasrohr stieg eine schöne, dicke, schwarze Dieselwolke.

«Der fährt auf der falschen Straßenseite! Und der Traktorfahrer merkt es noch nicht mal!»

Ich hatte es auch nicht bemerkt. Klar, man soll eigentlich auf der linken Straßenseite fahren, aber bis jetzt hatte sich noch niemand so über diese Regel ereifert.

«Und was der für einen Dieselqualm ausspuckt. Wenn ich hier fahren müsste, Pinky, würde ich völlig durchdrehen.»

Wir fuhren am Fluss entlang, irgendwann war die asphaltierte Straße zu Ende, und ich fuhr sie auf einem holprigen Feldweg weiter, dann über den kleinen Markt mit drei mehr oder weniger identischen Läden, die mehr oder weniger identische Produkte verkauften, Kerosin, Räucherwerk, Reis. Alle starrten uns an. Ein paar Kinder liefen neben dem Wagen her. Mr Ashok winkte ihnen und versuchte auch Pinky Madam dazu zu ermuntern.

Die Kinder verschwanden wieder; wir hatten eine Linie überquert, über die sie uns nicht folgen konnten. Wir waren im Grundbesitzerviertel.

Der Hausverwalter wartete schon am Tor der Storch'schen Villa; er öffnete die Autotür, noch bevor ich richtig angehalten hatte, und berührte Mr Ashoks Füße.

«Kleiner Prinz, endlich sind Sie hier! Endlich!»

Der Keiler kam zum Mittagessen mit Mr Ashok und Pinky Madam – schließlich war er sein Onkel. Als ich ihn zum Essen in die Villa kommen sah, lief ich sofort in die Küche und sagte zum Hausverwalter: «Ich liebe Mr Ashok so sehr, Sie müssen mir erlauben, ihm das Essen zu servieren!» Der Koch hatte nichts dagegen – und so konnte ich zum ersten Mal seit Jahren wieder einen Blick auf den Keiler werfen. Er war älter, als ich ihn in Erinnerung hatte, und gebeugter, aber seine Zähne sahen noch genauso aus wie immer: schwärzlich und scharf, und an der Seite bogen sich zwei krumme Hauer nach oben. Sie aßen im Esszimmer, einem prächtigen Saal mit hoher Decke, überall schweren alten Möbeln und einem riesigen Kronleuchter.

«Ein herrliches altes Haus», sagte Mr Ashok. «Alles ist so prachtvoll hier.»

«Außer dem Kronleuchter – der ist ein bisschen kitschig», sagte sie.

«Dein Vater liebt Kronleuchter», sagte der Keiler. «Er wollte hier sogar im Badezimmer einen aufhängen, wusstest du das? Ganz im Ernst!»

Als der Hausverwalter die Gerichte hereinbrachte und auf den Tisch stellte, schaute Mr Ashok sie an und sagte: «Habt ihr nichts Vegetarisches? Ich esse kein Fleisch.»

«Das habe ich ja noch nie gehört, dass ein Grundbesitzer kein Fleisch isst», sagte der Keiler. «Das ist unnatürlich. Man braucht Fleisch, um hart zu werden.» Er machte den Mund auf und zeigte seine krummen Zähne.

«Ich halte nichts davon, Tiere ohne Not umzubringen. Ich war in Amerika mit Vegetariern befreundet und fand, sie hatten recht.»

«Von was für verrückten Ideen ihr jungen Leute euch anstecken lasst», sagte der alte Mann. «Du bist Grundbesitzer. Die Brahmanen sind Vegetarier, nicht wir.»

Nach dem Mittagessen wusch ich ab; dann half ich dem Hausverwalter, Tee zu machen. Mein Herr war versorgt; jetzt wurde es Zeit, meine Familie zu besuchen. Ich verließ die Villa durch den Hintereingang.

Aber sie waren schneller gewesen als ich. Meine ganze Familie war zur Villa gekommen und stand um den Honda City herum. Sie starrten ihn voller Stolz an, trauten sich aber nicht, ihn zu berühren.

Kishan hob die Hand. Ich hatte ihn nicht mehr gesehen, seit er Dhanbad verlassen hatte, um zu Hause auf dem Feld zu arbeiten – das war vor drei Monaten gewesen. Ich verneigte mich und berührte seine Füße, hielt sie einige Sekunden länger, als nötig gewesen wäre, denn ich wusste, sobald ich losließ, würde er mich gründlich zusammenstauchen – ich hatte in den letzten zwei Monaten kein Geld nach Hause geschickt.

«Sieh an, endlich erinnert er sich an seine Familie!», sagte er und schüttelte mich ab. «Hat er wohl überhaupt mal an uns gedacht?»

«Vergib mir, Bruder.»

«Seit Monaten hast du kein Geld mehr geschickt. Du hast unsere Abmachung vergessen.»

«Vergib mir, vergib mir.»

Aber eigentlich waren sie gar nicht wütend. Zum ersten Mal, soweit ich mich erinnern kann, bekam ich mehr Aufmerksamkeit als die Büffelkuh. Die reichlichste Zuwendung spendete mir natürlich die verschlagene alte Kusum, die mich die ganze Zeit angrinste und ihre Unterarme rieb.

«Ach, wie ich ihm als Kind die Süßigkeiten in den Rachen gestopft habe», sagte sie und versuchte mich in die Wange zu kneifen. Sie hatte zu viel Respekt vor meiner Uniform, mich irgendwo anders anzufassen.

Ich kann Ihnen sagen, beinahe hätten sie mich auf den Schultern in unser altes Haus getragen. Da warteten schon die Nachbarn, die meine Uniform sehen wollten.

Man zeigte mir die Kinder, die inzwischen die Familie vergrößert hatten, und zwang mich, sie auf die Stirn zu küssen. Meine Tante Laila hatte in meiner Abwesenheit zwei Kinder bekommen, Leela, die Frau meines Cousins Pappu, eines. Die Familie war gewachsen. Ihre Bedürfnisse auch. Alle tadelten mich, weil ich nicht jeden Monat Geld geschickt hatte.

Kusum schlug sich mit der Faust an den Kopf; sie heulte ins Haus der Nachbarn hinein. «Mein Enkel hat Arbeit und zwingt mich trotzdem, immer noch zu arbeiten. So ist das Los einer alten Frau in dieser Welt.»

«Verheirate ihn!», riefen die Nachbarn. «Anders kriegt man solche Wilden wie ihn nicht gezähmt!»

«Ja», sagte Kusum. «Ja, das ist eine gute Idee.» Sie grinste und rieb sich die Unterarme. «Eine sehr gute Idee.»

Kishan hatte mir eine Menge Neuigkeiten zu berichten – und weil sie aus der Finsternis kamen, waren es ausnahmslos schlechte. Der Große Sozialist war so korrupt wie eh und je. Die Kämpfe zwischen den Naxaliten und den Grundbesitzern wurden immer blutiger. Die kleinen Leute, so wie wir, wurden dazwischen aufgerieben. Auf beiden Seiten gab es Privatarmeen, die durch die Gegend zogen und Menschen folterten oder erschossen, die sie für Sympathisanten der anderen Seite hielten.

«Das Leben hier ist inzwischen die Hölle», sagte er. «Darum sind wir so froh, dass du aus dem Elend raus bist – du hast eine Uniform und einen guten Herrn.»

Kishan hatte sich verändert. Er war dünner und dunkler geworden – die Sehnen an seinem Hals zeichneten sich deutlich über den tiefen Mulden im Schlüsselbein ab. Ganz plötzlich hatte er sich in meinen Vater verwandelt.

Ich sah Kusum grinsen, die Arme reiben und von meiner Heirat reden. Sie servierte mir das Mittagessen höchstpersönlich. Als sie mir das Curry auf den Teller schaufelte – extra meinetwegen hatte sie Huhn gemacht –, sagte sie: «Wir arrangieren die Hochzeit Ende dieses Jahres, einverstanden? Wir haben dir schon jemanden ausgesucht – eine schöne, fette Gans. Sobald sie ihre erste Regel bekommt, kann sie herkommen.»

Vor mir standen Fleisch und Knochen, vom Curry rot gefärbt – mir kam es vor, als würden sie mir Fleisch von Kishans eigenem Leib servieren.

«Großmutter», sagte ich und schaute auf das große Stück Fleisch, «gib mir noch ein bisschen Zeit. Ich bin noch nicht bereit, verheiratet zu werden.»

Ihr klappte die Kinnlade herunter. «Was soll das heißen, noch nicht? Du wirst tun, was wir wollen.» Sie lächelte. «Und jetzt iss, mein Lieber. Ich habe extra für dich Huhn gemacht.»

Ich sagte: «Nein.»

«Iss.»

Sie schob den Teller näher zu mir.

Der ganze Haushalt beobachtete unsere Auseinandersetzung.

Großmutter kniff die Augen zusammen. «Bist du etwa Brahmane? Na komm, iss.»

«Nein!» Ich schob den Teller so heftig weg, dass er bis an die Wand flog und das rote Curry auf den Boden klatschte. «Ich habe gesagt, ich heirate nicht!»

Sie war so verblüfft, dass sie nicht mal schreien konnte. Als ich ging, stand Kishan auf und versuchte mich aufzuhalten, aber ich schubste ihn zur Seite – er fiel hin –, und ich ging einfach aus dem Haus.

Draußen rannten die Kinder neben mir her, schmutzige kleine Gören, von der einen oder anderen Tante zur Welt gebracht, deren Namen ich gar nicht wissen, deren Haar ich nicht streicheln wollte. Schließlich begriffen sie und liefen zurück.

Ich ließ den Tempel hinter mir, den Markt, die Schweine, das Abwasser. Dann stand ich allein am Wassergraben – vor mir auf dem Hügel das Schwarze Fort.

Ich setzte mich dicht ans Ufer und knirschte mit den Zähnen.

Ich musste die ganze Zeit an Kishans Körper denken. In diesem Haus fraßen sie ihn bei lebendigem Leib auf! Sie würden es mit ihm genauso machen wie mit meinem Vater – ihn aussaugen, bis er schwach und wehrlos war, bis er Tuberkulose bekam und auf dem Fußboden eines staatlichen Krankenhauses starb, wo er auf den Arzt wartete und sein Blut an alle Wände spuckte!

Ich hörte etwas klatschen. Die Büffelkuh im Teich hob den von Seerosen bedeckten Kopf und linste nach mir. Ein Kranich stand auf einem Bein und schaute mich ebenfalls an.

Ich marschierte ins Wasser, bis es mir zum Hals ging, dann schwamm ich – vorbei an Lotos und Seerosen, vorbei an der Büffelkuh, an den Kaulquappen, den Fischen, den Felsbrocken, die vom Fort herabgestürzt waren.

Oben auf den verfallenen Festungsmauern versammelten sich die Affen und sahen auf mich herab: Ich stieg den Hügel hinauf.

*

Sie wissen ja schon um meine Liebe zur Dichtkunst – und vor allem zu den Werken der vier moslemischen Dichter, die allgemein als die Größten aller Zeiten gelten. Iqbal, einer von den vieren, hat ein bemerkenswertes Gedicht geschrieben, in dem er sich vorstellt, der Teufel zu sein, der für seine Rechte einsteht, während Gott ihn einzuschüchtern versucht. Nach moslemischer Lehre war der Teufel einmal Gottes Begleiter, bis er sich mit seinem Herrn stritt und sich selbstständig machte, und seitdem gibt es einen Kampf der Intellekte zwischen Gott und dem Teufel. Darüber schreibt Iqbal. Ich kann mich nicht mehr an den genauen Wortlaut des Gedichtes erinnern, aber es geht ungefähr so:

Gott sagt: *Ich bin mächtig. Ich bin riesengroß. Werde wieder mein Diener.*

Der Teufel sagt: *Ha!*

Wenn ich an Iqbals Teufel denke, und ich denke oft an ihn, wenn ich hier unter meinem Kronleuchter liege, dann stelle ich mir eine kleine schwarze Gestalt in einer nassen Khakiuniform vor, die den Torweg zum Schwarzen Fort hinaufsteigt.

Da steht er nun, einen Fuß auf der Befestigung des Forts, umgeben von einer Horde erstaunter Affen.

Oben im blauen Himmel breitet Gott seine Hand über die Ebenen unten aus, zeigt dem kleinen Mann Laxmangarh und den kleinen Nebenfluss des Ganges, und alles, was dahinter liegt: eine Million solcher Dörfer, eine Milliarde solcher Menschen. Und Gott fragt den kleinen Mann:

Ist das nicht alles wunderbar? Ist es nicht großartig? Bist du nicht dankbar, dass du mein Diener sein darfst?

Und dann sehe ich, wie der kleine Mann in der nassen Khakiuniform anfängt zu zittern, als würde er vor Wut überschnappen, bevor er dem Allmächtigen mit einer Geste seine Dankbarkeit bezeigt, dass er die Welt gerade auf diese Weise erschaffen hat und nicht auf eine der vielen anderen möglichen Arten.

Ich sehe, wie der kleine Mann in seiner Khakiuniform Gott immer und immer wieder *anspuckt*, während ich den schwarzen Rotorblättern des winzigen Ventilators zuschaue, wie sie immer und immer wieder das Licht des Kronleuchters zerschneiden.

*

Als ich eine halbe Stunde später wieder vom Hügel herunterkam, ging ich direkt zur Villa des Storchs. Mr Ashok und Pinky Madam warteten schon neben dem Honda City.

«Wo hast du dich bloß herumgetrieben, Fahrer?», keifte sie. «Wir haben schon gewartet.»

«Tut mir leid, Madam», grinste ich. «Tut mir sehr leid.»

«Hab Verständnis, Pinky. Er hat seine Familie besucht. Du

weißt doch, wie eng die Familien hier in der Finsternis zusammenhalten.»

Kusum, Tante Luttu und alle anderen Frauen standen am Straßenrand, als wir aus dem Dorf fuhren. Sie starrten mich mit offenem Mund an – sprachlos, weil ich nicht gekommen war, um mich zu entschuldigen: Ich sah, wie Kusum ihre knotige Faust in meine Richtung schüttelte.

Ich trat aufs Gaspedal und fuhr einfach an ihnen allen vorbei.

Wir fuhren über den Marktplatz – ich schaute nach dem Teehaus: Die Spinnenmenschen arbeiteten an den Tischen, die Rikschas standen hinten aufgereiht, der Radfahrer mit dem Plakat für den pornografischen Film des Tages am anderen Flussufer hatte gerade seine Runden begonnen.

Ich fuhr vorbei am Grün, an den Büschen und Bäumen, den trägen Wasserbüffeln in trüben Teichen; an den Ranken und dem Unterholz; an Reisfeldern; an Kokospalmen und Bananenstauden; an Neembäumen und Banyanbäumen; am hohen Wildgras, durch das die Köpfe der Wasserbüffel lugten. Ein kleiner, halb nackter Junge saß am Straßenrand auf dem Rücken eines Büffels; als er uns sah, streckte er die Fäuste in die Luft und schrie vor Freude – und ich wollte zurückrufen: *Ja, genauso geht es mir auch! Hier werde ich nie wieder herkommen!*

«Kannst du jetzt reden, Ashoky? Kannst du meine Frage beantworten?»

«Na gut. Also, als ich wieder herkam, habe ich wirklich gedacht, es wäre bloß für zwei Monate, Pinky. Aber … hier in Indien hat sich so viel verändert. Hier kann ich so viel mehr tun als in New York.»

«Das ist doch Quatsch, Ashoky.»

«Nein, ist es nicht. Wirklich nicht. So wie sich Indien im Augenblick verändert, ist es in zehn Jahren wie Amerika. Außerdem gefällt es mir hier besser. Hier haben wir Leute, die sich um uns kümmern – unsere Fahrer, unsere Wachmänner, unsere Masseure. Wo findet man in New York jemanden, der einem Tee und süße Kekse ans Bett bringt, so wie es Ram Bahadur für uns tut? Weißt du, er ist schon seit dreißig Jahren in der Familie – wir nennen ihn Diener, aber eigentlich gehört er zur Familie. Eines Tages stieß mein Vater auf diesen Nepalesen, der mit einer Pistole in der Hand durch Dhanbad lief und sagte –»

Ganz plötzlich hörte er auf zu reden.

«Hast du das gesehen, Pinky?»

«Was?»

«Hast du gesehen, was der Fahrer gemacht hat?»

Mein Herz setzte kurz aus. Ich hatte keine Ahnung, was ich gerade gemacht hatte. Mr Ashok beugte sich vor und sagte: «Fahrer, du hast doch gerade den Finger an dein Auge gelegt, oder?»

«Ja, Sir.»

«Hast du nicht gesehen, Pinky – wir sind gerade an einem Tempel vorbeigefahren» – Mr Ashok zeigte auf den hohen Kegel, dessen Wände mit verschlungenen schwarzen Schlangenleibern bemalt waren und der hinter uns zurückblieb –, «also hat der Fahrer …»

Er berührte meine Schulter.

«Wie heißt du?»

«Balram.»

«Also hat sich unser Balram ans Auge gefasst, als Zeichen seiner Ehrerbietung. Die Dörfler hier in der Finsternis sind alle so religiös.»

Das schien sie beide zu beeindrucken, also legte ich kurz darauf noch einmal den Finger ans Auge.

«Wofür war das denn jetzt, Fahrer? Ich habe gar keinen Tempel gesehen.»

«Ähm … wir sind an einem heiligen Baum vorbeigekommen, Sir. Dem habe ich meine Verehrung gezeigt.»

«Hast du das gehört? Wie sie die Natur verehren. Das ist doch wunderschön, oder?»

Von nun an hielten die beiden nach jedem Baum und jedem Tempel Ausschau und warteten dann auf irgendeine fromme Reaktion von mir – die ich ihnen natürlich lieferte, und das immer ausgefeilter: Zuerst berührte ich nur mein Auge, dann auch meinen Hals, mein Schlüsselbein, schließlich sogar meine Brustwarzen.

Sie waren überzeugt, ich sei der gläubigste Diener auf Gottes Erde. (Da hast du's, Ram Persad!)

Der Rückweg nach Dhanbad war uns versperrt. Auf der Straße parkte ein Lastwagen voller Männer mit roten Stirnbändern, die Parolen brüllten.

«Erhebt euch gegen die Reichen! Unterstützt den Großen Sozialisten! Raus mit den Grundbesitzern!»

Bald kamen andere Lastwagen dazu; die Männer darauf trugen grüne Stirnbänder und schrien die Männer auf dem ersten Lastwagen an. Gleich würde ein Kampf ausbrechen.

«Was ist da los?», fragte Pinky Madam erschrocken.

«Beruhige dich», antwortete er. «Es ist Wahlkampf, weiter nichts.»

Um zu erklären, was es mit dem Geschrei auf den Lastwagen auf sich hatte, muss ich Ihnen alles über Demokratie erzählen – wovon ihr Chinesen, wie ich weiß, nicht sehr viel versteht. Aber das muss bis morgen warten, Exzellenz.

Es ist 2 Uhr 44.

Die Stunde der Degenerierten, der Drogensüchtigen – und der Unternehmer aus Bangalore.

DER VIERTE MORGEN

Aber diese Formalitäten brauchen wir nicht mehr, nicht wahr, Mr Jiabao?

Wir kennen einander doch inzwischen. Außerdem haben wir keine Zeit für Formalitäten, fürchte ich.

Heute wird es eine kurze Sitzung, Herr Ministerpräsident – ich habe eine Radiosendung gehört, über einen Mann namens Castro, der die Reichen aus seinem Land geworfen und sein Volk befreit hat. Ich höre mir zu gern Sendungen über große Männer an – und ehe ich michs versah, war es zwei Uhr morgens! Ich wollte noch mehr über diesen Castro hören, aber um Ihretwillen habe ich das Radio ausgeschaltet. Ich nehme also den Faden meiner Erzählung genau dort wieder auf, wo ich ihn gestern aus der Hand gelegt habe.

Ach, Demokratie!

Herr Ministerpräsident, die kleine Broschüre, die der Premierminister Ihnen mit nach Hause geben wird, enthält mit Sicherheit einen langen Abschnitt über den Glanz der indischen Demokratie – das Ehrfurcht gebietende Schauspiel, wenn eine Milliarde Menschen ihre Stimme abgeben, um so in völlig freier und geheimer Wahl ihre eigene Zukunft zu bestimmen, und so weiter und so fort.

Ich habe gehört, ihr Gelbhäutigen habt trotz eurer triumphalen Erfolge auf den Gebieten Kanalisation, Trinkwasser und olympische Goldmedaillen immer noch keine Demokratie. Irgendein Politiker hat im Radio gesagt, genau deshalb würden wir euch auch übertrumpfen: Wir haben zwar keine Kanalisation, kein Trinkwasser und keine Goldmedaillen, aber wir haben Demokratie.

Wenn ich ein Land schaffen sollte, dann würde ich mich als

Erstes um die Kanalisation kümmern, dann um die Demokratie, und dann erst würde ich anderen Leuten Broschüren und Gandhi-Statuen in die Hand drücken, aber was weiß ich denn schon? Ich bin ja bloß ein einfacher Mörder!

Mit der Demokratie habe ich kein Problem, Mr Jiabao. Ganz im Gegenteil, ich habe ihr viel zu verdanken – sogar meinen Geburtstag. Das war noch damals, als ich im Teehaus von Laxmangarh Kohlen knackte und Tische wischte. Aus Richtung des Gandhi-Bildes war Händeklatschen zu hören – dann schrie der alte Teehausinhaber seinen Untergebenen zu, sie sollten sofort alles stehen und liegen lassen und in die Schule marschieren.

Am Lehrertisch saß ein Mann in Regierungsuniform, vor sich ein langes Buch und einen schwarzen Stift, und er stellte allen Leuten zwei Fragen.

«Name?»

«Balram Halwai.»

«Alter?»

«Kein Alter.»

«Kein Geburtsdatum?»

«Nein, Sir, das haben meine Eltern nicht aufgeschrieben.»

Er sah mich an und sagte: «Ich glaube, du bist achtzehn. Ich glaube, du bist heute achtzehn geworden. Du hast es bloß vergessen, oder?»

Ich verbeugte mich vor ihm. «Das ist richtig, Sir. Ich hatte es vergessen. Heute habe ich Geburtstag.»

«Braver Junge.»

Das schrieb er dann in sein Buch und sagte, ich könne gehen. Ich habe also meinen Geburtstag von der Regierung geschenkt bekommen.

Ich musste achtzehn sein. Wir alle im Teehaus mussten achtzehn sein, im wahlberechtigten Alter. Es stand nämlich eine

Wahl an, und der Inhaber hatte uns bereits verkauft. Er hatte unsere Fingerabdrücke verkauft – die Fingerabdrücke mit Tinte, die Analphabeten bei uns auf den Wahlzettel machen, um die Stimme abzugeben. Das hatte ich einem Gast abgelauscht. Es versprach eine enge Wahl zu werden; daher hatte er für jeden von uns bei der Partei des Großen Sozialisten einen guten Preis ausgehandelt.

Der Große Sozialist war zum Zeitpunkt dieser Wahl schon seit einem Jahrzehnt Chef in der Finsternis. Das Symbol seiner Partei – zwei Hände, die sich aus Handschellen befreien und so die Armen symbolisieren, welche die Reichen abschütteln – war mit Schablonen und schwarzer Farbe auf jedes Regierungsgebäude in der Finsternis gemalt worden. Manche Gäste im Teehaus meinten, der Große Sozialist sei zu Anfang mal ein guter Mann gewesen. Er sei gekommen, um aufzuräumen, aber der Schlamm von Mutter Ganges habe ihn aufgesaugt. Andere sagten, er sei nie sauber gewesen, habe bloß alle hinters Licht geführt, und jetzt erst würden wir erkennen, was für ein Mensch er sei. Wie es auch sein mochte, es schien jedenfalls unmöglich, ihn aus dem Amt zu wählen. Er hatte die Finsternis beherrscht und eine Wahl nach der anderen gewonnen, doch jetzt wurde seine Macht schwächer.

Es ist nämlich so, dass zum jetzigen Zeitpunkt insgesamt neununddreißig Strafverfahren – wegen Mordes, Vergewaltigung, schweren Diebstahls, Waffenschmuggel, Zuhälterei und zahlreicher anderer ähnlicher Kavaliersdelikte – gegen den Großen Sozialisten und seine Minister anhängig sind. Es ist nicht leicht, sie auch zu verurteilen, wenn die Fälle von Richtern in der Finsternis entschieden werden, dennoch sind drei Minister verurteilt worden und sitzen im Gefängnis, von wo aus sie ihre Amtsgeschäfte fortführen. Der Große Sozialist selbst soll, so heißt es, in der Finsternis eine Milliarde Rupien unterschlagen und auf ein Konto in einem kleinen, wunderschönen europäischen Land überwiesen haben, das viele weiße Menschen und schwarze Konten hat.

Nun war also ein Wahltermin festgesetzt worden, und wieder einmal war das Wahlfieber ausgebrochen. Das sind nämlich die drei schlimmsten Krankheiten in diesem Land, Sir: Typhus, Cholera und Wahlfieber. Und die letzte ist die allerschlimmste: Im Wahlfieber reden und reden die Leute unablässig über Sachen, bei denen sie nichts zu sagen haben. Die Feinde des Großen Sozialisten schienen bei dieser Wahl stärker zu sein als vorher. Sie hatten Flugblätter gedruckt, sie fuhren mit Bussen und Lastwagen mit Lautsprechern herum, und sie verkündeten, sie würden ihn stürzen, und sie würden den Ganges und alle, die an seinen Ufern lebten, aus der Finsternis ans Licht ziehen.

Im Teehaus kochte die Gerüchteküche über. Die Leute tranken ihren Tee und diskutierten wieder und wieder die gleichen Themen.

Würden sie es diesmal schaffen? Würden sie den Großen Sozialisten schlagen und die Wahlen gewinnen? Hatten sie genug Geld gesammelt, genug Polizisten bestochen, genug Fingerabdrücke gekauft, um gewinnen zu können? Wie Eunuchen, die übers Kamasutra streiten, diskutieren die Wähler in Laxmangarh über die Wahlen.

Eines Morgens sah ich einen Polizisten mit rotem Pinsel eine Parole an die Tempelwand schreiben:

WOLLT IHR GUTE STRASSEN, SAUBERES WASSER,
ANSTÄNDIGE KRANKENHÄUSER? DANN WÄHLT
DEN GROSSEN SOZIALISTEN AB!

Jahrelang hatte es ein Abkommen zwischen den Grundbesitzern und dem Großen Sozialisten gegeben – das wusste jeder

Dorfbewohner –, aber in diesem Jahr war es aus irgendeinem Grund nicht zustande gekommen, und so hatten sich die vier Großen Tiere zusammengeschlossen und ihre eigene Partei gegründet.

Unter die Parole schrieb der Polizist:

ALL-INDISCHE SOZIALE FORTSCHRITTSFRONT
(LENINISTISCHE FRAKTION)

So hieß nämlich die Grundbesitzerpartei.

In den Wochen vor der Wahl holperten ständig Lastwagen über die schmutzige Hauptstraße von Laxmangarh, die Ladefläche voller junger Männer mit Mikrofonen: «Erhebt euch gegen die Reichen!»

Vijay, der Busfahrer, stand immer auf einem der Lastwagen. Er hatte seine Arbeit aufgegeben und war jetzt Politiker geworden. Das war das Besondere an Vijay: Jedes Mal, wenn man ihn wiedersah, hatte er sich verbessert. Er war der geborene Politiker. Er trug ein rotes Stirnband, um zu zeigen, dass er den Großen Sozialisten unterstützte, und schwang jeden Morgen vorm Teehaus Reden. Die Grundbesitzer brachten im Gegenzug Lastwagenladungen ihrer Anhänger ins Dorf, die von den Ladeflächen schrien: «Straßen! Wasser! Krankenhäuser! Den Großen Sozialisten abwählen!»

Eine Woche vor der Wahl hörten beide Seiten auf, Lastwagen loszuschicken. Ich hörte beim Tischeabwischen, was passiert war.

Der Bluff der Großen Tiere hatte funktioniert. Der Große Sozialist hatte in ein Abkommen mit ihnen eingewilligt.

Vijay verneigte sich bei einer großen Wahlveranstaltung vorm Teehaus vor dem Storch und berührte seine Füße. Es schien, als seien alle Streitigkeiten bereinigt, der Storch war in die Partei des Großen Sozialisten eingetreten und zum Parteivorsitzenden des Bezirks Laxmangarh ernannt worden. Vijay sollte sein Stellvertreter werden.

Jetzt war der Wahlkampf zu Ende. Der Priester feierte eine *Puja*, um für den Sieg des Großen Sozialisten zu beten; vorm Tempel wurde auf Papptellern Lamm Biryani verteilt; abends gab es für alle Gratisfusel.

Am nächsten Morgen kamen sehr viel Staub und sehr viele Polizisten ins Dorf. Ein Polizist verlas die Wahlvorschriften auf dem Marktplatz.

Alles, was getan wurde, geschah nur zu unserem Besten. Die Feinde des Großen Sozialisten würden versuchen, uns, den Armen, die Wahl zu stehlen, uns, den Armen, die Macht wegzunehmen und uns wieder in die Fesseln zu legen, die er, der Große Sozialist, uns so liebevoll abgenommen hatte. Hatten wir das verstanden? Und dann zogen die Polizisten in einer großen Staubwolke wieder ab.

«So läuft es immer», sagte mein Vater an jenem Abend zu mir. «Ich habe jetzt zwölf Wahlen erlebt – fünf nationale, fünf im Bundesstaat und zwei Kommunalwahlen –, und zwölfmal hat jemand anders für mich die Stimme abgegeben. Ich habe gehört, im anderen Indien dürfen die Leute selber wählen gehen – ist das nicht toll?»

Am Tag der Wahl drehte ein Mann durch.

Das passiert jedes Mal, bei jeder Wahl in der Finsternis.

Ein Kollege meines Vaters, ein kleiner, dunkelhäutiger Mann, von dem bis dahin niemand Notiz genommen hatte, war von einer Traube Rikschafahrer umringt, darunter auch mein Vater. Sie alle versuchten ihm sein Vorhaben auszureden, allerdings eher halbherzig.

Sie hatten das alles schon erlebt. Jetzt konnten sie ihn nicht mehr aufhalten.

Ab und zu bricht sogar an einem Ort wie Laxmangarh mal ein Sonnenstrahl durch die Finsternis. Diese ganzen Plakate und Reden und die Parolen an den Wänden steigen einem womöglich zu Kopf. Dann betrachtet ein Mann sich plötzlich als Bürger des demokratischen Staates Indien und will seine Stimme abgeben. So weit war es mit diesem Rikschafahrer gekommen. Er hatte sich von der Finsternis losgesagt: Er hatte an dem Tag sein eigenes Benares erreicht.

Er ging geradewegs zur Schule, wo die Wahlkabine stand. «Ich soll mich doch gegen die Reichen erheben, oder?», rief er. «Erzählen sie uns das nicht andauernd?»

Als er zur Schule kam, hatten die Anhänger des Großen Sozialisten bereits auf einer Tafel draußen das Endergebnis notiert: In dieser Kabine hatten sie 2341 Stimmen gezählt. Und alle waren für den Großen Sozialisten abgegeben worden. Busfahrer Vijay stand auf einer Leiter und nagelte ein Banner mit dem Symbol des Großen Sozialisten an die Wand (die Hände, die ihre Fesseln sprengen). Die Parole darauf lautete:

LAXMANGARH GRATULIERT DEM GROSSEN SOZIALISTEN ZU SEINEM EINSTIMMIGEN SIEG!

Vijay ließ Hammer, Nägel und Banner sinken, als er den Rikschafahrer näher kommen sah.

«Was willst du denn hier?»

«Wählen», rief der zurück. «Ist heute nicht Wahltag?»

Ich kann nicht bezeugen, was als Nächstes geschah, obwohl ich bloß ein paar Meter hinter ihm war. Mit mir sah eine große Menschenmenge aus sicherer Entfernung zu, doch als der Polizist auf uns zustürmte, machten wir alle kehrt und rannten weg wie eine panische Büffelherde. Deshalb konnte ich nicht sehen, was sie dem tapferen Verrückten antaten.

Ich hörte es erst am nächsten Tag, als ich so tat, als würde ich einen Fleck von einer Tischplatte kratzen. Vijay und der Polizist hatten den Rikschafahrer niedergeschlagen und verprügelten ihn; sie schlugen mit Knüppeln auf ihn ein, und als er sich wehrte, traten sie ihn. Sie wechselten sich ab. Vijay schlug ihn, der Polizist trat ihm ins Gesicht, dann war wieder Vijay dran. Nach einer Weile hörte der Körper des Rikschafahrers auf, zu zucken und sich zu wehren, aber sie traten weiter auf ihm herum, bis sie ihn in den Erdboden getrampelt hatten.

Wenn ich noch mal einen Augenblick zu dem Fahndungsplakat zurückkehren darf, Exzellenz. Als Mörder bezeichnet zu werden ist eine Sache. Dagegen habe ich nichts. Das ist Tatsache: Ich bin ein Sünder, ein gefallener Mensch. Aber von der Polizei Mörder genannt zu werden!

What a fucking joke.

Ein kleines Souvenir für Sie, eine Erinnerung an Ihren Indienbesuch: Balram Halwai ist vermisst, auf der Flucht, sein Aufenthaltsort ist der Polizei nicht bekannt, richtig?

Ha!

Die Polizei weiß genau, wo sie mich finden kann. Sie werden mich an jedem Wahltag in der Wahlkabine auf dem Schulgelände von Laxmangarh im Bezirk Gaya finden, wo ich pflichtbewusst meine Stimme abgebe, wie ich es bei jeder nationalen, regionalen und kommunalen Wahl seit meinem achtzehnten Geburtstag getan habe.

Ich bin Indiens treuester Wähler, und doch habe ich noch nie eine Wahlkabine von innen gesehen.

*

Obwohl nun also auch in Dhanbad bald Wahlen anstanden, ging das Leben hinter den hohen Mauern ums Haus des Storchs seinen gewohnten Gang. Er seufzte, wenn seine Beine im warmen

Wasser massiert wurden; um ihn herum wurde Badminton und Cricket gespielt, und ich wusch und föhnte pflichtbewusst die zwei Spitze.

Dann tauchte eines Tages ein bekanntes Gesicht am Tor auf: Vijay, der Busfahrer aus Laxmangarh. Der Held meiner Kindheit trug eine neue Uniform. Er war ganz in Weiß gekleidet, hatte eine weiße Nehru-Kappe auf dem Kopf und an acht Fingern Ringe aus purem Gold!

Der öffentliche Dienst hatte ihm gutgetan.

Ich stand am Tor und sah zu. Der Storch selbst kam heraus, um Vijay zu begrüßen, und verbeugte sich vor ihm – ein Grundbesitzer, der sich vor dem Sohn eines Schweinehirten verbeugte! Die Wunder der Demokratie!

Zwei Tage später kam der Große Sozialist zu Besuch.

Der ganze Haushalt summte deshalb vor Erregung. Mr Ashok stand mit einer Jasmingirlande am Tor, sein Bruder und sein Vater neben ihm.

Ein Wagen fuhr vor, die Tür ging auf, und dann erschien das Gesicht, das ich seit meiner Kindheit auf Millionen Wahlplakaten gesehen hatte – die Hamsterbacken, der weiße Bürstenhaarschnitt, die dicken goldenen Ohrringe.

Vijay trug heute sein rotes Stirnband und hielt die Flagge mit den gesprengten Fesseln hoch. Er rief: «Lang lebe der Große Sozialist!»

Der große Mann legte die Hände zusammen und verbeugte sich nach allen Seiten. Er hatte so ein Gesicht, wie es alle großen indischen Politiker haben. Das Gesicht sagt: Jetzt bin ich friedlich – und auch du kannst in Frieden leben, wenn du dem Besitzer dieses Gesichts nachfolgst. Aber mit nur leicht veränderter Miene kann es auch sagen, dass es das Gegenteil von Frieden kennt: Und wenn es will, kann es auch dir ein solches Schicksal bereiten.

Mr Ashok legte die Girlande um den dicken Stiernacken des großen Mannes.

«Mein Sohn», sagte der Storch. «Vor Kurzem aus Amerika zurückgekehrt.»

Der Große Sozialist kniff Mr Ashok in die Wangen. «Schön. Wir brauchen mehr Jungen, die zurückkehren und Indien zu einer Supermacht aufbauen.»

Dann gingen sie hinein, und alle Türen und Fenster wurden geschlossen. Nach einiger Zeit kam der Große Sozialist in den Hof, und der Alte, der Mungo und Mr Ashok folgten ihm.

Ich versuchte sie zu belauschen, tat daher so, als würde ich fegen, und schob mich Stück für Stück an sie heran. Gerade als ich mich in Hörweite gefegt hatte, tippte mir der Große Sozialist auf die Schulter.

«Wie heißt du, mein Sohn?», fragte er.

Dann fuhr er fort: «Deine Arbeitgeber versuchen mich zu verarschen, Balram. Was sagst du dazu?»

Mr Ashok schaute verblüfft. Der Storch hampelte herum.

«Anderthalb Millionen sind eine Menge Geld, Sir. Wir werden uns gern mit Ihnen einigen.»

Der Große Sozialist winkte ab.

«Dummes Zeug. Du hast hier einen schönen Schwindel am Laufen – förderst einfach umsonst Kohle aus Regierungsgruben. Und das läuft nur, weil ich es zulasse. Als ich dich kennengelernt habe, da warst du bloß ein kleiner Grundbesitzer – ich habe dich hierhergebracht und zu dem gemacht, was du heute bist. Und ich schwöre dir, wenn du mich jetzt übers Ohr hauen willst, dann marschierst du zurück in dein Dorf. Ich habe anderthalb Millionen gesagt, und ich meine auch …»

Er musste sich unterbrechen – er hatte *Paan* gekaut, und sein Mund hatte sich mit roter Spucke gefüllt, die ihm schon von den Lippen tropfte. Er wandte sich zu mir und formte mit den

Händen eine Schale. Ich rannte zum Honda City und holte den Spucknapf.

Als ich damit zurückkehrte, wandte er sich kühl an den Mungo und sagte: «Junge, hältst du mir mal den Spucknapf?»

Der Mungo rührte sich nicht, also nahm der Große Sozialist mir den Spucknapf aus der Hand und streckte ihn hin.

«Nimm ihn, Junge.»

Der Mungo nahm ihn.

Dann spuckte der Große Sozialist dreimal hinein.

Die Hände des Mungos zitterten; sein Gesicht wurde schwarz vor Scham.

«Vielen Dank, mein Junge», sagte der Große Sozialist und wischte sich den Mund ab. Er wandte sich an mich und kratzte sich an der Stirn. «Wo war ich noch gleich?»

Da sehen Sie es. Das war die gute Seite des Großen Sozialisten: Er demütigte all unsere Herren – darum wählten wir ihn immer wieder.

An jenem Abend schlich ich mich unter dem Vorwand, noch einmal den Hof zu fegen, dicht an den Storch und seine Söhne heran; sie saßen mit Gläsern goldenen Alkohols auf einer Bank und unterhielten sich. Mukesh Sir hatte gerade ausgeredet; der Alte schüttelte den Kopf.

«Das können wir nicht machen, Mukesh. Wir brauchen ihn.»

«Aber wenn ich es dir doch sage, Vater. Wir brauchen ihn nicht mehr. Wir können uns direkt nach Delhi wenden. Inzwischen kennen wir da Leute.»

«Ich bin Mukeshs Meinung, Vater. Wir sollten uns von ihm nicht mehr so behandeln lassen – als wären wir seine Sklaven.»

«Sei still, Ashok. Lass mich das mit Mukesh besprechen.»

Ich fegte den Hof zweimal und lauschte. Dann spannte ich Pinky Madams schlaffes Badmintonnetz, um in ihrer Nähe zu bleiben.

Aber da erspähte mich ein Paar misstrauischer nepalesischer Augen: «Lungere nicht im Hof herum. Setz dich in dein Zimmer, bis die Herren dich rufen.»

«In Ordnung.»

Ram Bahadur starrte mich böse an, also verbesserte ich mich: «In Ordnung, Sir.»

(Diener haben nämlich das zwanghafte Bedürfnis, von anderen Dienern mit «Sir» angeredet zu werden, Sir.)

Als ich am nächsten Morgen Puddles und Cuddles nach ihrer Shampoowäsche trocken föhnte, kam Ram Bahadur auf mich zu und fragte: «Warst du schon mal in Delhi?»

Ich schüttelte den Kopf.

«Sie fahren in einer Woche nach Delhi. Mr Ashok und Pinky Madam. Sie wollen drei Monate da bleiben.»

Ich kniete mich hin und hielt den Föhn unter Cuddles' Beine und fragte so beiläufig wie möglich: «Wieso?»

Der Nepalese zuckte die Achseln. Wer konnte das wissen? Wir waren bloß Diener. Aber eines wusste er.

«Es wird nur ein Fahrer mitgehen. Und der wird dreitausend Rupien im Monat kriegen – so viel zahlen sie ihm in Delhi.»

Mir fiel der Föhn aus der Hand. «Ernsthaft? Dreitausend?»

«Ja.»

«Werden sie mich mitnehmen, Sir?» Ich stand auf und fragte flehend: «Können Sie dafür sorgen, dass sie mich mitnehmen?»

«Sie werden Ram Persad mitnehmen», sagte er mit verächtlich heruntergezogenen nepalesischen Lippen. «Es sei denn ...»

«Es sei denn?»

Er zählte mit den Fingern Geld.

Fünftausend Rupien – dann würde er dem Storch sagen, dass sie mich mit nach Delhi nehmen sollten.

«Fünftausend – wo soll ich so viel Geld hernehmen? Meine Familie nimmt mir doch meinen ganzen Lohn ab!»

«Ach so. Na, dann wird es doch Ram Persad. Und du» – er zeigte auf Puddles und Cuddles –, «du wirst wohl den Rest deines Lebens Hunde waschen.»

*

Ich wachte auf, weil mir beide Nasenlöcher brannten.

Es war noch dunkel.

Ram Persad war auf, saß auf dem Bett und hackte Zwiebeln: Ich hörte das Messer *tock, tock, tock* aufs Brett schlagen.

Warum um Himmels willen hackt er um diese Uhrzeit Zwiebeln?, dachte ich, drehte mich auf die andere Seite und schloss wieder die Augen. Ich wollte wieder einschlafen, aber das *tock, tock, tock* des Messers auf dem Brett sagte beharrlich:

Dieser Mann hat ein Geheimnis.

Ich blieb wach, während der Mann auf dem Bett seine Zwiebeln hackte. Ich versuchte es mir zu erklären.

Was war mir in den letzten Tagen an Ram Persad aufgefallen?

Zum einen hatte er Mundgeruch bekommen. Sogar Pinky Madam hatte sich schon beschwert. Er aß auf einmal nicht mehr mit uns, weder im Haus noch draußen. Selbst sonntags, wenn es Huhn gab, lehnte Ram Persad dankend ab und sagte entweder, er habe schon gegessen, oder er habe keinen Hunger, oder …

Das Zwiebelschneiden ging weiter, und ich setzte im Dunkeln meine Gedanken zusammen.

Den ganzen folgenden Tag beobachtete ich ihn unauffällig. Gegen Abend setzte er sich wie erwartet in Richtung Tor in Bewegung.

Bei einem Gespräch mit dem Koch hatte ich erfahren, dass Ram Persad jetzt jeden Abend um die gleiche Zeit aus dem Haus ging. Ich folgte ihm in einiger Entfernung. Er ging in einen Stadtteil, den ich noch nie betreten hatte, und lief durch ein paar schmale Gassen. Einmal sah ich ganz deutlich, wie er sich umsah, als wollte er sichergehen, dass ihm niemand folgte; dann hastete er los.

Vor einem zweistöckigen Gebäude blieb er stehen. In die Wand war ein großes, quadratisch unterteiltes Metallgitter eingelassen; darunter ragten eine Reihe kleiner schwarzer Wasserhähne aus der Wand. Er beugte sich zu einem hinunter, wusch sich das Gesicht, gurgelte mit Wasser und spuckte es aus. Dann zog er die Sandalen aus. Es waren schon viele Schuhe und Sandalen in die quadratischen Zwischenräume des Gitters gestopft worden – er machte mit seinen Sandalen das Gleiche. Dann ging er in das Gebäude und schloss die Tür hinter sich.

Ich schlug mir an die Stirn.

Was war ich für ein Trottel gewesen! «Es ist Ramadan! Sie dürfen tagsüber nichts essen.»

Ich rannte zum Haus zurück und suchte den Nepalesen. Er stand am Tor und schrubbte sich mit einem Zweig vom Neembaum das Gebiss – das machen viele Arme in diesem Land, wenn sie sich die Zähne putzen wollen.

«Ich habe gerade einen Film gesehen, Sir.»

«Verpiss dich.»

«Ein ganz toller Film. Jede Menge Tanz und Musik. Der Held war Moslem. Hieß Mohammed Mohammed.»

«Stiehl mir nicht die Zeit, Junge. Wenn du nichts zu tun hast, geh das Auto waschen.»

«Also, dieser Mohammed Mohammed war ein armer, ehrlicher, hart arbeitender Moslem, aber er wollte unbedingt im Haus eines bösen Grundbesitzers voller Vorurteile angestellt werden, der Moslems nicht ausstehen konnte. Um also Arbeit zu kriegen und seine hungernde Familie zu ernähren, gab er sich als Hindu aus! Und er nannte sich Ram Persad.»

Dem Nepalesen fiel der Zweig aus dem Mund.

«Und wissen Sie, wie er das angestellt hat? Weil der nepalesische Hauswächter, dem die Herren bedingungslos vertrauten und der Ram Persads Herkunft hatte überprüfen sollen, mit ihm unter einer Decke steckte!»

Bevor er wegrennen konnte, packte ich ihn am Kragen. Rein technisch ist diese Geste in allen Streitigkeiten unter Dienstboten ausreichend, um anzuzeigen: «Ich habe gewonnen.» Aber wenn man sich schon auf so etwas einlässt, dann sollte man es auch stilvoll zu Ende bringen, oder? Also verpasste ich ihm noch eine Ohrfeige.

Von nun an war ich Diener Nummer eins im Haus.

Ich rannte wieder zur Moschee. Das Gebet musste inzwischen zu Ende sein. Und tatsächlich, Ram Persad – oder Mohammed oder wie er wirklich hieß – kam gerade aus der Moschee, griff sich die Sandalen aus dem Gitter, warf sie auf den Boden, schob seine Füße hinein und ging los. Er sah mich – ich zwinkerte ihm zu –, und er wusste, er war aufgeflogen.

Ich erledigte das Nötige mit wenigen präzisen Worten.

Dann ging ich ins Haus zurück. Der Nepalese sah mich durchs Torgitter an. Ich nahm ihm die Schlüsselkette ab und steckte sie in die Tasche. «Bring mir einen Tee. Und Kekse.» Dann kniff ich in den Stoff seines Hemdes. «Und außerdem will ich deine Uniform. Meine wird langsam alt.»

In der Nacht schlief ich im Bett.

Morgens kam jemand ins Zimmer. Es war der ehemalige Fahrer Nummer eins. Ohne ein Wort fing er an zu packen. Seine Sachen passten alle in eine kleine Tasche.

Ich dachte: *Was hat er für ein elendes Leben geführt, musste seine Religion und seinen Namen verleugnen, bloß um diese Stelle als Fahrer zu kriegen – und er ist ein guter Fahrer, keine Frage, viel besser, als ich je sein werde.* Beinahe wollte ich aufstehen, mich auf der Stelle bei ihm entschuldigen und sagen: *Fahr du mit ihnen nach Delhi. Du hast mir nie geschadet. Vergib mir, Bruder.*

Ich drehte mich auf die andere Seite, furzte und schlief wieder ein.

Als ich aufwachte, war er weg – er hatte alle seine Götterbilder dagelassen, und ich warf sie in eine Tasche. Man weiß nie, wann man solche Dinge mal gebrauchen kann.

Abends kam der Nepalese mit breitem Grinsen im Gesicht zu mir – das gleiche falsche Dienerlächeln, das er auch vor dem Storch den ganzen Tag aufsetzte. Er berichtete, da Ram Persad ja ohne jede Erklärung seinen Dienst quittiert habe, würde ich Mr Ashok und Pinky Madam nach Delhi fahren. Er hatte mich persönlich – und nachdrücklich – empfohlen.

Ich ging wieder zum Bett, das jetzt ganz allein mir gehörte, streckte mich darauf aus und sagte: «Schön. Und jetzt mach mal diese Spinnweben weg, ja?»

Er starrte mich wütend an, sagte aber nichts, sondern ging weg, um einen Besen zu holen.

Ich rief: «Sir!»

Von da an gab es jeden Morgen heißen nepalesischen Tee und leckere gezuckerte Kekse im Porzellanschälchen.

Am Sonntag kam Kishan ans Tor und erfuhr die Neuigkeiten aus meinem Mund. Ich dachte, er würde mich zusammenstauchen, weil ich so unvermittelt aus dem Dorf verschwunden war, aber er war überwältigt vor Freude – seine Augen füllten sich mit Tränen. Einer aus seiner Familie hatte es geschafft, aus der Finsternis nach Delhi!

«Genau wie unsere Mutter immer gesagt hat. Sie wusste, du würdest es schaffen.»

Zwei Tage später fuhr ich Mr Ashok, den Mungo und Pinky Madam im Honda City nach Delhi. Der Weg war nicht schwer zu finden – ich musste bloß den Bussen folgen. Denn die ganze

Straße war voll mit Bussen und Jeeps – alle randvoll mit Fahrgästen, drinnen, draußen, sogar auf dem Dach. Sie alle wollten raus aus der Finsternis und nach Delhi. Man hätte meinen können, es sei eine Völkerwanderung.

Jedes Mal, wenn wir einen der Busse überholten, musste ich grinsen. Ich hätte am liebsten das Fenster heruntergekurbelt und geschrien: *Ich fahre im Auto nach Delhi – in einem Auto mit Klimaanlage!*

Aber ich bin sicher, diesen Satz konnten sie auch in meinen Augen lesen.

Gegen Mittag tippte Mr Ashok mir auf die Schulter.

Von Anfang an, Sir, gab es zwischen uns eine Art blindes Verständnis: Ich wusste immer, was er sagen wollte, so wie Hunde ihren Herrn instinktiv verstehen. Ich hielt an und rutschte nach links, er rutschte nach rechts, unsere Körper schoben sich aneinander vorbei (so dicht, dass seine Bartstoppeln an meiner Wange kratzten wie der Rasierpinsel, den ich jeden Morgen benutze, und dass sein Duftwasser – ein herrlicher, schwerer, fruchtiger Duft – mir einen schwindelnden Augenblick lang in die Nase stieg, während ihm mein Dienerschweiß ins Gesicht wehte), und dann wurde er Fahrer und ich Fahrgast.

Er ließ den Wagen an.

Der Mungo, der die ganze Zeit in der Zeitung geblättert hatte, merkte jetzt erst, was passiert war.

«Lass das, Ashok.»

Der Mungo war noch ein Herr der alten Schule. Er konnte zwischen Recht und Unrecht unterscheiden.

«Du hast recht – es fühlt sich komisch an», sagte Mr Ashok.

Das Auto hielt wieder. Unsere Körper wechselten noch einmal die Seiten, tauschten ihre Düfte aus, und dann war ich wieder Fahrer und Diener und Mr Ashok wieder Fahrgast und Herr.

Spät am Abend kamen wir in Delhi an.

Es ist noch nicht mal drei Uhr, und ich könnte noch ein bisschen weiterreden. Aber ich will jetzt aufhören, weil ich von nun an eine andere Sorte Geschichte zu erzählen habe.

Wissen Sie noch, Herr Ministerpräsident, wie Sie zum ersten Mal die Motorhaube eines Autos geöffnet und ins Innere geschaut haben? Erinnern Sie sich an die bunten Kabel, die von einem Teil des Motors zum anderen führten, an die schwarze Kiste mit den gelben Deckeln, an die geheimnisvollen Schläuche, aus denen Dampf und Öl und Schmiere in alle Richtungen zischte – wissen Sie noch, wie rätselhaft und magisch das alles wirkte? Wenn ich den Teil der Geschichte betrachte, der sich in Neu-Delhi abspielt, kommt es mir genauso vor. Wenn ich Ihnen erklären sollte, wie ein Ereignis mit dem anderen zusammenhängt oder wie ein Motiv das nächste verstärkt oder abschwächt oder wie sich meine Einstellung zu meinem Herrn von *diesen* hin zu *jenen* Gedanken entwickelte – dann müsste ich sagen, dass ich es selbst nicht verstehe. Ich weiß nicht mit Sicherheit, ob die Geschichte so, wie ich sie erzähle, richtig ist. Ich kann nicht mit Sicherheit sagen, dass ich wüsste, warum Mr Ashok gestorben ist.

Es ist daher besser für mich, wenn ich hier aufhöre.

Wenn wir uns um Mitternacht wieder sprechen, erinnern Sie mich daran, den Kronleuchter ein wenig heller zu stellen. Von nun an wird die Geschichte viel düsterer.

DIE VIERTE NACHT

Ich sollte noch ein bisschen über den Kronleuchter sprechen.

Warum nicht? Ich habe keine Familie mehr. Nur noch Kronleuchter.

Ich habe hier im Büro über meinem Kopf einen Kronleuchter und dann noch zwei in meiner Wohnung in Raj Mahal Villas Phase Two. Einen im Wohnzimmer und einen kleinen in der Toilette. Das ist bestimmt die einzige Toilette in Bangalore mit Kronleuchter!

Ich habe diese ganzen Kronleuchter eines Tages an den Ästen eines großen Banyanbaumes in der Nähe der Lalbagh Gardens entdeckt; ein Dorfjunge bot sie zum Verkauf, und ich kaufte ihm alle auf einmal ab. Dann habe ich einen Mann mit Ochsenkarren bezahlt, sie zu mir nach Hause zu bringen, und wir alle, dieser Bursche, vier Kronleuchter und ich, sind am helllichten Tage mit einer Ochsen-Limousine durch Bangalore gefahren!

Der Anblick eines Kronleuchters macht mich glücklich. Warum auch nicht, ich bin ein freier Mann, ich kann mir so viele Kronleuchter kaufen, wie ich lustig bin. Sie halten zum Beispiel Eidechsen fern. Das ist die reine Wahrheit, Sir. Eidechsen mögen kein Licht, wenn sie also einen Kronleuchter sehen, bleiben sie weg.

Ich verstehe nicht, wieso andere Leute sich nicht auch dauernd Kronleuchter kaufen und überall an die Decke hängen. Freie Menschen wissen ihre Freiheit nicht zu schätzen: Das ist das Problem.

Manchmal schalte ich in meiner Wohnung beide Kronleuchter an und lege mich dann in das ganze helle Licht und fange einfach an zu lachen. Ein Gesuchter in seinem Versteck, umgeben von lauter Kronleuchtern!

Damit enthülle ich das Geheimnis einer erfolgreichen Flucht. Die Polizei hat mich im Dunkeln gesucht: Ich aber habe mich im Licht versteckt!

In Bangalore!

Eine der vielen Verwendungsmöglichkeiten für den Kronleuchter, diesen wenig besungenen und wenig beliebten Gegenstand, ist folgende: Wenn man etwas vergisst, muss man nur lange genug die Kristallteile anschauen, die unter der Decke glitzern, und innerhalb von fünf Minuten weiß man wieder ganz genau, woran man sich erinnern wollte.

Wissen Sie, ich hatte nämlich vergessen, wo wir gestern Nacht stehen geblieben waren, deshalb musste ich ein bisschen über Kronleuchter plaudern, um Sie hinzuhalten, aber jetzt weiß ich es wieder.

Delhi – wir waren gestern bis Delhi gekommen, als ich zu erzählen aufhörte.

Die Hauptstadt unserer glorreichen Nation. Der Sitz des Parlamentes, des Präsidenten, des Premierministers und aller seiner Minister. Der Stolz unserer Städteplanung. Das Prunkstück unserer Republik.

So nennen *sie* es.

Lassen Sie sich von einem Fahrer die Wahrheit sagen: Delhi ist eine verrückte Stadt.

Die Reichen dort leben in großen Wohnanlagen wie der Defence Colony, Greater Kailash oder Vasant Kunj, und innerhalb dieser Anlagen sind die Häuser mit Buchstaben und Zahlen gekennzeichnet, aber diese Nummerierung folgt keinem erkennbaren logischen System. Im englischen Alphabet steht beispielsweise der Buchstabe A neben dem Buchstaben B, das weiß jeder, sogar jemand wie ich, der gar kein Englisch spricht. Aber in so einer Wohnanlage heißt ein Haus A 231 und das daneben F 378. Einmal sollte ich also Pinky Madam zur Adresse Greater Kailash E 231 bringen, und als ich gerade schon bis zu E 200 gefunden hatte und dachte, gleich müssten wir da sein, verschwand Block E völlig. Das nächste Haus hatte ein S oder so was.

Pinky Madam fing an herumzuschreien. «Ich habe doch gleich gesagt, nimm bloß nicht diesen Dorftrottel mit!»

Und dann noch etwas. Jede Straße in Delhi hat einen Namen, Aurangazeb Road oder Humayun Road oder Archbishop Makarios Road. Aber kein Mensch, egal, ob Herr oder Diener, kennt diese Straßennamen. Da fragt man jemanden: «Wo geht es zur Nikolai Copernicus Marg?»

Der Mann hat womöglich sein ganzes Leben an der Nikolai Copernicus Marg gewohnt, aber trotzdem klappt er den Kiefer herunter und sagt: «Häh?»

Oder er sagt: «Hier geradeaus und dann links ab», obwohl er überhaupt keinen Schimmer hat.

Und alle Straßen sehen gleich aus, alle kreisen ständig um irgendwelche runden Grasfelder, auf denen Menschen schlafen, essen, Karten spielen, und von diesem Graskreis gehen vier Straßen in alle Himmelsrichtungen, eine davon nimmt man, und schon kommt man wieder zu so einem Graskreis, auf dem Menschen schlafen oder Karten spielen, und wieder gehen vier Straßen ab. Also verfährt man sich in Delhi in einem fort.

Hier leben Tausende von Menschen einfach am Straßenrand. Auch sie sind aus der Finsternis gekommen – das sieht man an ihren dünnen Leibern, ihren schmutzigen Gesichtern, an ihren tierhaften Lebensumständen, wie sie unter Brücken und Unterführungen Feuer machen, Wäsche waschen, Läuse aus den Haaren pulen, während die Autos an ihnen vorbeirauschen. Diese Obdachlosen stellen für jeden Autofahrer ein besonderes Problem dar. Sie beachten keine roten Ampeln – sie laufen einfach über die Straße, wenn es ihnen einfällt. Und jedes Mal, wenn ich für einen von ihnen gebremst habe, weil ich ihn nicht über den Haufen fahren wollte, ging das Geschrei auf dem Beifahrersitz los.

Ich frage Sie, wer hat Delhi so verrückt gebaut? Welche Genies sind dafür verantwortlich, dass Block F auf Block A folgt und Hausnummer 69 auf Hausnummer 12? Wer war so damit beschäftigt, Partys zu feiern, englischen Alkohol zu trinken und mit dem Spitz zum Hundefriseur zu gehen, dass man den Straßen Namen gab, die sich kein Mensch merken kann?

«Fahrer, hast du dich wieder verfahren?»

«Hack nicht schon wieder auf ihm herum.»

«Warum verteidigst du ihn immer, Ashok?»

«Haben wir nicht Wichtigeres zu besprechen? Warum reden wir andauernd über diesen Fahrer?»

«Na gut, reden wir über was anderes. Als Erstes über deine Frau und ihre Wutanfälle.»

«Meinst du wirklich, das ist wichtiger als die Steuersache? Ständig frage ich dich, was wir dazu unternehmen wollen, und jedes Mal weichst du aus. Ich finde das *Wahnsinn*, wie viel sie von uns verlangen.»

«Ich habe dir doch gesagt: Das ist eine politische Frage. Sie machen uns Ärger, weil Vater versucht hat, sich vom Großen Sozialisten abzusetzen.»

«Ich verstehe nicht, wieso er sich überhaupt je mit dem Ganoven eingelassen hat.»

«Er hat Politik gemacht, weil er musste, Ashok – in der Finsternis hat man da keine Wahl. Und keine Angst, mit dieser Einkommenssteuerforderung werden wir schon fertig. Wir sind hier in Indien, nicht in Amerika. Hier findet sich immer ein Ausweg. Ich habe dir doch erzählt, dass hier in Delhi jemand für uns arbeitet – Ramanathan. Der ist ein guter Strippenzieher.»

«Ramanathan ist ein schmieriger, widerlicher Kretin. Was wir brauchen, ist ein Steueranwalt, Mukesh! Wir müssen an die Öffentlichkeit gehen, zu den Zeitungen, und ihnen erzählen, dass diese Politiker uns ausrauben!»

«Jetzt hör mal zu.» Mukesh wurde lauter. «Du bist gerade aus

Amerika zurück. Selbst der Mann am Steuer dieses Wagens weiß mehr über Indien als du im Augenblick. Wir brauchen einen *Strippenzieher*. Der wird uns einen Gesprächstermin mit dem richtigen Minister besorgen. So läuft das in Delhi.»

Der Mungo beugte sich vor und legte mir die Hand auf die Schulter. «Schon wieder verfahren? Meinst du, du könntest uns heute mal nach Hause bringen, ohne dich ein Dutzend Mal zu verfahren?»

Er seufzte und sank auf den Rücksitz zurück. «Wir hätten ihn nicht mitnehmen sollen, er ist ein hoffnungsloser Fall. Ram Bahadur hat sich in dem Burschen komplett geirrt. Ashok.»

«Hm?»

«Lass mal einen Moment dein Handy aus den Augen. Hast du Pinky gesagt, dass ihr hierbleibt?»

«Hm. Ja.»

«Und was sagt die Königin dazu?»

«Nenn sie nicht so. Sie ist deine Schwägerin, Mukesh. In Gurgaon wird sie sicher glücklich sein, das ist der amerikanischste Teil der Stadt.»

Das war klug gedacht von Mr Ashok. Vor zehn Jahren, heißt es, gab es in Gurgaon bloß Wasserbüffel und fette Farmer aus dem Punjab. Heute ist es der modernste Vorort von Delhi. American Express, Microsoft, alle großen amerikanischen Unternehmen haben hier Büros. An der Hauptstraße steht eine Shopping Mall neben der anderen – und in jeder gibt es ein Kino! Wenn Pinky Madam also Amerika vermisste, dann war das der beste Ort, an den er sie bringen konnte.

«Dieser Trottel», sagte Mukesh. «Jetzt guck dir das an. Hat sich schon wieder verirrt.»

Er streckte die Hand aus und schlug mir kräftig auf den Schädel. «An dem Brunnen links, du Idiot! Weißt du nicht, wie man von hier zu unserem Haus kommt?»

Ich wollte mich gerade entschuldigen, als ich von hinten eine Stimme hörte: «Schon in Ordnung, Balram. Bring uns einfach nach Hause.»

«Siehst du – jetzt verteidigst du ihn schon wieder.»

«Versetz dich doch mal in seine Lage, Mukesh. Kannst du dir nicht vorstellen, wie verwirrend Delhi für ihn sein muss? Bestimmt genauso schlimm wie New York für mich beim ersten Mal.»

Der Mungo wechselte zu Englisch – darum verstand ich seine Worte nicht, aber Mr Ashok antwortete auf Hindi: «Pinky meint das auch. Das ist das Einzige, wo ihr beide einer Meinung seid. Aber nicht mit mir, Mukesh. Wir kennen in Delhi keine Menschenseele. Diesem Burschen können wir vertrauen. Er ist von zu Hause.»

In dem Augenblick schaute ich in den Rückspiegel, und mein Blick traf Mr Ashoks: In den Augen meines Herrn entdeckte ich eine höchst unerwartete Empfindung.

Mitleid.

*

«Wie viel zahlen sie dir denn, Feldmaus?»

«Genug. Ich bin zufrieden.»

«Willst es mir nicht sagen, was, Feldmaus? Braver Junge. Treuer Diener bis zum bitteren Ende. Gefällt dir Delhi?»

«Ja.»

«Ha! Lüg mich doch nicht an, du Schwesternficker. Du bist doch hier verraten und verkauft. Bestimmt hasst du die Stadt.»

Er versuchte mir die Hand auf den Arm zu legen, aber ich wich zurück. Er hatte eine Hautkrankheit – Vitiligo –, von der die Lippen in seinem pechschwarzen Gesicht hellrosa geworden waren. Ich sollte Ihnen vielleicht was über diese Krankheit erzählen, die auch Weißfleckenkrankheit heißt und die so viele

Arme in unserem Land heimsucht. Ich weiß nicht, wie man sie bekommt, aber jedenfalls verändert sie die Hautfarbe von Braun zu Rosa. In neun von zehn Fällen sind es bloß ein paar rosa Flecken auf der Nase oder Wange, als ob im Gesicht ein Stern explodiert ist, oder eine rosa Stelle am Unterarm, als ob man mit kochendem Wasser verbrüht wurde, aber manchmal ändert sich die Hautfarbe auch am ganzen Körper, und wenn man an so einem Fall vorbeigeht, denkt man zuerst: *Ein Amerikaner!* Aber wenn man ihn dann anstarrt, wenn man hingehen und ihn anfassen möchte, dann merkt man, er ist bloß einer von uns, der diese schreckliche Krankheit hat.

Bei diesem Fahrer hatten sich nur die Lippen rosa verfärbt, sonst nichts, deshalb sah er aus wie ein Zirkusclown mit angemaltem Mund. Wenn ich ihn nur ansah, drehte sich mir der Magen um. Aber er war der Einzige von den Fahrern, der nett zu mir war, also blieb ich in seiner Nähe.

Wir standen vor der Shopping Mall. Wir – ungefähr ein Dutzend Chauffeure – warteten darauf, dass unsere Herren vom Einkaufen zurückkamen. Wir durften natürlich nicht mit in die Mall – das musste uns niemand sagen. Wir standen im Kreis auf dem Parkplatz, rauchten und schwatzten – und ab und zu spuckte einer einen Schwall roten Betelsaft aus.

Weil auch er aus der Finsternis stammte – und meine Herkunft natürlich sofort erraten hatte –, gab mir der Fahrer mit den kranken Lippen einen kleinen Einführungskurs zum Überleben in Delhi, damit ich nicht auf einem Busdach in die Finsternis zurückgeschickt würde.

«Das Wichtigste, was man über Delhi wissen muss: Die Straßen sind gut, die Menschen schlecht. Die Polizei ist *absolut* verkommen. Wenn sie dich ohne Sicherheitsgurt erwischen, musst du hundert Rupien Schmiergeld zahlen. Unsere Herren schickt auch nicht gerade der Himmel. Wenn sie spätnachts auf ihre Partys gehen, ist das für uns die Hölle. Du schläfst im Auto und wirst bei lebendigem Leibe von Mücken gefressen. Wenn es Malaria-Mücken sind, hast du noch Glück, dann liegst du bloß ein paar Wochen im Fieberwahn, aber wenn es die Dengue-Mücken sind, dann sitzt du in der Scheiße, dann verreckst du garantiert. Um zwei Uhr morgens kommt er dann wieder raus, haut gegen das Fenster und schreit dich an, stinkt nach Bier und furzt dir die ganze Rückfahrt das Auto voll. Im Januar wird es richtig kalt. Wenn du weißt, dass er lange auf einer Party bleibt, nimm dir bloß eine Decke zum Zudecken mit. Hält auch die Mücken einigermaßen ab. Wenn du also im Wagen sitzt und auf deinen Partys feiernden Herrn wartest, wirst du dich langweilen – ich kannte mal einen Fahrer, der ist vom Warten durchgedreht –, also brauchst du was zu lesen. Du kannst doch lesen, oder? Gut. Das hier ist das Allerbeste zum Lesen im Auto.»

Er gab mir eine Zeitschrift mit reißerischem Cover – eine Frau in Unterwäsche lag auf einem Bett und duckte sich vor einem männlichen Schatten.

MURDER WEEKLY

4,50 RUPIEN

WAHRE EXKLUSIVGESCHICHTE:

«EINE GUTE LEICHE VERGEHT NICHT»

MORD – GEWALT – RACHE!

Über diese Zeitschrift *Murder Weekly* muss ich Ihnen etwas erzählen, Sir, denn unser Premierminister wird es sicher nicht tun. Sie wird an jedem Zeitungsstand der Stadt verkauft, gleich neben den Schundromanen, und ist unter sämtlichen Dienstboten Delhis sehr beliebt – ob Koch, Kindermädchen oder Gärtner. Fahrer bilden da keine Ausnahme. Jede Woche, wenn die neue

Ausgabe erscheint, auf dem Cover eine Frau, die ängstlich vor ihrem baldigen Mörder kauert, kauft einer der Fahrer das Blatt und reicht es unter den Kollegen herum.

Bitte, Herr Ministerpräsident, geraten Sie wegen dieser Mitteilung nicht in Panik – kein kalter Schweiß muss Ihnen auf der gelben Stirn stehen. Dass die Fahrer und Köche in Delhi alle *Murder Weekly* lesen, muss nicht heißen, dass sie ihren Herren demnächst den Hals durchschneiden. Sie *würden* natürlich gerne. Selbstverständlich stellen sich Milliarden Diener heimlich vor, wie sie ihre Arbeitgeber erwürgen – darum bringt die indische Regierung ja auch diese Zeitschrift heraus und verkauft sie für nur viereinhalb Rupien auf der Straße, sodass selbst die Armen sie sich leisten können. Es ist nämlich so: Der Mörder in den Geschichten des Blattes ist immer so gestört und sexuell abartig, dass nicht *ein* Leser sein will wie er – und am Ende wird er immer von irgendeinem ehrlichen, fleißigen Polizisten (ha!) gefasst, oder er wird vollkommen wahnsinnig und erhängt sich mit einer Bettdecke, nachdem er einen gefühligen Brief an seine Mutter oder seinen Grundschullehrer geschrieben hat, oder er wird vom Bruder der Frau, die er umgebracht hat, verfolgt und erwischt, verprügelt und erdrosselt. Wenn also Ihr Fahrer die *Murder Weekly* durchblättert, entspannen Sie sich. Für Sie besteht keine Gefahr. Ganz im Gegenteil.

Erst wenn Ihr Fahrer anfängt, Sachen über Gandhi oder Buddha zu lesen, Mr Jiabao, dann sollten Sie sich in die Hose machen.

Nachdem Weißflecklippe mir die Zeitschrift gezeigt hatte, schlug er sie wieder zu und warf sie in den Kreis der anderen Fahrer; sie stürzten sich darauf wie eine Hundemeute auf den Knochen. Er gähnte und sah mich an.

«Wovon lebt dein Boss, Feldmaus?»

«Weiß ich nicht.»

«Bist du jetzt loyal oder bloß dämlich, Feldmaus? Wo kommt er her?»

«Aus Dhanbad.»

«Dann ist er im Kohlegeschäft. Will hier wahrscheinlich Minister bestechen. Kohle ist ein richtig verkommenes Geschäft.» Wieder gähnte er. «Ich habe mal einen gefahren, der Kohle verkauft hat. Ganz, ganz üble Branche. Aber mein derzeitiger Boss macht in Stahl, und neben dem sehen die Kohleunternehmer wie Heilige aus. Wo wohnt er denn?»

Ich nannte ihm den Namen unseres Wohnblocks.

«Da wohnt mein Herr auch! Dann sind wir Nachbarn!»

Er schob sich direkt neben mich; ohne einen Schritt zu machen – das wäre unhöflich gewesen –, neigte ich meinen Körper so weit wie möglich von seinen Lippen weg.

«Feldmaus – braucht dein Boss» – hier sah er sich um und senkte die Stimme zu einem Flüstern –, «*braucht* dein Boss irgendwas?»

«Wie meinst du das?»

«Trinkt er gern ausländischen Wein? Ich habe einen Freund, der als Fahrer für eine ausländische Botschaft arbeitet. Er hat gute Kontakte. Du kennst doch die Nummer mit den ausländischen Botschaften und dem ausländischen Wein?»

Ich schüttelte den Kopf.

«Das läuft so, Feldmaus: Ausländischer Wein ist in Delhi sehr teuer, weil er hoch besteuert wird. Aber die Botschaften kriegen ihn umsonst. Natürlich sollen sie ihn eigentlich selbst trinken, aber stattdessen verkaufen sie ihn auf dem Schwarzmarkt. Ich kann ihm auch andere Sachen besorgen. Möchte er vielleicht Golfbälle? Die kriege ich von Leuten aus dem amerikanischen Konsulat. Will er Frauen? Kann ich beschaffen. Wenn er eher auf Jungs steht, auch kein Problem.»

«Solche Sachen tut mein Herr nicht. Er ist ein anständiger Mann.»

Die kranken Lippen verzogen sich zu einem Lächeln. «Sind sie das nicht alle?»

Er fing an, irgendein Lied aus einem Hindi-Film zu pfeifen. Ein Fahrer las eine der Geschichten aus der Zeitschrift vor; alle anderen lauschten schweigend. Ich betrachtete eine Weile die Mall.

Dann wandte ich mich an den Fahrer mit den schrecklich rosafarbenen Lippen und sagte: «Ich würde dich gern was fragen.»

«Nur zu. Frag mich. Du weißt ja, ich würde alles für dich tun, Feldmaus.»

«Dieses Gebäude, das *Mall* heißt – wo draußen diese Plakate von Frauen dran hängen –, das ist doch zum Einkaufen, oder?»

«Richtig.»

«Und das da», ich zeigte auf ein glänzendes gläsernes Bauwerk links daneben, «ist das auch eine Mall? Da hängen gar keine Frauenbilder dran.»

«Das ist keine Mall, Feldmaus. Das ist ein Bürogebäude. Von da machen sie Anrufe nach Amerika.»

«Was für Anrufe?»

«Keine Ahnung. Die Tochter meines Herrn arbeitet auch in so einem Gebäude. Ich setze sie da jeden Abend um acht ab, und um zwei Uhr morgens kommt sie wieder. Ich weiß genau, dass sie in dem Gebäude haufenweise Geld verdient, weil sie es nämlich tagsüber alles in die Malls trägt.» Er beugte sich vor – seine rosaroten Lippen waren nur noch Zentimeter von meinen entfernt. «Mal ganz unter uns, ich finde das ziemlich eigenartig – dass Mädchen abends in irgendein Haus gehen und morgens mit so viel Geld wieder rauskommen.»

Er zwinkerte mir zu. «Sonst noch was, Feldmaus? Du bist ja ein neugieriger Kerl.»

Ich zeigte auf eine der jungen Frauen, die aus der Mall kamen.

«Was ist mit der, Feldmaus? Gefällt sie dir?»

Ich wurde rot. «Sag mal», fragte ich, «haben die Frauen in der Stadt – so wie die da – eigentlich keine Haare unter den Armen und an den Beinen, so wie die bei uns im Dorf?»

*

Nach einer halben Stunde kamen Mukesh Sir, Mr Ashok und Pinky Madam mit Einkaufstüten aus der Mall; ich lief ihnen entgegen, um ihnen die Taschen zu tragen, die ich in den Kofferraum packte. Dann sprang ich auf den Fahrersitz des Honda City und fuhr sie in ihr neues Heim, das im dreizehnten Stock eines riesigen Wohnhauses lag. Der Name des Gebäudes lautete Buckingham Towers Block B. Daneben lag ein zweites, genauso großes Gebäude namens Buckingham Towers Block A. Und daneben Windsor Manor Block A. Und so weit das Auge reichte, lauter solche Wohnblocks, alle glänzend neu und mit großartig klingenden englischen Namen. Buckingham Towers Block B war einer der besten – ein schönes großes Foyer, darin ein Aufzug, der uns alle in den dreizehnten Stock fuhr.

Die Wohnung selbst gefiel mir nicht so – sie war insgesamt nur so groß wie allein die Küche in Dhanbad. Immerhin standen schöne weiche weiße Sofas darin, und darüber an der Wand hing ein riesiges gerahmtes Foto von Puddles und Cuddles. Der Storch hatte nicht gestattet, dass sie mit in die Stadt kamen.

Ich konnte den Anblick der Viecher nicht ertragen, nicht mal auf einem Foto, und hielt den Blick deshalb im Wohnzimmer immer auf den Boden gerichtet – was den schönen Nebeneffekt hatte, dass ich wie ein vorschriftsmäßiger Diener aussah.

«Stell die Taschen irgendwohin, Balram.»

«Nein. Stell sie neben den Tisch. Stell sie genau *da* hin», sagte der Mungo.

Nachdem ich die Taschen abgestellt hatte, ging ich in die Küche und sah nach, ob irgendwas sauber gemacht werden musste – es gab zwar auch einen Diener, der für die Wohnung zuständig war, aber der war ziemlich nachlässig, und wie ich schon sagte, eigentlich war ich kein «Fahrer», sondern ein Diener, der ab und zu den Wagen fuhr. Man musste mir nicht erst sagen, dass ich mich auch um die Wohnung kümmern sollte. Wenn irgendwas aufgeräumt oder sauber gemacht werden musste, erledigte ich das und stellte mich dann mit gefalteten Händen an die Tür, bis Mukesh Sir sagte: «Du kannst jetzt gehen. Und halte dich morgen früh um acht bereit. Keine Kinkerlitzchen, bloß weil du in der Großstadt bist, verstanden?»

Dann fuhr ich im Fahrstuhl nach unten, ging aus dem Gebäude und die Treppen hinunter zu den Personalquartieren im Keller.

Ich weiß ja nicht, wie solche Gebäude bei Ihnen gebaut werden, aber in Indien hat jeder Wohnblock, jedes Haus, jedes Hotel seinen Gesindetrakt – manchmal nach hinten raus, manchmal (wie beim Buckingham Towers Block B) unterirdisch –, ein Gewirr miteinander verbundener Räume, in denen alle Fahrer, Küchenhilfen, Putzleute, Hausmädchen und Köche des Hauses ausruhen, schlafen und warten konnten. Wenn unsere Herren nach uns verlangten, ertönte überall in den Quartieren ein elektrischer Summer – dann rannten wir zu einer Anzeige, wo ein rotes Licht neben der Wohnungsnummer leuchtete, deren Diener oben gebraucht wurde.

Ich ging also die zwei Treppen hinunter und drückte die Tür zum Personalquartier auf.

Kaum kam ich herein, fingen die anderen Diener schreiend – brüllend – heulend an zu lachen.

Der blasslippige Fahrer saß bei ihnen und lachte am lautesten. Er hatte ihnen erzählt, was ich ihn gefragt hatte. Sie kriegten sich gar nicht wieder ein vor Erheiterung; sie mussten alle unbedingt einzeln zu mir kommen, mir das Haar zausen, mich «Dorfidiot» nennen und mir auf die Schulter klopfen.

Diener müssen andere Diener beleidigen. Das ist uns angeboren, so wie es Deutschen Schäferhunden angeboren ist, Fremde anzugreifen. Wir greifen das Bekannte an.

Ich beschloss auf der Stelle, niemandem in Delhi mehr *irgendwas* zu erzählen, was ich dachte. Vor allem keinem anderen Diener.

Sie verspotteten mich den ganzen Abend, sogar nachts noch, als wir uns alle im Schlafsaal hinlegten. Irgendwas an meinem Gesicht, meiner Nase, meinen Zähnen, ich weiß nicht, was, passte ihnen nicht. Sie zogen mich sogar wegen meiner Uniform auf. In den Großstädten tragen Fahrer nämlich keine Uniform. Sie meinten, ich sähe darin aus wie ein Affe. Also zog ich mir wie alle ein schmutziges Hemd und eine speckige Hose an, aber das Gespött ging die ganze Nacht weiter.

Es gab auch einen Mann, der im Schlafsaal fegte, und am Morgen fragte ich ihn: «Kann man hier nicht irgendwo allein sein?»

«Da ist ein leeres Zimmer am anderen Ende der Quartiere, aber das will keiner», sagte er. «Wer will schon allein leben?»

Dieses Zimmer war furchtbar. Der Boden hatte keinen Belag, und im billigen weißen Putz an den Wänden konnte man noch die Abdrücke der Arbeiterhände sehen. Ein windschiefes Bett stand darin, das sogar für mich fast zu klein war, und darauf lag ein Moskitonetz.

Das reichte.

Die zweite Nacht verbrachte ich nicht im Schlafsaal – ich ging in das kleine Zimmer. Ich fegte den Boden, band das Moskitonetz an vier Nägel, die in der Wand steckten, und legte mich schlafen. Mitten in der Nacht verstand ich, wozu das Netz gut war. Ich wachte von Geräuschen auf. Die Wand wimmelte von Kakerlaken, die sich von den Mineralien oder dem Kalk im Putz ernährten; ihr Kauen erzeugte ein unablässiges Geräusch, und ihre Fühler zitterten überall an Wand und Decke. Einige der Kakerlaken fielen auf das Netz; von drinnen sah ich ihre dunklen Leiber auf dem weißen Gewebe. Ich faltete das Netz und zerquetschte eine von ihnen. Die anderen Tiere nahmen keine Notiz davon; sie landeten weiter auf dem Netz – und wurden zerquetscht. *Vielleicht werden alle, die in der Stadt leben, so träge und dämlich*, dachte ich und schlief lächelnd wieder ein.

«Schöne Nacht bei den Schaben gehabt?», spotteten sie am nächsten Morgen, als ich zur Gemeinschaftstoilette kam.

Wenn ich noch mit dem Gedanken gespielt hatte, in den Schlafsaal zurückzukehren, so verging mir das jetzt. Vielleicht war der Raum ja voller Schaben, aber er war mein, niemand verspottete mich. Der einzige Nachteil war, dass der Summer nicht bis dahin drang – aber das war gewissermaßen auch ein Vorteil, wie ich mit der Zeit merkte.

Morgens wartete ich, bis ich in der Gemeinschaftstoilette an der Reihe war, dann am Gemeinschaftswaschbecken, dann in der Gemeinschaftsdusche, dann ging ich eine Treppe rauf, öffnete die Tür zur Tiefgarage und ging zum Parkplatz des Honda City. Der Wagen musste von innen und außen mit einem weichen, feuchten Lappen abgewischt werden; vor der kleinen Statue der Göttin Lakshmi, der Göttin des Wohlstands, die auf dem Armaturenbrett thronte, musste ein Räucherstäbchen entzündet werden – das hatte die zweifache Wirkung, dass es die Mücken vertrieb, die sich nachts eingeschlichen hatten, und dem Wageninneren ein religiöses Aroma verlieh. Ich wischte die Sitze ab – schöne weiche Ledersitze; auch die Anzeigen; ich nahm die Ledermatten aus dem Fußraum und klopfte sie aus. Drei Magneten mit Bildern der Muttergöttin Kali hingen am Armaturenbrett – ich hatte sie dort befestigt, nachdem ich Ram Persads Magnetbilder weggeworfen hatte; ich wischte alle drei ab. Außerdem hing ein kleiner flauschiger Kobold mit herausgestreckter roter Zunge vom Rückspiegel. Das sollte ein Glücksbringer sein, und der Storch sah ihn gern beim Fahren auf und ab hüpfen. Ich schlug Kobold mit der Faust ins Gesicht – dann wischte ich ihn sauber. Als Nächstes musste ich die Box mit den Papiertüchern im Fond des Wagens überprüfen – ein so zierlich geschnitztes und vergoldetes Kästlein, als stammte es von einer Königsfamilie, dabei war es nur aus Pappe. Ich sah nach, ob noch genug frische Papiertücher darin waren. Pinky Madam brauchte bei jeder Fahrt Dutzende davon – sie meinte, die Luftverschmutzung in Delhi sei so schlimm. Sie ließ die zerknüllten Tücher neben der Box liegen, und ich musste sie aufsammeln und wegwerfen.

Der Summer tönte durch die Tiefgarage. Eine Stimme sagte durchs Mikrofon am Empfang: «Fahrer Balram. Bitte mit Wagen am Haupteingang des Buckingham Block B einfinden.»

Und so stieg ich also in den Honda City, fuhr die Rampe hinauf und sah zum ersten Mal am Tag Sonnenlicht.

Die Brüder trugen schicke Anzüge – sie standen plaudernd und pfeifend an der Tür des Komplexes; beim Einsteigen sagte der Mungo: «Zum Hauptquartier der Kongresspartei, Balram. Wir sind neulich schon mal da gewesen – ich hoffe, du erinnerst dich und verfährst dich nicht wieder.»

Heute werde ich Sie nicht enttäuschen, Sir.

Rushhour in Delhi. Autos, Motorroller, Motorräder, Motorrikschas, schwarze Taxis, alle kämpfen um den knappen Platz auf den Straßen. Die Luftverschmutzung ist so schlimm, dass die Männer auf den Zweirädern sich Tücher umbinden – bei jedem Ampelhalt sieht man eine Reihe dunkler Sonnenbrillen und maskierter Gesichter, als ob die halbe Stadt auf dem Weg zu einem Banküberfall wäre.

Es gibt einen guten Grund für diese Atemmasken: Es heißt, die Luft in Delhi sei so schlecht, dass sie einen zehn Lebensjahre kostet. Die Leute in den Autos müssen die Luft von draußen natürlich nicht atmen – für uns gibt es bloß schön kühle, saubere Klimaanlagenluft. Mit geschlossenen Fenstern rollen die Autos der Reichen wie dunkle Eier über die Straßen von Delhi. Ab und zu platzt eines der Eier einen Spaltbreit auf – eine Frauenhand mit glitzernden Armreifen streckt sich aus dem offenen Fenster und wirft eine leere Mineralwasserflasche auf die Straße –, dann geht das Fenster hoch, das Ei ist wieder unversehrt.

Ich steuerte also mein dunkles Ei mitten ins Herz der Stadt. Zu meiner Linken sah ich die Kuppel des Präsidentenpalastes – wo alle wichtigen Geschäfte des Landes erledigt werden. Wenn die Luft richtig dreckig ist, kann man das Gebäude von der Straße aus überhaupt nicht mehr sehen, aber heute Morgen strahlte es noch herrlich.

Zehn Minuten später war ich am Hauptquartier der Kongresspartei angekommen. Das ist leicht zu finden, weil davor immer zwei oder drei riesige Plakatwände mit dem Bild Sonia Gandhis stehen.

Ich hielt an, sprang aus dem Wagen und öffnete für den Mungo und Mr Ashok die Tür; beim Aussteigen sagte Mr Ashok: «Wir sind in einer halben Stunde wieder da.»

Das verwirrte mich; in Dhanbad hatten sie mir nie mitgeteilt, wie lange sie weg sein würden. Natürlich hatte es nichts zu bedeuten. Es konnte genauso gut zwei oder drei Stunden dauern. Aber offensichtlich war diese Geste der Höflichkeit hier in Delhi notwendig.

Eine Gruppe Bauern kam zum Parteihauptquartier; sie wurden nicht eingelassen, schrien irgendwelche Sachen und verschwanden wieder. Eine Fernsehcrew kam und hupte; der Transporter wurde sofort durchgewunken.

Ich gähnte. Ich schlug dem kleinen Kobold mit der Faust ins Gesicht, und er pendelte vor und zurück. Ich drehte den Kopf hin und her.

Ich sah mir das große Plakat von Sonia Gandhi an. Sie hielt darauf eine Hand hoch, als ob sie mir winkte – ich winkte zurück.

Ich gähnte, schloss die Augen und rutschte tief in meinen Sitz. Mit einem halb offenen Auge spähte ich nach dem Magnetbild der Göttin Kali – eine sehr grimmige Göttin mit schwarzer Haut, einem Krummschwert in der Hand und einem Halsband aus Totenköpfen. Ich nahm mir vor, das Bild auszuwechseln. Sie sah zu sehr nach meiner Großmutter aus.

Zwei Stunden später kehrten die beiden Brüder zurück.

«Jetzt fahren wir zum Präsidentenpalast, Balram. Auf dem Hügel. Kennst du den?»

«Ja, Sir, den habe ich gesehen.»

Ich war inzwischen bei den berühmtesten Sehenswürdigkeiten Delhis gewesen – am Parlamentsgebäude, beim Observatorium Jantar Mantar, an der Eisernen Säule von Qutb –, aber diesen allerwichtigsten Ort hatte ich noch nicht gesehen. Ich fuhr auf den Raisina Hill zu, dann ganz den Hügel hinauf, wobei ich jedes Mal anhalten musste, wenn ein Wachsoldat die Hand ausstreckte, um einen prüfenden Blick ins Wageninnere zu werfen, und parkte dann schließlich direkt vor einem der großen Kuppelbauwerke, die den Präsidentenpalast umstehen.

«Warte im Wagen, Balram. Wir sind in einer halben Stunde wieder da.»

Die erste halbe Stunde traute ich mich nicht aus dem Auto. Dann öffnete ich die Tür – stieg aus – sah mich um. Irgendwo in diesen Türmen und Kuppeln überall um mich her saßen die Großen Männer dieses Landes – der Premierminister, der Präsident, die wichtigsten Minister und Staatsbeamten – und besprachen wichtige Dinge, verfassten Dokumente, stempelten Papiere ab. Irgendjemand sagte: «Hier, fünfhundert Millionen für diesen Staudamm!» Und jemand anders: «Na gut, dann greifen wir eben Pakistan an!»

Ich wollte herumrennen und rufen: «Balram ist auch hier! Balram ist auch hier!»

Ich setzte mich wieder in den Wagen, um nichts Unüberlegtes zu tun und womöglich verhaftet zu werden.

Es wurde schon dunkel, als die beiden Brüder wieder aus dem Gebäude kamen; ein dicker Mann ging neben ihnen her und sprach vor dem Auto noch eine Weile mit ihnen. Dann schüttelte er ihnen die Hand und winkte uns zum Abschied.

Mr Ashok sah beim Einsteigen düster und missgelaunt aus. Der Mungo forderte mich auf, sie nach Hause zu fahren – «und diesmal ohne Pannen, verstanden?»

«Ja, Sir.»

Zu meiner Verwirrung saßen sie schweigend hinten. Wenn ich gerade im Präsidentenpalast gewesen wäre, hätte ich die Fenster heruntergekurbelt und es allen Passanten zugerufen!

«Guck dir das an.»

«Was?»

«Dieses Denkmal.»

Ich schaute aus dem Fenster und sah eine große Bronzeskulptur von einer Gruppe Menschen – ein sehr bekanntes Denkmal, das Sie zweifellos auch in Delhi gezeigt bekommen: Vorne geht Mahatma Gandhi mit seinem Wanderstab, ihm folgt das indische Volk, das aus der Finsternis ins Licht geführt wird.

Der Mungo blinzelte die Statuen an.

«Was ist damit? Das sehe ich nicht zum ersten Mal.»

«Wir fahren an Gandhi vorbei, nachdem wir gerade einen Minister geschmiert haben. Das ist doch ein *fucking joke*, oder?»

«Jetzt hörst du dich schon an wie deine Frau», sagte der Mungo. «Fluchen mag ich nicht – das gehört nicht zu den Traditionen unseres Landes.»

«Aber es ist ein *fucking joke* – unser politisches System –, und das sage ich auch, sooft ich will.»

«In Indien sind die Dinge kompliziert, Ashok. Das ist hier nicht wie in Amerika. Bitte halt dich mit deinem Urteil zurück.»

*

Auf der Straße nach Gurgaon war ein schlimmer Stau. Alle fünf Minuten bewegte sich die Autoschlange zitternd – wir krochen einen halben Meter weiter – die Hoffnung stieg – dann leuchteten die Bremslichter der Autos vor mir auf, und wir standen wieder. Alle hupten. Gelegentlich vereinigten sich die verschiedenen Hupen, jede mit ihrem ganz eigenen Ton, zu einem dauerhaften Heulen, das nach einem von der Mutter getrennten Kalb klang. Dämpfe erfüllten die Luft. Vor jedem Scheinwerfer stiegen blaue Abgaswolken auf; sie wurden mit der Zeit so dicht und undurchdringlich, dass sie nicht mehr aufstiegen, sondern sich seitwärts ausbreiteten und wie ein glänzender, kriechender Nebel um uns herum lagen. Ständig wurden irgendwo Streichhölzer angerissen: Die Fahrer der Motorrikschas steckten sich Zigaretten an und mischten den Autoabgasen noch Tabakqualm bei.

Vor uns hielt ein Mann mit einem Büffelkarren; darauf hatte er einen fünf Meter hohen Berg leerer Motoröldosen festgezurrt. Sein armer Wasserbüffel! So eine Last ziehen und dabei solche Luft einatmen zu müssen!

Der Motorrikschafahrer neben mir fing heftig an zu husten – er wandte sich zur Seite und spuckte dreimal hintereinander aus. Ein bisschen Spucke landete auch an der Seite des Honda City. Ich starrte ihn böse an und hob die Faust. Er krümmte sich und entschuldigte sich mit zusammengelegten Händen.

«Das ist ja geradezu ein Spuckkonzert!», sagte Mr Ashok mit einem Blick auf den Rikschafahrer.

Wenn Sie diese giftige Luft da draußen einatmen müssten, dann würden Sie genauso spucken wie er, dachte ich.

Die Autos bewegten sich wieder – wir kamen einen Meter voran –, dann leuchtete es rot, und alles stand wieder still.

«In Peking haben sie angeblich zwölf Autobahnringe. Hier gibt es bloß einen. Kein Wunder, dass es sich dauernd staut. Nichts wird richtig *geplant*. Wie wollen wir je mit den Chinesen mithalten?»

(Ich muss schon sagen, Mr Jiabao – ein Dutzend Ringstraßen? Alle Achtung.)

Schwache Straßenlampen beleuchteten auf beiden Seiten der Fahrbahnen die Bürgersteige; und in diesem orangegelben Dämmerlicht sah ich Unmengen kleiner, dünner, schmutziger Gestalten hocken, die auf einen Bus irgendwohin warteten oder auch nirgendwohin wollten, die sich gerade eine Matratze ausrollten und hier schlafen legten. Die armen Schlucker waren aus der Finsternis nach Delhi gekommen, um ein bisschen Licht zu finden – aber sie waren immer noch im Dunkeln. Es sah aus, als ob zu beiden Seiten der Straße Hunderte hockten, deren Leben vom Stau völlig unberührt blieb. Merkten sie überhaupt etwas davon? Wir waren im Grunde zwei verschiedene Städte – im dunklen Ei und draußen. Ich wusste, ich saß in der richtigen der beiden. Aber wenn mein Vater noch lebte, dann würde er auf dem Bürgersteig hocken, sich zum Abendessen Reisgrütze kochen und sich unter einer Straßenlampe schlafen legen. Diesen Gedanken konnte ich nicht verdrängen, und ständig erkannte ich ihn in einem der Bettler draußen. In gewisser Weise war ich also auch außerhalb des Wagens, obwohl ich ihn fuhr.

Nachdem wir uns eine Stunde durch den Verkehr gekämpft hatten, kamen wir endlich zu Hause am Buckingham Towers Block B an. Aber noch hatte die Qual kein Ende.

Als der Mungo aus dem Auto stieg, klopfte er seine Taschen ab, schaute einen Augenblick verdattert und sagte dann: «Ich habe eine Rupie verloren.»

Er schnippte mit den Fingern in meine Richtung.

«Runter auf die Knie. Such auf dem Wagenboden.»

Ich kniete mich hin und schnüffelte wie ein Hund zwischen den Fußmatten nach einer Rupie.

«Was soll das heißen, da ist keine? Du meinst wohl, du kannst uns beklauen, bloß weil wir hier in der Großstadt sind. Ich will meine Rupie wieder.»

«Wir haben gerade eine halbe Million Rupien Schmiergeld gezahlt, Mukesh. Und jetzt machst du diesen Mann wegen einer Rupie fertig? Lass uns raufgehen und einen Scotch nehmen.»

«So verdirbt man das Personal. Mit einer Rupie fängt es an. Komm mir hier nicht mit deinen amerikanischen Angewohnheiten.»

Bis heute habe ich keinen Schimmer, wo diese Rupie hingekommen ist, Herr Ministerpräsident. Am Ende ließ ich eine Münze aus meiner Hemdtasche auf den Wagenboden fallen, hob sie wieder auf und gab sie dem Mungo.

«Da ist sie, Sir. Verzeihen Sie, dass ich so lange gebraucht habe, sie zu finden!»

Auf dem dunklen Gesicht meines Herrn malte sich kindliche Freude. Er nahm die Münze in die Hand und schnalzte mit den Lippen, als ob es das Beste war, was er heute erlebt hatte.

Ich fuhr mit den Brüdern im Aufzug nach oben, um zu sehen, ob es in der Wohnung etwas für mich zu tun gab.

Pinky Madam saß auf dem Sofa und sah fern; als wir reinkamen, sagte sie: «Ich habe schon gegessen», schaltete den Fernseher aus und ging in ein anderes Zimmer. Der Mungo sagte, er wolle kein Abendessen, also musste Mr Ashok allein am Esstisch sitzen. Er bat mich, ihm etwas von dem Gemüse heiß zu machen, das im Kühlschrank stand, und ich ging in die Küche.

Als ich den Kühlschrank öffnete, warf ich noch einen raschen Blick auf ihn und sah, dass er den Tränen nahe war.

*

Als Fahrer kriegt man nie das ganze Bild. Bloß Ausschnitte, kurze Blicke, Gesprächsfetzen – und dann, wenn die Herren gerade zum entscheidenden Satz kommen, dann passiert es immer.

Irgendein Trottel in einem weißen Jeep rammt einen fast, weil er auf der falschen Straßenseite ein anderes Auto zu überholen versucht. Man weicht aus, starrt den Trottel böse an, verflucht ihn (stumm) – und wenn man wieder lauschen kann, hat sich das Gespräch auf dem Rücksitz anderen Themen zugewandt … und man wird nie erfahren, wie dieser Satz endete.

Ich wusste, dass irgendwas nicht stimmte, aber mir war nicht klar, wie schlimm es wirklich stand, bis Mr Ashok eines Morgens zu mir sagte: «Heute wirst du Mukesh Sir am Bahnhof absetzen, Balram.»

«Ja, Sir.» Ich zögerte. Ich wollte fragen: *Nur ihn?*

Hieß das, er verschwand für immer? Hieß das, Pinky Madam hatte ihn mit ihrem Türenknallen und ihren spitzen Bemerkungen endgültig vertrieben?

Um sechs Uhr wartete ich mit dem Wagen vor dem Eingang. Ich fuhr die Brüder zum Bahnhof. Pinky Madam kam nicht mit.

Ich trug die Koffer des Mungos zum richtigen Wagen des Zuges, dann holte ich ihm von einem Imbissstand eine in Papier gewickelte *Dosa*. Die aß er im Zug am liebsten. Ich wickelte sie allerdings aus, entfernte die eingerollten Kartoffeln und warf sie auf die Glcise, weil er von Kartoffeln furzen muss, und das mag er nicht. Ein Diener lernt den Verdauungstrakt seines Herrn gründlich kennen – von den Lippen bis zum After.

Der Mungo sagte: «Warte hier. Wir haben noch Anweisungen für dich.»

Ich hockte mich in eine Ecke des Waggons.

«Balram, du bist hier nicht mehr in der Finsternis.»

«Ja, Sir.»

«In Delhi herrscht das Gesetz.»

«Ja, Sir.»

«Du weißt ja, dass überall Bronzestatuen von Gandhi und Nehru herumstehen? In deren Augen hat die Polizei Kameras installiert, um die Autos zu überwachen. Die sehen alles, was du tust, verstanden?»

«Ja, Sir.»

Dann runzelte er die Stirn, als müsste er überlegen, was er noch sagen wollte. Er fuhr fort: «Die Klimaanlage soll ausgeschaltet bleiben, wenn du allein im Wagen bist.»

«Ja, Sir.»

«Musik solltest du auch nicht hören, wenn du allein bist.»

«Ja, Sir.»

«Und am Ende eines jeden Arbeitstages musst du uns den Tachostand mitteilen, damit wir sicher sind, dass du keine Privatfahrten gemacht hast.»

«Ja, Sir.»

Der Mungo wandte sich an Mr Ashok und fasste ihn am Arm. «Hör hier mal ein bisschen zu, Bruder Ashok, du musst auf den Fahrer aufpassen, wenn ich weg bin.»

Aber Mr Ashok spielte mit seinem Handy. Er legte es kurz hin und sagte: «Der Fahrer ist ein ehrlicher Mann. Er kommt aus Laxmangarh. Als ich da war, habe ich seine Familie gesehen.» Dann wandte er sich wieder seinem Telefon zu.

«Sag nicht solche Sachen. Mach dich nicht über meine Worte lustig», entgegnete der Mungo.

Aber Mr Ashok achtete nicht auf seinen Bruder, sondern drückte weiter auf seine Handytasten: «Sekunde, Sekunde, ich unterhalte mich mit einem Freund in New York.»

Fahrer sagen von manchen Männern, sie kämen bloß bis zum ersten Gang. Mr Ashok war so ein klassischer *Erster-Gang-Mann*. Er fing gern alles Mögliche an, konnte sich aber auf nichts lange konzentrieren.

Als ich ihn ansah, wurden mir gleichzeitig zwei Dinge klar. Beide ließen mich staunen. Erstens, dass man sich mit dem Handy «unterhalten» konnte – sogar mit jemandem in New York –, indem man bloß auf die Tasten drückte. Die Wunder der Wissenschaft verblüffen mich immer wieder!

Zweitens merkte ich, dass dieser große, breitschultrige, gut aussehende, im Ausland ausgebildete Mann, der in wenigen Minuten mein einziger Herr sein sollte, wenn nämlich die Trillerpfeife ertönte und dieser Zug Richtung Dhanbad abfuhr, dass dieser Mann schwach, hilflos und geistesabwesend war, dass ihn nicht die üblichen Instinkte schützten, die einem Grundbesitzer im Blut liegen.

Wären wir hier in Laxmangarh, würden wir dich das Lamm nennen.

«Was grinst du so wie ein Esel?», fuhr der Mungo mich an, und ich hätte mich beinahe zu Boden geworfen, als ich mich bei ihm entschuldigte.

An jenem Abend um acht Uhr ließ Mr Ashok mir durch einen anderen Diener eine Nachricht zukommen: «Steh in einer halben Stunde bereit, Balram. Pinky Madam und ich wollen ausgehen.»

Und die beiden kamen tatsächlich herunter, ungefähr zweieinhalb Stunden später.

Ich schwöre, kaum war der Mungo abgereist, wurden die Röcke noch kürzer.

Wenn sie hinten saß, konnte ich jedes Mal, wenn ich in den Rückspiegel schauen musste, ihre Brüste halb aus dem Kleid hängen sehen.

Das brachte mich in eine schwierige Lage, Sir. Zum einen erregte es meinen Schnabel, was bei einem gesunden jungen Mann wie mir ganz normal ist. Andererseits sind Herr und Herrin für unsereinen wie Vater und Mutter, wie kann einen also die Herrin erregen?

Ich vermied also jeden Blick in den Rückspiegel. Wenn es einen Unfall gab, war es nicht meine Schuld.

Herr Ministerpräsident, vielleicht haben Sie schon einmal im dichten Verkehr das Auto angehalten und das Fenster heruntergelassen; und vielleicht haben Sie dann den heißen, keuchenden Atem vom Auspuff des Lastwagens neben Ihnen gespürt? Ich mache Sie darauf aufmerksam, dass direkt vor Ihrer Nase so ein heißer Dieselmotor keucht und schnauft.

Ich.

Jedes Mal, wenn sie in diesem tief ausgeschnittenen schwarzen Kleid einstieg, wuchs mein Schnabel. Ich hasste sie, weil sie das Kleid trug; aber ich hasste meinen Schnabel noch mehr, weil er das tat.

*

Am Ende des Monats ging ich hinauf in die Wohnung. Er saß allein auf der Couch, unter dem gerahmten Foto von den beiden Spitzen.

«Sir?»

«Hm. Was gibt's, Balram?»

«Ein Monat ist um.»

«Und?»

«Sir ... mein Lohn.»

«Ach ja. Dreitausend, oder?» Er zog seine Brieftasche hervor – sie war dick mit Scheinen gepolstert – und warf drei Banknoten auf den Tisch. Ich nahm sie und verbeugte mich. Irgendwas von dem, was sein Bruder gesagt hatte, muss an ihm genagt haben, denn er fragte: «Du schickst doch was davon nach Hause, oder?»

«Alles, Sir. Ich behalte bloß, was ich hier zum Essen und Trinken brauche – der Rest geht nach Hause.»

«Gut, Balram. Gut. Familie ist eine feine Sache.»

An dem Abend ging ich um zehn Uhr zum Markt, der gleich um die Ecke von Buckingham Towers Block B lag. Es war der letzte Laden am Marktplatz; das Plakat überm Eingang verkündete in großen schwarzen Buchstaben auf Hindi:

«ACTION» ENGLISCHER SPIRITUOSENLADEN
AUSLÄNDISCHE SPIRITUOSEN IN INDIEN HERGESTELLT

Im abendlichen Spirituosenladen herrschte der übliche bürgerkriegsähnliche Zustand: Männer schubsten und drängelten sich mit ausgestreckten Armen am Tresen und schrien dabei aus vollem Hals. Die Jungen hinterm Tresen verstanden kein Wort und brachten ständig die Bestellungen durcheinander, was zu noch mehr Streit und Geschrei führte. Ich schob mich durch die Menge – kam bis zum Tresen – schlug mit der Faust auf die Platte und schrie: «Whisky! Den billigsten! Sofortige Bedienung – sonst gibt es Verletzte, das schwöre ich!»

Ich brauchte eine Viertelstunde, um eine Flasche zu bekommen. Ich stopfte sie in die Hose, weil ich sie sonst nirgendwo verstecken konnte, und ging zurück zum Buckingham.

*

«Balram. Das hat ja gedauert.»

«Verzeihung, Madam.»

«Du siehst krank aus, Balram. Geht es dir gut?»

«Ja, Madam. Ich habe Kopfschmerzen. Ich habe letzte Nacht nicht gut geschlafen.»

«Mach mir Tee. Ich hoffe, du kannst besser kochen als fahren?»

«Ja, Madam.»

«Ich habe gehört, du bist ein Halwai und kommst aus einer Teekocherfamilie. Kennst du irgendein traditionelles Rezept für Ingwertee?»

«Ja, Madam.»

«Dann mach mir einen.»

Ich hatte keine Ahnung, was Pinky Madam wollte, aber immerhin hatte sie ihre Brüste bedeckt – ich war erleichtert.

Ich setzte den Teekessel auf und fing an. Das Wasser kochte gerade, als Parfüm durch die Küche wehte. Sie sah mir von der Schwelle aus zu.

Mein Kopf drehte sich noch vom Whisky der letzten Nacht. Ich hatte den ganzen Morgen Anissamen gekaut, damit niemand meine Alkoholfahne bemerkte, aber ich machte mir immer noch Sorgen, darum wandte ich mich von ihr ab und wusch ein Stück Ingwer unterm Wasserhahn.

«Was machst du da?», rief sie.

«Ich wasche Ingwer, Madam.»

«Ja, mit der rechten Hand. Aber was machst du mit der linken?»

«Madam?»

Ich sah nach unten.

«Hör auf, dich mit der linken Hand im Schritt zu kratzen!»

«Bitte, seien Sie mir nicht böse, Madam. Ich höre schon auf.»

Aber es hatte keinen Zweck. Sie hörte nicht auf zu schreien: «Du bist so dreckig! Guck dich bloß mal an, deine Zähne, deine Sachen! Auf den Zähnen hast du überall roten Betelsaft, und auf dem Hemd sind auch rote Flecken. Widerlich! Raus mit dir – räum das weg, und dann raus mit dir.»

Ich legte das Stück Ingwer wieder in den Kühlschrank, stellte den Wasserkessel aus und ging nach unten.

Ich stellte mich vor den Gemeinschaftsspiegel und machte den Mund auf. Meine Zähne waren rot und dunkelfleckig, vom *Paan* zersetzt. Ich spülte den Mund aus, aber die Lippen blieben rot.

Sie hatte recht. Ich kaute seit Jahren Betel – wie mein Vater und Kishan und alle, die ich kannte –, und davon waren meine Zähne verfärbt und mein Zahnfleisch angegriffen.

Am nächsten Abend kamen Mr Ashok und Pinky Madam streitend zum Eingang, stiegen streitend ins Auto und stritten weiter, als ich den Honda City vom Buckingham Towers Block B auf die Hauptstraße lenkte.

«Fahren wir zur Mall, Sir?», fragte ich, als sie einen Augenblick still waren.

Pinky Madam lachte kurz und hell auf.

Von ihr erwartete ich so etwas, aber nicht von ihm – doch er stimmte in das Lachen ein.

«Es heißt nicht *Maal*, sondern Mall», sagte er. «Sag es noch mal.»

Ich sagte immer wieder *«Maal»*, und sie wollten es immer wieder hören, um dann hysterisch loszukichern. Am Ende hielten sie wieder Händchen. Also hatte meine Demütigung immerhin ein Gutes – darüber war ich froh.

Sie stiegen aus, schlugen die Tür zu und gingen in die Mall; ein Wachmann grüßte, als sie näher kamen, dann öffneten sich die Glastüren von selbst und verschluckten die beiden.

Ich stieg nicht aus: Im Auto konnte ich mich besser konzentrieren. Ich schloss die Augen.

Moool.

Nein, das war es noch nicht.

Moull.

Malla.

«Feldmaus! Raus aus dem Wagen und her mit dir!»

Eine kleine Gruppe Fahrer hockte neben dem Parkplatz im Kreis. Einer von ihnen rief nach mir und winkte mit einer Zeitschrift.

Es war der Fahrer mit den kranken Lippen. Ich setzte ein breites Lächeln auf und ging zu ihm.

«Noch ein paar Fragen zum Stadtleben, Feldmaus?», fragte er. Wildes Gelächter von allen Seiten.

Er legte mir die Hand auf die Schulter und flüsterte: «Hast du mal über meine Angebote nachgedacht, Herzchen? Braucht dein Herr irgendwas? Gras? Mädchen? Jungen? Golfbälle – amerikanische Golfbälle bester Qualität, zollfrei?»

«Jetzt hör doch auf, ihm diese ganzen Sachen aufzuschwatzen», sagte ein anderer Fahrer. Der kniete auf dem Boden und schwang den Autoschlüssel seines Herrn an einer Kette herum wie ein Spielzeug. «Er kommt frisch aus dem Dorf und ist noch ganz unbeleckt. Warte doch, bis das Stadtleben ihn verdorben hat.» Er griff nach der Zeitschrift – natürlich *Murder Weekly* – und fing an vorzulesen. Das Gerede verstummte. Alle Fahrer rückten näher heran.

«Es war eine regnerische Nacht. Vishal lag im Bett, sein Atem stank nach Alkohol, seine Augen blickten aus dem Fenster. Die Nachbarin war nach Hause gekommen und zog sich gerade –»

Der Mann mit den weißfleckigen Lippen rief: «Seht mal! Heute passiert es wieder!»

Der Fahrer mit der Zeitschrift las, verärgert wegen der Unterbrechung, weiter – aber die anderen standen auf und schauten zur Mall.

Was dort geschah, Herr Ministerpräsident, war eines dieser üblichen Vorkommnisse in den frühen Tagen der Shopping Malls in unserem Land, über die man in den Tageszeitungen oft Überschriften las wie «Haben die Armen keinen Platz in den Malls des Neuen Indien?»

Die Glastür war aufgegangen, aber der Mann, der hineinwollte, konnte nicht weiter. Der Wachmann an der Tür hatte ihn angehalten. Er zeigte mit dem Stock auf die Füße des Mannes und schüttelte den Kopf – er trug Sandalen. Wir Fahrer trugen alle Sandalen. Aber alle, die in die Mall eingelassen wurden, hatten richtige Schuhe an.

Anstatt zurückzuweichen und wegzugehen – wie neun von zehn Männern es an seiner Stelle getan hätten –, ging der Mann in Sandalen in die Luft: «Bin ich nicht auch ein Mensch?»

Das schrie er so heftig, dass ihm die Spucke wie eine Fontäne aus dem Mund flog und seine Knie zitterten. Einer der Fahrer pfiff durch die Zähne. Ein Mann, der vor der Mall gefegt hatte, legte den Besen weg und sah zu.

Einen Augenblick lang sah es aus, als wollte der Sandalenmann den Wachmann schlagen – aber dann drehte er sich um und ging weg.

«Der Kerl hat Mumm», sagte einer der Fahrer. «Wenn wir alle so wären, würden wir Indien regieren, und *sie* würden uns die Schuhe putzen.»

Dann hockten sich die Fahrer wieder im Kreis hin, und die Geschichte wurde weitergelesen.

Ich sah die Schlüssel an der Kette kreisen, ich sah den Rauch der Zigaretten aufsteigen, ich sah den Betelsaft in roten Schrägen auf den Boden klatschen.

Das Schlimmste am Fahrerdasein sind die Stunden, die man allein auf seinen Arbeitgeber wartet. Man kann sich diese Zeit mit Geschwätz vertreiben und sich dabei im Schritt kratzen. Man kann Zeitschriften über Mord und Vergewaltigung lesen. Man kann sich die typische Chauffeurshaltung angewöhnen: einen Finger in die Nase stecken und das Hirn stundenlang abschalten (im Grunde ist es eine Yogastellung, man sollte dieses *Asana* «Gelangweilter Fahrer» nennen). Man kann eine Flasche indischen Fusel ins Auto schmuggeln – Langeweile macht viele anständige Fahrer zu Alkoholikern.

Doch wenn der Fahrer diese freie Zeit als Chance betrachtet, wenn er sie zum Nachdenken nutzt, dann ist es nicht mehr die schlimmste Zeit, sondern die beste.

Als ich an jenem Abend zurück zur Wohnung fuhr, schaute ich in den Rückspiegel. Mr Ashok trug ein T-Shirt.

Kein T-Shirt, wie ich es mir im Laden aussuchen würde. Es war größtenteils weiß und leer, nur in der Mitte war ein kleiner Aufdruck. Ich hätte mir etwas sehr Buntes gekauft, mit jeder Menge aufgedruckter Worte und Zeichen. Mehr fürs Geld.

Eines Abends ging ich dann, nachdem Mr Ashok und Pinky Madam nach oben verschwunden waren, auf den nahe gelegenen Markt. Im grellen Licht nackter Glühbirnen hockten Männer auf der Straße und verkauften aus Körben durchsichtige Armreifen, stählerne Armbänder, Spielzeug, Kopftücher, Kugelschreiber und Schlüsselanhänger. Schließlich fand ich auch den T-Shirt-Verkäufer.

«Nein», sagte ich zu jedem Hemd, das er mir zeigte – bis ich auf ein schlichtes weißes stieß, das nur in der Mitte mit einem kleinen Wort auf Englisch bedruckt war. Dann suchte ich nach dem Mann, der schwarze Schuhe verkaufte.

An dem Abend kaufte ich auch meine erste Zahnpasta, und zwar von dem Mann, der mir normalerweise *Paan* verkaufte; er verdiente nebenbei noch Geld mit dem Verkauf von Zahnpasta, mit der man die Auswirkungen des Betelkauens beseitigen konnte.

SHAKTI WEISSMACHER
MIT HOLZKOHLE UND NELKEN FÜR SAUBERE ZÄHNE
NUR EINE RUPIE FÜNFZIG PAISE!

Als ich mir mit dem Finger die Zähne putzte, merkte ich auf einmal, was meine Linke tat: Sie war heimlich, still und leise in meinen Schritt gekrochen – wie eine Eidechse die Wand hinauf – und wollte gerade anfangen zu kratzen.

Ich wartete. Sobald sie sich bewegte, packte ich sie mit der Rechten.

Ich kniff in die Hautfalte zwischen Daumen und Zeigefinger, wo es am meisten schmerzt, und drückte eine volle Minute lang zu. Als ich wieder losließ, war ein roter Striemen zu sehen.

So.

Das ist von nun an die Strafe fürs Im-Schritt-Kratzen.

Im Mund war die Zahnpasta zu einem milchweißen Schaum aufgegangen; er tropfte mir schon aus den Mundwinkeln. Ich spuckte aus.

Schrubben. Schrubben. Spucken.

Schrubben. Schrubben. Spucken.

Warum hatte mein Vater mir nie gesagt, ich solle mich nicht im Schritt kratzen? Warum hatte er mir nicht beigebracht, die Zähne mit milchweißem Schaum zu putzen? Warum hatte er mich gelehrt, wie ein Tier zu leben? Warum leben alle Armen in solchem Schmutz, in solch abstoßender Hässlichkeit?

Schrubben. Schrubben. Spucken.

Schrubben. Schrubben. Spucken.

Wenn man nur seine Vergangenheit so leicht ausspucken könnte.

*

Als ich Pinky Madam am nächsten Morgen zur Mall fuhr, drückte ein kleines Bündel Baumwollstoff gegen meine Füße, die in schwarzen Schuhen steckten. Sie stieg aus und knallte die Tür zu; ich wartete zehn Minuten. Dann zog ich mich im Wagen um.

Ich ging in meinem neuen weißen T-Shirt zum Eingangstor der Mall. Doch kaum sah ich den Wachmann, drehte ich mich um und marschierte zum Honda City zurück. Ich stieg ein und schlug den pelzigen Kobold dreimal ins Gesicht. Dann berührte ich die Bilder der Göttin Kali, mit ihrer langen roten Zunge, damit sie mir Glück brachte.

Diesmal ging ich zum Hintereingang.

Ich war überzeugt, der Wachmann vor der Tür würde mich ansprechen und sagen: *Du darfst hier nicht rein,* nicht mal mit schwarzen Schuhen und einem fast ganz weißen T-Shirt, auf dem nur ein englisches Wort steht. Bis zum letzten Moment war ich sicher, man würde mich ertappen, zurückrufen, ohrfeigen und demütigen.

Sogar als ich schon durch die Mall spazierte, glaubte ich, gleich würde jemand sagen: *He! Der Mann da ist ein angestellter Fahrer! Was hat der hier zu suchen?* Auf jeder Etage liefen Wachen in grauen Uniformen herum – und alle schienen mich zu beobachten. Ein erster Vorgeschmack auf mein Leben auf der Flucht.

Ich nahm den Duft von Parfüm wahr, das goldene Licht, die kühle, klimatisierte Luft, Menschen in Jeans und T-Shirts, die mich komisch anschauten. Ich sah einen Fahrstuhl auf und ab fahren, der ganz aus goldenem Glas gemacht aussah. Ich sah Läden mit gläsernen Wänden und riesige Fotos von attraktiven europäischen Männern und Frauen an jeder Wand. Wenn mich die anderen Fahrer jetzt nur sehen könnten!

Das Rausgehen war genauso knifflig wie das Reinkommen, aber wieder sagten die Wachmänner kein Wort, und ich ging zum Parkplatz zurück, stieg ins Auto, zog mir mein übliches, knallbuntes T-Shirt an und ließ das schlichte T-Shirt für Reiche im Fußraum liegen.

Ich lief zum Sitzplatz der anderen Fahrer. Keiner von ihnen hatte bemerkt, wie ich in die Mall gegangen und wieder herausgekommen war. Sie waren zu sehr mit anderen Dingen beschäftigt. Einer von ihnen – der Fahrer, der andauernd seine Schlüsselkette kreisen ließ – hatte ein Handy dabei. Er zwang mich, einen Blick darauf zu werfen.

«Rufst du damit deine Frau an?»

«Damit kann ich doch niemanden anrufen, du Idiot – das ist ein Ein-Weg-Handy!»

«Was soll man denn mit einem Telefon, wenn man seine Familie nicht damit anrufen kann?»

«Das habe ich, damit mein Herr mich anrufen und mir sagen kann, wo ich ihn abholen soll. Ich muss es immer bei mir tragen – hier, in meiner Tasche.»

Er nahm mir das Handy wieder ab, wischte es sauber und steckte es in die Tasche. Bis zu diesem Abend war sein Status im Fahrerkreis eher niedrig gewesen: Sein Herr fuhr bloß einen Maruti Suzuki Zen, einen Kleinwagen. Aber heute war er obenauf. Die Fahrer ließen sein Handy von Hand zu Hand gehen und starrten es an wie Affen, die einen glänzenden Gegenstand gefunden haben. Irgendwoher roch es nach Ammoniak: Einer der Fahrer pinkelte nicht weit von uns.

Weißflecklippe sah mich aus den Augenwinkeln an.

«Feldmaus», sagte er. «Du siehst aus, als wolltest du uns was erzählen.»

Ich schüttelte den Kopf.

*

Der Verkehr wurde mit jedem Tag schlimmer. Es schien jeden Abend mehr Autos zu geben. Und je schlimmer die Staus wurden, desto schlechter wurde auch Pinky Madams Laune. Als wir eines Abends die Mahatma Gandhi Road in Richtung Gurgaon entlangkrochen, drehte sie völlig durch. Sie fing an zu schreien.

«Warum können wir nicht wieder zurück, Ashoky? Guck dir diese Scheißstaus an. So geht das jetzt fast jeden Tag.»

«Bitte, fang nicht wieder damit an.»

«Warum nicht? Du hast mir versprochen, dass wir bloß drei Monate in Delhi bleiben, um irgendwelchen Papierkram zu erledigen, Ashoky, und dass wir dann zurückgehen. Aber langsam glaube ich, du bist bloß wegen dieser Einkommenssteuersache hergekommen. Hast du mich die ganze Zeit angelogen?»

Was sich zwischen ihnen abspielte, war nicht seine Schuld – darauf würde ich sogar vor Gericht bestehen. Er war ein guter Ehemann, ersann immer neue Pläne, um sie glücklich zu machen. Zum Beispiel musste ich mich an ihrem Geburtstag als Maharadscha verkleiden, mit Tunika, rotem Turban und dunkler Sonnenbrille, und ihnen in diesem Kostüm ihr Essen servieren. Und das war kein einfaches, selbst gekochtes Essen – ich musste ihr dieses stinkende Zeug servieren, das in Pappkartons geliefert wird und nach dem alle Reichen total verrückt sind.

Sie hörte überhaupt nicht wieder auf zu lachen, als sie mich in meinem Kostüm sah, wie ich mich mit dem Karton tief vor ihr verneigte. Ich legte ihnen auf und stellte mich dann, wie Mr

Ashok angeordnet hatte, mit gefalteten Händen neben das Bild von Puddles und Cuddles und wartete.

«Ashok», sagte sie, «hör dir das mal an. Balram, was essen wir hier?»

Ich wusste, das war eine Falle, aber was sollte ich machen? – Ich antwortete. Beide fingen an zu kichern.

«Sag das noch mal, Balram.»

Wieder lachten sie.

«Es heißt nicht PiDSCHa, sondern PiZZa. Sag es richtig.»

«Moment mal – du sprichst es ja auch falsch aus. In der Mitte ist ein *T*. PiieT-Za.»

«Korrigier bitte nicht mein Englisch, Ashok. Pizza hat kein T. Guck doch mal auf den Karton.»

Ich musste mit angehaltenem Atem warten, bis sie aufgegessen hatten, weil das Zeug so widerlich roch.

«Er hat die Pizza so schlecht geschnitten. Ich kann nicht glauben, dass er aus einer Kaste von Köchen und Bäckern stammen soll.»

«Den Koch hast du gerade entlassen. Bitte schmeiß ihn nicht auch noch raus – das ist ein ehrlicher Bursche.»

Als sie fertig waren, kratzte ich die Reste von den Tellern und wusch ab. Aus dem Küchenfenster konnte ich die Hauptstraße von Gurgaon sehen, wo die Lichter der Shopping Malls leuchteten. Gerade war an einem Ende eine neue Mall eröffnet worden, und die Autos strömten durch die Tore des Parkhauses.

Ich zog die Jalousie herunter und wusch weiter ab.

«Pidscha.»

«Pzidscha.»

«Zippscha.»

«Pizscha.»

Ich wischte die Spüle mit der Hand sauber und machte das Licht aus.

Die beiden waren ins Schlafzimmer gegangen. Von drinnen hörte ich laute Stimmen. Ich schlich auf Zehenspitzen an die geschlossene Tür und legte das Ohr ans Holz.

Die Stimmen wurden immer lauter – dann hörte ich einen Schrei – dann das Klatschen einer männlichen Hand auf weiblicher Haut.

Wird aber auch Zeit, dass du mal die Zügel anziehst, du aus den Lenden eines Grundbesitzers gezeugtes Lamm. Ich schloss die Tür leise und zufrieden hinter mir ab und fuhr mit dem Fahrstuhl nach unten.

Eine halbe Stunde später, als ich gerade einschlafen wollte, kam einer der anderen Diener und rief nach mir. Der Summer! Mein Lämpchen blinkte! Ich zog meine Hose an, wusch mir noch einmal die Hände am Gemeinschaftsbecken und fuhr mit dem Auto am Eingang vor.

«Fahr uns in die Stadt.»

«Ja, Sir. Wohin da?»

«Wo willst du gern hin, Pinky?»

Kein Ton von ihr.

«Fahr uns zum Connaught Place, Balram.»

Weder Mann noch Frau sprachen während der Fahrt ein Wort. Ich hatte immer noch mein Maharadscha-Kostüm an. Mr Ashok schaute Pinky Madam ein halbes Dutzend Mal nervös von der Seite an.

«Du hast recht, Pinky», sagte er mit belegter Stimme. «Ich wollte deine Worte nicht in Zweifel ziehen. Aber ich habe dir ja gesagt, dieses Land hat nur ein Problem – dieses total verkorkste System namens parlamentarische Demokratie. Ohne das wären wir genau wie China –»

«Ashok. Bitte. Ich habe Kopfschmerzen.»

«Heute Abend amüsieren wir uns. Da gibt es ein gutes *T.G.I. Friday's*. Das wird dir gefallen.»

Am Connaught Place ließ er mich vor einem großen roten Neonlicht anhalten.

«Warte hier auf uns, Balram. Wir sind in zwanzig Minuten wieder da.»

Ich schlug dem flauschigen Kobold ein Dutzend Mal ins Gesicht. Ich schaute die Magnetbilder der Göttin Kali mit ihren Totenschädeln und ihrer langen roten Zunge an – und streckte der alten Hexe selbst die Zunge heraus. Ich gähnte.

Es war schon weit nach Mitternacht und sehr kalt.

Ich hätte sehr gern ein bisschen Musik gehört, um mir die Zeit zu vertreiben, aber das hatte der Mungo ja verboten.

Ich öffnete die Wagentür: Ein beißender Geruch hing in der Luft. Die anderen Fahrer hatten ein Feuer angemacht und hielten es mit Plastikstücken am Brennen.

Die Reichen von Delhi überleben den Winter mithilfe von elektrischen Heizlüftern oder Gasheizern, manche verbrennen sogar Holzscheite in ihrem Kamin. Wenn Obdachlose oder nachts arbeitende Dienstboten wie Wachmänner oder Fahrer im Winter draußen sein müssen und sich warm halten wollen, verbrennen sie, was sie eben so finden. Sehr gut eignet sich Zellophan, das Zeug, mit dem Obst und Gemüse und Wirtschaftsbücher eingewickelt sind: In den Flammen verändert es seine Gestalt und schmilzt zu einem durchsichtigen Brennstoff. Das einzige Problem ist, dass sein weißer Rauch einem den Magen umdreht.

Weißflecklippe warf Zellophanbeutel ins Feuer; mit der freien Hand winkte er mich heran.

«Sitz da nicht so allein herum, Feldmaus! Da kommt man bloß auf schlimme Gedanken!»

Die Wärme war so verlockend.

Aber nein. Wenn ich zu ihnen ging, würde mir der Mund jucken, und ich würde nach *Paan* fragen.

«Guckt euch den Snob an! Heute läuft er sogar rum wie ein Maharadscha!»

«Komm, stell dich zu uns, Maharadscha von Buckingham!»

Doch ich ging weg von der Wärme und der Versuchung, hinein in die Gassen um den Connaught Place, bis der Geruch umgegrabener Erde mir in die Nase stieg.

In Delhi sieht man an jeder Ecke Baustellen. Hier steigen gläserne Skelette in den Himmel, die einmal Bürogebäude oder Einkaufszentren werden sollen; da stehen, wie eine Reihe Ambosse, riesige T-förmige Betonstützen, die eine neue Brücke oder eine Überführung tragen werden; dort wird ein riesiges Loch gegraben, um darauf neue Villen für die Reichen zu errichten. Und auch hier, mitten auf dem Connaught Place, wurde gebaut, sogar mitten in der Nacht unter ungeheuren Flutlichtmasten. Eine gigantische Grube war ausgehoben worden. Darin dröhnten Maschinen.

Ich hatte von diesem Bauvorhaben gehört: Delhi sollte eine Eisenbahn unter der Erde bekommen. Dafür hatten sie eine Grube gebuddelt, die mit den größten Minen Dhanbads mithalten konnte. Ein zweiter Mann schaute mit mir in das Loch – gut angezogen, Hemd und Krawatte und eine Hose mit schönen Bügelfalten. Normalerweise würde so einer kein Wort mit mir reden, aber vielleicht hatte ihn mein Maharadscha-Kostüm getäuscht.

«In fünf Jahren wird diese Stadt aussehen wie Dubai, oder?»

«In fünf?», sagte ich abschätzig. «In zwei Jahren!»

«Sehen Sie mal diesen gelben Kranbagger. Was für ein Monster.»

Das war wirklich ein Monster, das da am Rand der Grube hockte und abwechselnd riesige Mengen Erde verschlang und wieder ausspuckte. Männer mit Wannen voller Erde umkreisten die Maschine, als müssten sie ihr gehorchen; sie sahen kaum größer als Mäuse aus. Sogar jetzt im Winter klebten ihnen die Hemden schweißnass an den schwarz glänzenden Körpern.

Es war bitterkalt, als ich zum Wagen zurückkehrte. Alle anderen Fahrer waren gegangen. Immer noch nichts von meinen Arbeitgebern zu sehen. Ich schloss die Augen und versuchte mich zu erinnern, was ich zu Abend gegessen hatte.

Ein schönes scharfes Curry mit saftigen dunklen Fleischstücken. In der Soße große rote Ölblasen.

Lecker.

Sie weckten mich, indem sie ans Fenster hämmerten. Ich rappelte mich hoch und öffnete ihnen die Türen. Beide waren laut und fröhlich und stanken nach irgendeinem englischen Alkohol; was es auch war, ich hatte es jedenfalls noch nicht probiert.

Ich kann Ihnen sagen, sie fielen wie die Tiere übereinander her, kaum dass wir vom Connaught Place losfuhren. Seine Hand rieb sich an ihrem Oberschenkel, und sie kicherte. Ich schaute eine Sekunde zu lange hin. Sein Blick erwischte mich im Rückspiegel.

Ich kam mir vor wie ein Kind, das seine Eltern durch die angelehnte Schlafzimmertür beobachtet hat. Mein Herz fing an zu schwitzen – ich rechnete fast damit, dass er mich am Kragen packen, zu Boden werfen und mit den Stiefeln auf mir herumtrampeln würde, wie es sein Vater immer mit den Fischern daheim in Laxmangarh zu machen pflegte.

Aber dieser Mann war anders, wie ich ja schon gesagt habe – aus ihm konnte etwas Besseres werden als sein Vater. Meine Augen hatten sein Gewissen geweckt; er stupste Pinky Madam an und sagte: «Wir sind übrigens nicht allein.»

Sie wurde sofort mürrisch und wandte das Gesicht ab. Fünf schweigende Minuten vergingen. Dann beugte sie sich nach vorn und brachte eine Wolke englischen Alkohols mit.

«Lass mich mal ans Steuer.»

«Nein, Pinky, nicht, du bist betrunken, lass ihn –»

«*What a fucking joke!* In Indien fahren doch alle betrunken. Aber *ich* soll es nicht dürfen?»

«Ach, wie ich das hasse.» Er sank in seinen Sitz. «Denk daran, Balram: Heirate nie!»

«Hält er etwa an der Ampel? Balram, wieso hältst du an? Fahr einfach weiter!»

«Das ist eine Ampel, Pinky. Lass ihn anhalten. Balram, halt dich an die Verkehrsregeln. Das ist ein Befehl.»

«Und ich befehle dir loszufahren, Balram! Fahr!»

Jetzt war ich völlig verwirrt und entschied mich für einen Kompromiss – ich fuhr anderthalb Meter über die weiße Linie und hielt dann vor der Kreuzung wieder.

«Hast du das gesehen?», sagte Mr Ashok. «Das war doch ziemlich clever.»

«Genau, Ashok. Ein verdammtes Genie, der Mann.»

Die Anzeige neben der roten Ampel besagte, dass es noch dreißig Sekunden bis zum Grün dauern würde. Ich schaute auf den Sekundenzähler, als plötzlich rechts von mir ein großer Buddha aus dem Nichts auftauchte. Ein bettelndes Kind war an den Honda City herangetreten und hielt eine schöne Buddhastatue aus Gips hoch. In Delhi wollen einem Bettler nachts an der Straße immer irgendwas verkaufen – Bücher, Statuen, Erdbeeren –, und aus irgendeinem Grund, wahrscheinlich wegen meiner angespannten Nerven, hatte ich den Buddha länger als ratsam angeschaut.

Es war nicht mehr als ein Neigen des Kopfes, dauerte bloß eine halbe Sekunde, aber sie ertappte mich.

«Balram gefällt die Statue», sagte sie.

Mr Ashok gluckste vergnügt.

«Klar, er ist ja ein echter Kunstkenner.»

Sie brach das Ei auf – ließ das Fenster herunter und sagte zu dem Bettelkind: «Zeig mal her.»

Der oder die Kleine – bei diesen Bettelkindern weiß man nie – schob den Buddha ins Auto.

«Willst du die Statue kaufen, Fahrer?»

«Nein, Madam. Tut mir leid.»

«Balram Halwai, Zuckerbäcker, Autochauffeur, Skulpturenexperte.»

«Entschuldigung, Madam.»

Je mehr ich mich entschuldigte, desto mehr amüsierte es die beiden. Endlich sprang die Ampel auf Grün und beendete meine Qualen. Ich fuhr weg von dem elenden Buddha, so schnell ich konnte.

Sie streckte die Hand nach vorn und drückte mir die Schulter. «Balram, halt an.» Ich sah Mr Ashok im Spiegel an – er sagte nichts.

Ich hielt an.

«Steig aus, Balram. Wir wollen dich den Rest der Nacht mit deinem Buddha verbringen lassen. Der Maharadscha und der Buddha, vereint für eine Nacht.»

Sie setzte sich auf den Fahrersitz, ließ den Wagen an und fuhr weg, während Mr Ashok nur sturzbetrunken kicherte und mir zum Abschied winkte. Wäre er nicht so betrunken gewesen, hätte er ihr nie erlaubt, mich so zu behandeln – davon bin ich *überzeugt*. Alle nutzten ihn ständig aus. Hätten bloß er und ich im Wagen gesessen, wäre uns beiden nichts Böses zugestoßen.

Eine Verkehrsinsel, auf der Bäume gepflanzt worden waren, trennte die beiden Fahrbahnen. Ich setzte mich unter einen Baum.

Die Straße war wie ausgestorben – dann fuhren zwei Autos hintereinander vorbei, und ihre Scheinwerfer zogen in kleinen Wellen über die Blätter der Bäume, wie man das manchmal bei

Bäumen sieht, die im Sonnenschein an einem Seeufer stehen. Wie viele Tausend ähnlich schöne Dinge muss es in Delhi zu sehen geben. Wenn man nur gehen könnte, wohin man wollte, und tun, was man möchte.

Ein Auto kam direkt auf mich zugerast, die Scheinwerfer aufgeblendet und hupend. Der Honda City hatte eine – natürlich unerlaubte – Kehrtwendung auf der Straße gemacht und hielt auf mich zu, als wollte er mich niederstrecken. Am Steuer saß Pinky Madam, neben ihr ein lächelnder Mr Ashok.

Sah ich eine Sorgenfalte auf seiner Stirn? Sah ich seine Hand ins Lenkrad greifen, damit das Auto mich nicht anfuhr?

Ich möchte es glauben.

Der Wagen kam zehn Zentimeter vor mir mit quietschendem, stinkendem Reifengummi zum Stehen. Ich zuckte zusammen: Was mussten meine armen Reifen wegen dieser Frau leiden.

Pinky Madam öffnete die Fahrertür und steckte den grinsenden Kopf heraus.

«Hast du wirklich gedacht, wir lassen dich zurück, Mr Maharadscha?»

«Nein, Madam.»

«Du bist doch nicht böse, oder?»

«Ganz und gar nicht.» Und damit es glaubhafter klang, fügte ich hinzu: «Arbeitgeber sind doch wie Mutter und Vater. Wie kann man denen böse sein?»

Ich stieg hinten ein. Sie wendete wieder mitten auf der Straße und fuhr dann in Höchstgeschwindigkeit weiter, wobei sie eine rote Ampel nach der anderen überfuhr. Die beiden kreischten, kniffen sich gegenseitig und kicherten albern. Ich konnte das Spektakel nur hilflos vom Rücksitz beobachten, als uns plötzlich das kleine schwarze Ding in den Weg sprang, wir es trafen, umwarfen und mit den Rädern überrollten.

Weil die Räder es völlig zerquetscht hatten und weil kein

Laut zu hören war, als sie anhielt, nicht mal ein Wimmern oder leises Bellen, wusste ich sofort, was mit dem Ding passiert war, das wir überfahren hatten.

Sie war zu betrunken, um gleich zu bremsen – als sie es endlich tat, waren wir schon zwei- oder dreihundert Meter weitergeholpert, bis wir endlich standen. Mitten auf der Straße. Sie hatte die Hände immer noch am Steuer; ihr Mund stand offen.

«Ein Hund?», fragte Mr Ashok mich. «Das war ein Hund, oder?»

Ich nickte. Die Straßenlampen waren zu schwach, und das Ding – ein großer schwarzer Klumpen – lag zu weit weg, um etwas erkennen zu können. Kein anderes Auto war zu sehen. Auch kein lebender Mensch.

Wie in Zeitlupe nahm sie die Hände vom Lenkrad und hielt sich die Ohren zu.

«Das war kein Hund! Das war kein –»

Ohne ein Wort zu wechseln, handelten Mr Ashok und ich im Team. Er packte sie, legte ihr die Hand auf den Mund und zerrte sie vom Fahrersitz; ich eilte nach vorn; gleichzeitig schlugen wir die Türen zu; ich drehte den Zündschlüssel und fuhr mit Vollgas den ganzen Weg zu unserer Wohnung in Gurgaon.

Auf halber Strecke hatte sie sich beruhigt, aber als wir uns dem Wohnblock näherten, fing sie wieder an und sagte: «Wir müssen zurückfahren.»

«Sei nicht albern, Pinky. Balram fährt uns zur Wohnung, wir sind in ein paar Minuten da. Es ist alles vorbei.»

«Wir haben etwas überfahren, Ashok.» Sie sprach ganz leise. «Das müssen wir ins Krankenhaus bringen.»

«Nein.»

Ihr Mund öffnete sich – sie würde gleich wieder losschreien. Aber Mr Ashok kam ihr zuvor und hielt ihr die Hand vor den Mund – dann riss er Papiertücher aus dem Kästchen und stopfte sie ihr in den Mund; als sie versuchte, das Papier auszuspucken, riss er ihr den Schal vom Hals und band ihn ihr fest vors Gesicht, dann drückte er ihren Kopf in seinen Schoß und hielt ihn dort fest.

Als wir zur Wohnung kamen, zerrte er sie in den Fahrstuhl, immer noch mit dem Schal geknebelt.

Ich holte einen Eimer und wusch den Wagen. Ich wischte ihn gründlich ab und schrubbte jeden kleinen Blutspritzer und jedes Stückchen Haut ab – von beidem hing etwas an Reifen und Kotflügeln.

Als er wieder herunterkam, wusch ich die Räder gerade zum vierten Mal.

«Und?»

Ich zeigte ihm ein Stück blutigen grünen Stoff, der am Reifen geklebt hatte.

«Sehr billiges Zeug, Sir, dieser grüne Stoff», sagte ich und rieb das raue Tuch zwischen den Fingern. «So was ziehen sie meistens Kindern an.»

«Und du meinst, das Kind …» Er konnte es nicht sagen.

«Es war kein Laut mehr zu hören, Sir. Kein Geräusch. Und der Körper hat sich kein bisschen bewegt.»

«Oh Gott, Balram, was sollen wir tun – was sollen wir bloß –» Er schlug sich mit der Hand auf den Schenkel. «Was müssen solche Kinder aber auch morgens um eins durch Delhi rennen, ohne dass irgendwer auf sie aufpasst?»

Als er das gesagt hatte, leuchteten seine Augen plötzlich.

«Ach so, das war eins von *diesen* Kindern.»

«Die unter Brücken und Unterführungen leben, Sir. Das vermute ich auch.»

«Wird sie in dem Fall irgendjemand vermissen …?»

«Das glaube ich nicht, Sir. Sie wissen doch, wie die Leute in der Finsternis sind: Da haben sie acht, neun, zehn Kinder – manchmal kennen sie nicht mal alle Namen ihrer eigenen Kinder. Ihre Eltern – wenn sie denn überhaupt hier in Delhi sind und wissen, wo sie heute Nacht war – gehen bestimmt nicht zur Polizei.»

Er legte mir die Hand auf die Schulter, so wie er vorhin Pinky Madam an die Schulter gefasst hatte.

Dann legte er den Finger an die Lippen.

Ich nickte. «Natürlich, Sir. Und jetzt schlafen Sie gut – das war eine schwere Nacht für Sie und Pinky Madam.»

Ich zog mir das Maharadscha-Kostüm aus und legte mich schlafen. Ich war höllisch müde – aber auf meinen Lippen lag das selige Lächeln eines Dieners, der seinem Herrn auch im schwierigsten Augenblick gut gedient hat.

Am nächsten Morgen wischte ich wie üblich die Autositze ab – dann die Magnetbilder der Göttin – dann den Kobold – dann entzündete ich das Räucherstäbchen, damit es drinnen schön heilig roch. Noch ein letztes Mal wusch ich die Räder ab, damit auch bestimmt kein Blut mehr dran war, das ich nachts womöglich übersehen hatte.

Dann ging ich wieder in mein Zimmer und wartete. Abends richtete mir einer der anderen Fahrer aus, ich werde im Foyer erwartet – ohne Wagen. Dort wartete der Mungo auf mich. Ich habe keine Ahnung, wie er so schnell nach Delhi gekommen war – er musste ein Auto gemietet haben und die Nacht durchgefahren sein. Er lächelte mich an und klopfte mir auf die Schulter. Wir fuhren zusammen im Fahrstuhl zur Wohnung hinauf.

Er ließ sich am Tisch nieder und sagte: «Setz dich doch, Balram, mach es dir bequem. Du gehörst zur Familie.»

Mein Herz war von Stolz erfüllt. Ich hockte mich auf den Boden, glücklich wie ein Hund, und wartete darauf, dass er es noch einmal sagte. Er rauchte eine Zigarette. Das hatte ich ihn noch nie tun sehen. Er schaute mich mit schmalen Augen an.

«Es ist jetzt ganz wichtig, dass du hier im Buckingham Towers Block B bleibst und ein paar Tage nirgendwo sonst hingehst – nicht mal in den Block A. Und zu niemandem ein Wort darüber sprichst, was vorgefallen ist.»

«Ja, Sir.»

Eine Weile sah er mich rauchend an. Dann sagte er noch einmal: «Du gehörst zur Familie, Balram.»

«Ja, Sir.»

«Und jetzt geh wieder runter ins Personalquartier und warte da.»

«Ja, Sir.»

Eine Stunde verging, dann wurde ich wieder nach oben gerufen.

Diesmal saß ein Mann im schwarzen Anzug neben dem Mungo am Esstisch. Er betrachtete ein Schriftstück und las es mit stummen Lippenbewegungen durch. Seine Lippen waren rot vom *Paan*. Mr Ashok telefonierte in seinem Zimmer; ich hörte seine Stimme durch die geschlossene Tür. Auch die Tür zu Pinky Madams Zimmer war zu. Der ganze Haushalt war jetzt in der Hand des Mungos.

«Setz dich doch, Balram. Mach es dir bequem.»

«Ja, Sir.»

Ich hockte mich wieder hin und machte es mir unbequem.

«Möchtest du *Paan*, Balram?», fragte der Mungo.

«Nein, Sir.»

Er lächelte. «Nicht so schüchtern, Balram. Du kaust doch *Paan*, oder?» Er wandte sich an den Mann im schwarzen Anzug. «Geben Sie ihm bitte was zu kauen.»

Der Mann im schwarzen Anzug holte ein kleines grünes Stück Betelpriem aus der Tasche. Ich hielt ihm die Hand hin. Er ließ es hineinfallen, ohne meine Hand zu berühren.

«Steck es in den Mund, Balram. Das ist für dich.»

«Ja, Sir. Sehr gut. Kaut sich gut. Danke.»

«Wir wollen das alles noch mal in aller Ruhe durchgehen, ja?», sagte der Mann im schwarzen Anzug. Der rote Saft troff ihm beim Sprechen fast aus dem Mund.

«Ist gut.»

«Mit dem Richter ist alles geregelt. Wenn Ihr Mann tut, was er tun soll, müssen wir uns keine Sorgen machen.»

«Mein Mann wird tun, was er tun muss, keine Sorge. Er gehört zur Familie. Er ist ein guter Junge.»

«Schön, schön.»

Der Mann im schwarzen Anzug hielt mir das Schriftstück hin.

«Kannst du lesen, Freundchen?»

«Ja, Sir.» Ich nahm ihm das Papier aus der Hand und las:

ERKLÄRUNG

Ich, Balram Halwai, der Sohn von Vikram Halwai, aus dem Dorf Laxmangarh im Bezirk Gaya, erkläre hiermit aus eigenem und freiem Willen:

Dass ich das Auto gesteuert habe, als damit in der Nacht zum 23. Januar dieses Jahres eine nicht identifizierte Person oder Personen oder eine Person und Gegenstände angefahren wurden. Dass ich dann in Panik geriet und meiner Verpflichtung gegenüber der oder den Verletzten nicht nachkam, indem ich sie nicht zur nächstgelegenen Notaufnahme brachte. Dass zum Zeitpunkt des Unfalls keine anderen Personen im Wagen saßen. Dass ich allein im Auto war und allein für das Geschehene verantwortlich bin.

Ich schwöre beim Allmächtigen, dass ich diese Erklärung ohne jeden Zwang oder Druck und nicht auf Anweisung von Dritten abgebe.

Unterschrift oder Daumenabdruck:

(Balram Halwai)

Diese Erklärung wurde in Gegenwart folgender Zeugen abgegeben:
Kusum Halwai aus dem Dorf Laxmangarh im Bezirk Gaya
Chamandas Varma, Rechtsanwalt mit Zulassung vom Delhi High Court

Der Mungo lächelte mich liebevoll an und sagte: «Deiner Familie haben wir schon alles erzählt. Deine Großmutter, wie heißt sie noch?»

«…»

«Das habe ich nicht verstanden.»

«…m.»

«Ja, genau. Kusum. Ich bin nach Laxmangarh gefahren – eine schlimme Straße, nicht wahr? – und habe ihr alles persönlich erklärt. Sie ist eine bemerkenswerte Frau.»

Er rieb sich die Unterarme und grinste breit, daher wusste ich, er sprach die Wahrheit.

«Sie hat gesagt, wie stolz sie auf dich ist, weil du das tust. Sie hat auch gleich eingewilligt, das Geständnis zu unterzeichnen. Das ist ihr Daumenabdruck da unten, Balram. Gleich unter der Linie, wo du unterschreiben wirst.»

«Wenn er Analphabet ist, kann er auch seinen Daumen draufdrücken», sagte der Mann im schwarzen Anzug. «So.» Er drückte den Daumen in die Luft.

«Er kann lesen und schreiben. Seine Großmutter hat mir erzählt, dass er da der Erste in der Familie ist. Sie hat gesagt, du warst schon immer ein kluger Junge, Balram.»

Ich sah auf das Papier und tat so, als würde ich es noch einmal lesen, doch es fing in meinen Händen zu zittern an.

Was ich Ihnen hier beschreibe, Mr Jiabao, passiert Fahrern in Delhi täglich. Glauben Sie mir nicht, Sir – glauben Sie, ich hätte mir das alles ausgedacht?

Wenn Sie nach Delhi kommen, erzählen Sie meine Geschichte irgendeinem anständigen, grundsoliden Mann aus der Mittelschicht. Erzählen Sie ihm, sie hätten da so eine wilde, ausgefallene, unglaubliche Geschichte von einem Chauffeur gehört, der für einen Mord büßen musste, den sein Herr mit dem Auto auf der Straße begangen hat. Und achten Sie dann darauf, wie Ihr anständiges, grundsolides Gegenüber erbleicht. Wie er heftig schlucken muss – wie er aus dem Fenster schaut – wie er sofort das Thema wechselt.

Die Gefängnisse Delhis sind voll mit Fahrern, die hinter Gittern sitzen, weil sie für ihre anständigen, grundsoliden Herren aus der Mittelschicht die Schuld auf sich genommen haben. Wir sind den Dörfern entronnen, aber wir gehören immer noch unseren Herren – unser Körper, unsere Seele, unser Arsch.

Wir leben hier in der großartigsten Demokratie.

What a fucking joke.

Und protestiert die Familie des Fahrers nicht? Ganz und gar nicht. Sie prahlen eher noch damit. Ihr Junge Balram hat den Kopf hingehalten, er ist für seinen Boss ins Tihar-Gefängnis gegangen. Treu ergeben wie ein Hund. Der vollkommene Diener.

Und die Richter? Würden sie so ein offensichtlich erzwungenes Geständnis nicht sofort durchschauen? Aber sie stecken ja mit drin. Sie kassieren ihr Schmiergeld, ignorieren die Lücken im Sachverhalt, und das Leben geht weiter.

Für alle außer den Fahrer.

Das ist alles für heute Nacht, Herr Ministerpräsident. Es ist zwar noch nicht mal drei Uhr morgens, aber ich glaube, ich muss an dieser Stelle aufhören. Allein wieder an diese Sache zu denken macht mich so wütend, dass ich am liebsten rausgehen und einem Reichen die Kehle durchschneiden würde.

DIE FÜNFTE NACHT

Mr Jiabao.

Sir.

Wenn Sie zu uns kommen, wird man Ihnen erzählen, wir Inder hätten alles erfunden, vom Internet über hart gekochte Eier bis hin zur bemannten Raumfahrt, nur hätten die Briten uns alle Ideen geklaut.

Quatsch. Das Größte, was dieses Land in seiner zehntausendjährigen Geschichte hervorgebracht hat, ist der Hühnerkäfig.

Gehen Sie ins alte Delhi, auf den Markt hinter der Jama Masjid, und schauen Sie sich an, wie dort die Hühner angeboten werden. Hunderte blasser Hennen und leuchtend bunter Hähne sind dicht an dicht in Drahtkäfige gestopft, so eng wie die Würmer im Darm, sie hacken nacheinander und scheißen aufeinander, sie kämpfen um ein bisschen Luft zum Atmen; der ganze Käfig stinkt fürchterlich nach verängstigtem, gefiedertem Fleisch. Auf dem Holztisch über diesem Käfig sitzt ein grinsender junger Schlachter, der Ihnen Fleisch und Innereien eines gerade zerlegten Hühnchens zeigt, vom dunklen Blutfilm noch ölig schimmernd. Die Hühner im Käfig riechen das Blut von oben. Sie sehen die Organe ihrer Brüder und Schwestern um sich herumliegen. Sie wissen, sie sind als Nächste dran. Dennoch rebellieren sie nicht. Sie versuchen nicht, aus dem Käfig auszubrechen.

Und genau dasselbe passiert mit den Menschen in diesem Land.

Betrachten Sie mal die abendlichen Straßen Delhis: Früher oder später werden Sie einen Mann auf einer Fahrradrikscha sehen, der sich mit einem riesigen, auf seiner Ladefläche verzurrten Bett oder Tisch abmüht. Jeden Tag liefert dieser Mann – der Lieferfahrer – Möbel im Haus anderer Menschen ab. So ein Bett kostet fünftausend, vielleicht sechstausend Rupien.

Dazu kommen die Stühle und der Beistelltisch, schon sind wir bei zehn- oder fünfzehntausend. Da kommt also ein Mann mit einem Lastenfahrrad, bringt Ihnen ein Bett, einen Tisch und Stühle, ein armer Mann, der vielleicht fünfhundert Rupien im Monat verdient. Er lädt alles für Sie ab und stellt es auf, und Sie bezahlen ihn in bar – ein fettes Bündel Geldscheine, so dick wie ein Backstein. Er steckt es in die Tasche oder unter sein Hemd oder in seine Unterwäsche, und dann radelt er zu seinem Boss zurück und übergibt das Geld, ohne auch nur eine einzige Rupie anzurühren! Er hat ein Jahresgehalt, vielleicht sogar zwei in der Hand, doch er nimmt nichts davon.

Jeden Tag fährt irgendein Chauffeur einen schwarzen Koffer auf dem Rücksitz eines leeren Autos spazieren. Im Koffer sind eine oder zwei Millionen Rupien; mehr Geld, als der Fahrer in seinem ganzen Leben zu sehen bekommt. Mit dem Geld könnte er nach Amerika oder nach Australien gehen, irgendwohin, und dort ein neues Leben anfangen. Er könnte in die Fünfsternehotels gehen, von denen er immer geträumt und die er bisher nur von außen gesehen hat. Er könnte mit seiner Familie nach Goa oder nach England ziehen. Trotzdem liefert er den schwarzen Koffer dort ab, wo es ihm sein Herr befohlen hat, und rührt nicht eine Rupie an. Warum?

Weil die Inder das ehrlichste Volk der Welt sind, wie es sicher in der Broschüre des Premierministers heißt?

Nein. Weil 99,9 Prozent von uns im Hühnerkäfig stecken, genau wie die armen Viecher auf dem Geflügelmarkt.

Bei ganz kleinen Summen funktioniert der Hühnerkäfig nicht immer. Testen Sie Ihren Fahrer also nicht mit einer oder zwei Rupien – die kann er gut und gern klauen. Aber stellen Sie ihm eine Million Dollar vor die Nase, und er wird keinen Cent davon anfassen. Versuchen Sie es: Lassen Sie eine schwarze Tasche mit einer Million Dollar in einem Taxi in Mumbai liegen. Der Taxifahrer wird sofort die Polizei benachrichtigen und das Geld noch am selben Tag abliefern. Das garantiere ich Ihnen. (Ob die Polizei das Geld rausrückt oder nicht, ist allerdings eine andere Frage!) Die Herren in diesem Land vertrauen ihren Dienern sogar Diamanten an! Ehrlich. Im Zug aus Surat, wo die meisten Diamanten der Welt geschliffen und poliert werden, sitzen jeden Abend die Diener der Diamantenhändler mit Koffern voller geschliffener Diamanten, die sie irgendjemandem in Mumbai übergeben sollen. Warum schnappt sich der Diener diesen Diamantenkoffer nicht einfach? Er ist schließlich kein Gandhi, er ist ein Mensch wie Sie und ich. Aber er steckt im Hühnerkäfig. Die Verlässlichkeit der Diener ist die Basis der gesamten indischen Wirtschaft.

Der Große Indische Hühnerkäfig. Haben Sie in China auch so etwas? Ich bezweifle es, Mr Jiabao. Sonst brauchten Sie keine Kommunistische Partei und keine Geheimpolizei, müssten keine Leute erschießen oder ihnen nachts die Häuser durchsuchen und sie ins Gefängnis stecken, wie ich es gehört habe. Hier in Indien brauchen wir keine Diktatur und keine Geheimpolizei.

Weil wir den Hühnerkäfig haben.

Niemals zuvor in der Geschichte der Menschheit haben so wenige so vielen so viel zu verdanken gehabt, Mr Jiabao. Eine Handvoll Männer in diesem Land haben die übrigen 99,9 Prozent – die in jeder Hinsicht ebenso stark, ebenso talentiert, ebenso intelligent sind wie sie – abgerichtet, in ewiger Knechtschaft zu existieren; und die Ketten dieser Knechtschaft sind so stark, dass man einem Mann den Schlüssel zur Freiheit in die Hand drücken kann und er ihn mit einem Fluch wieder zurückwerfen wird.

Sie müssen selbst herkommen und sich das ansehen, um es zu glauben. Jeden Tag erwachen Millionen Menschen bei Tagesanbruch – stehen in schmutzigen, überfüllten Bussen – steigen an den schicken Villen ihrer Herren aus – und wischen dort die Fußböden, waschen das Geschirr, jäten das Unkraut, füttern die Kinder, massieren die Füße – und alles für einen Hungerlohn. Die Reichen Amerikas oder Englands werde ich nie beneiden, Mr Jiabao: Sie haben keine Diener. Sie können nicht einmal im Ansatz begreifen, was das gute Leben ist.

Ein denkender Mensch wie Sie, Herr Ministerpräsident, muss sich jetzt zwei Fragen stellen.

Zunächst: Warum funktioniert dieser Hühnerkäfig? Wie kann er Millionen Männer und Frauen so wirksam gefangen halten?

Und zweitens: Kann man aus diesem Käfig ausbrechen? Was würde geschehen, wenn zum Beispiel eines Tages ein Fahrer das Geld seines Herrn nähme und damit durchbrennte? Wie würde sein Leben verlaufen?

Ich werde Ihnen beide Fragen beantworten, Sir.

Die Antwort auf die erste Frage lautet: Der Grund, warum wir alle in diesem Käfig festsitzen, ist der Stolz und die Ehre unserer Nation, die Quelle all unserer Liebe und Opferbereitschaft, zweifellos auch das Thema eines beträchtlichen Teils der Broschüre, die Ihnen der Premierminister überreichen wird, nämlich *Die indische Familie*.

Die Antwort auf die zweite Frage lautet, dass nur ein Mann, der bereit ist, seine Familie vernichtet zu sehen – gejagt, geprügelt, von den Herren bei lebendigem Leibe verbrannt –, aus dem Käfig ausbrechen kann. Das dürfte kein normaler Mensch sein, sondern ein Abartiger, ein Anormaler, eine Laune der Natur.

Dazu brauchte es sozusagen einen Weißen Tiger. Sie hören die Geschichte eines Sozialunternehmers, Sir.

Und damit zurück zu dieser meiner Geschichte.

Im Nationalzoo von Delhi steht neben dem Käfig des Weißen

Tigers ein Schild mit der Aufschrift: Stell dir vor, du säßest im Käfig.

Als ich dieses Schild sah, dachte ich: *Das kann ich – das kann ich ganz ohne Probleme.*

Einen ganzen Tag saß ich da unten in meinem schmuddeligen Zimmer, die Beine an die Brust gepresst, unter dem Moskitonetz, so ängstlich, dass ich mich nicht aus der Tür traute. Niemand befahl mir, den Wagen vorzufahren. Niemand kam herunter, um nach mir zu sehen.

Mein Leben war abgeschrieben. Ich sollte für einen Totschlag ins Gefängnis, den ich nicht begangen hatte. Ich war starr vor Schreck, doch nicht einmal kam mir der Gedanke, ich könne weglaufen. Nicht ein einziges Mal dachte ich: *Ich sage dem Richter einfach die Wahrheit.* Ich steckte im Hühnerkäfig.

Wie würde es im Gefängnis sein? Das war alles, woran ich denken konnte. Mit welchen Strategien konnte ich den großen, haarigen, schmutzigen Männern entrinnen, die dort auf mich warteten?

Ich erinnerte mich an eine Geschichte aus *Murder Weekly*, in der ein Verurteilter im Gefängnis behauptete, er habe Aids, damit ihn niemand vergewaltigen wollte. Wo war die Ausgabe? Wenn ich die bloß hier hätte, dann könnte ich einfach seine Worte, seine Gesten auswendig lernen! Aber wenn ich behauptete, Aids zu haben, würden sie dann nicht erst recht vermuten, dass ich ein Hinterlader war, und mich erst recht vergewaltigen?

Ich saß in der Falle. Durch die Löcher des Moskitonetzes betrachtete ich die Abdrücke der unbekannten Hand, die mein Zimmer weiß verputzt hatte.

«Feldmaus!»

Weißflecklippe stand auf meiner Schwelle.

«Dein Boss klingelt wie verrückt nach dir.»

Ich ließ den Kopf aufs Kissen sinken.

Er kam herein und drückte sein schwarzes Gesicht mit den rosa Lippen ans Netz. «Feldmaus, bist du krank? Hast du Typhus? Cholera? Dengue-Fieber?»

Ich schüttelte den Kopf. «Mir geht es gut.»

«Das höre ich gern.»

Mit einem breiten Lächeln auf den kranken Lippen ging er wieder.

Auf dem Weg nach oben fühlte ich mich wie ein Mann auf dem Weg zum Schafott – die Treppe hinauf in den Wohnblock, dann mit dem Fahrstuhl in den dreizehnten Stock.

Der Mungo machte die Tür auf. Diesmal lächelte er nicht – ließ nicht erkennen, was er mit mir vorhatte.

«Du hast aber lange gebraucht. Vater ist da. Er möchte ein Wort mit dir reden.»

Mein Herz fing an zu rasen. Der Storch war da! *Er* würde mich retten! Er war nicht so ein Taugenichts wie seine beiden Söhne, sondern ein Herr vom alten Schlag. Er wusste, wie man seine Diener beschützte.

Er saß auf dem Sofa und hatte die bleichen Beine von sich gestreckt. Als er mich sah, erhellte sogleich ein frohes Lächeln sein Gesicht, und ich dachte: *Er lächelt, weil er mich gerettet hat!* Aber der alte Grundbesitzer hatte gar keinen Gedanken an mich verschwendet. Oh nein, er dachte an viel wichtigere Dinge als mein Leben. Er zeigte auf die beiden wichtigen Dinge.

«Aach, Balram, meine Füße haben eine gute Massage nötig. Die Zugfahrt war lang.»

Meine Hand zitterte, als ich im Bad das heiße Wasser einließ. Es klatschte auf den Boden des Eimers und spritzte mir gegen die Beine, und als ich an mir heruntersah, merkte ich, dass mir die Knie schlotterten. Außerdem lief ein wenig Urin am Bein hinab.

Eine Minute später kam ich mit breitem Lächeln zum Sitzplatz des Storchs zurück und stellte den Eimer vorsichtig neben ihm ab.

«Stellen Sie Ihre Füße hinein, Sir.»

«Oh», sagte er und schloss die Augen; seine Lippen öffneten sich, und er fing an, leise zu seufzen, und diese Seufzer ließen mich immer fester und fester drücken; mein ganzer Körper wiegte sich dabei hin und her, und ich stieß mit dem Kopf an seine Knie.

Der Mungo und Mr Ashok saßen vor dem Fernseher und spielten ein Computerspiel.

Die Tür des Schlafzimmers ging auf, und Pinky Madam kam heraus. Sie war nicht geschminkt, und ihr Gesicht sah schlimm aus – dunkle Ringe unter den Augen, Falten auf der Stirn. Als sie mich sah, wurde sie ganz aufgeregt.

«Habt ihr es dem Fahrer erzählt?»

Der Storch sagte nichts. Mr Ashok und der Mungo spielten weiter. «Hat es ihm niemand erzählt? *What a fucking joke!* Er sollte schließlich in den Knast wandern!»

Mr Ashok sagte: «Ich denke, wir sollten es ihm sagen.» Er sah seinen Bruder an, doch der blickte weiter auf den Bildschirm.

Schließlich sagte der Mungo: «Ist gut.»

Mr Ashok wandte sich an mich.

«Wir haben einen Kontaktmann bei der Polizei – und der hat uns mitgeteilt, dass niemand das Vorkommnis gemeldet hat. Wir werden deine Hilfe also nicht benötigen, Balram.»

Ich war so ungeheuer erleichtert, dass meine Hände heftig zuckten und das warme Wasser aus dem Eimer schwappte. Hastig hielt ich ihn fest und stellte ihn wieder gerade hin. Der Storch öffnete die Augen, schlug mir auf den Kopf und schloss die Augen wieder.

Pinky Madam sah sich das an, und ihre Miene veränderte

sich. Sie lief in ihr Zimmer und knallte die Tür zu. (Wer hätte gedacht, Mr Jiabao, dass ausgerechnet diese Frau mit den kurzen Röcken die Einzige in der ganzen Familie war, die ein Gewissen besaß?)

Der Storch sah ihr hinterher und sagte: «Diese Frau ist verrückt geworden. Will die Familie des Kindes finden und ihnen Wiedergutmachung zahlen – Wahnsinn. Als ob wir hier alle Mörder wären.» Er sah Mr Ashok streng an. «Du solltest deine Frau besser unter Kontrolle haben, mein Sohn. So wie es bei uns im Dorf ist.»

Dann gab er mir einen leichten Klaps auf den Kopf und sagte: «Das Wasser ist kalt geworden.»

Die nächsten drei Tage massierte ich jeden Morgen seine Füße. Eines Morgens hatte er leichte Bauchschmerzen, also ließ der Mungo ihn von mir zum Max fahren, einem der berühmtesten Privatkrankenhäuser Delhis. Ich stand vor der Tür und sah dem Mungo und dem alten Mann hinterher, als sie in das herrliche gläserne Gebäude gingen. Ärzte in weißen Kitteln mit Stethoskopen in den Brusttaschen liefen ein und aus. Ich linste durch die Scheiben, und das Foyer kam mir so sauber vor wie in einem Fünf-Sterne-Hotel.

Am Tag nach dem Krankenhausbesuch fuhr ich den Storch und den Mungo zum Bahnhof, kaufte ihnen, was sie für die Fahrt zum Essen brauchen würden, wartete, bis der Zug abfuhr, steuerte das Auto zurück, wischte es sauber, ging zu einem nahe gelegenen Hanuman-Tempel, um ein Dankgebet zu sprechen, kehrte in mein Zimmer zurück und ließ mich todmüde unters Moskitonetz fallen.

Als ich aufwachte, stand jemand in meinem Zimmer und schaltete das Licht an und aus.

Es war Pinky Madam.

«Mach dich bereit. Du wirst mich fahren.»

«Ja, Madam», sagte ich und rieb mir die Augen. «Wie spät ist es?»

Sie legte den Finger an die Lippen.

Ich zog ein Hemd an und fuhr den Wagen aus der Tiefgarage zum Vordereingang. Sie hatte eine Reisetasche in der Hand.

«Wohin?», fragte ich. Es war zwei Uhr morgens.

Sie sagte es mir, und ich fragte: «Kommt der Herr nicht mit?»

«Fahr einfach.»

Ich fuhr sie zum Flughafen, sie schob mir einen braunen Briefumschlag durchs Seitenfenster – dann knallte sie die Wagentür zu und ging.

Und so, Exzellenz, endete die Ehe meines Arbeitgebers.

Andere Fahrer haben Techniken entwickelt, die Ehen ihrer Herren zu verlängern. Einer erzählte mir, immer wenn die Streiterei zu schlimm wurde, fuhr er schneller, damit sie schnell nach Hause kamen; wenn sie jedoch in romantische Stimmung kamen, bremste er ab. Wenn sie sich anschrien, fragte er sie nach dem richtigen Weg; wenn sie sich küssten, stellte er die Musik lauter. Ich habe das Gefühl, auch einen Teil der Verantwortung dafür zu tragen, dass ihre Ehe während meiner Zeit als Fahrer in die Brüche ging.

Am nächsten Morgen rief mich Mr Ashok zur Wohnung hinauf. Als ich an die Tür klopfte, packte er mich am Hemdkragen und zog mich hinein.

«Warum hast du es mir nicht gesagt?», fragte er und zog den Kragen so eng zusammen, dass ich fast erstickte. «Warum hast du mich nicht sofort geweckt?»

«Sir … sie hat gesagt … sie hat gesagt… sie hat gesagt …»

Er griff mich mit beiden Händen und drängte mich auf den Balkon und gegen die Brüstung. Der Grundbesitzer in ihm war also doch noch nicht ganz tot.

«Warum hast du sie hingefahren, du Schwesternficker?»

Ich drehte den Kopf – hinter mir glitzerten die Wohntürme und Shopping Malls von Gurgaon.

«Willst du den Ruf meiner Familie in den Dreck ziehen?»

Er drückte mich noch heftiger gegen die Brüstung; mein Oberkörper hing schon darüber, und wenn er noch ein bisschen weiter schob, bestand ernsthafte Gefahr, dass ich hinunterflog. Ich zog die Beine an und trat ihn vor die Brust – er taumelte zurück gegen die gläserne Schiebetür zum Balkon. Ich ließ mich an der Balkonbrüstung herabgleiten; er setzte sich ebenfalls und lehnte sich an die Balkontür. Wir keuchten beide atemlos.

«Sie können mir nicht die Schuld geben, Sir!», rief ich. «Ich hatte noch nie davon gehört, dass eine Frau einfach so ihren Mann verlässt! Ich meine, höchstens im Fernsehen, aber doch nicht im richtigen Leben! Ich habe einfach getan, was sie mir gesagt hat.»

Eine Krähe landete auf dem Balkon und krächzte. Wir wandten uns beide um und starrten sie an.

Dann war sein Anfall vorüber. Er vergrub das Gesicht in den Händen und fing an zu schluchzen.

Ich lief in mein Zimmer, tauchte unters Moskitonetz und setzte mich aufs Bett. Ich zählte bis zehn, um sicherzugehen, dass er mir nicht gefolgt war. Dann griff ich unters Bett, zog den braunen Umschlag hervor und machte ihn noch einmal auf.

Er war voll mit Hundert-Rupien-Scheinen.

Siebenundvierzig Stück.

Ich schob den Umschlag rasch wieder unters Bett: Jemand kam auf mein Zimmer zu. Vier Fahrer marschierten herein.

«Erzähl uns alles, Feldmaus.»

Sie nahmen zu allen Seiten von mir Aufstellung.

«Was erzählen?»

«Der Torwächter hat geplaudert. Hier gibt es keine Geheimnisse. Du hast die Frau heute Nacht irgendwo hingefahren und bist allein zurückgekommen. Hat sie ihn verlassen?»

«Ich weiß nicht, wovon ihr redet.»

«Wir wissen doch, dass sie sich gestritten haben, Feldmaus. Und du hast sie nachts irgendwohin gefahren. Zum Flughafen? Sie ist abgehauen, oder? Das heißt Scheidung – heutzutage lässt sich doch jeder reiche Mann von seiner Frau scheiden. Diese Reichen …» Er schüttelte den Kopf. Er bleckte spöttisch die rötlichen, verrotteten, vom Betelsaft zersetzten Eckzähne. «Keinen Respekt vor Gott, vor der Ehe, vor der Familie – vor nichts.»

«Sie ist bloß zum Luftschnappen rausgefahren. Und ich habe sie auch wieder zurückgebracht. Der Torwächter ist wohl blind geworden.»

«Loyal bis zum bitteren Ende. Solche Diener wie dich gibt es heute gar nicht mehr.»

Den ganzen Morgen wartete ich auf den Summer – aber er summte nicht. Am Nachmittag fuhr ich in den dreizehnten Stock hinauf, klingelte an der Wohnungstür und wartete. Er öffnete mit roten Augen die Tür.

«Was ist?»

«Nichts, Sir. Ich bin bloß gekommen, um … Mittagessen zu kochen.»

«Ist nicht nötig.» Ich dachte, er würde sich dafür entschuldigen, dass er mich um ein Haar umgebracht hätte, aber er verlor kein Wort darüber.

«Sir, Sie müssen was essen. Hungern ist gar nicht gut für die Gesundheit … Bitte, Sir.»

Seufzend ließ er mich ein.

Da sie nun weg war, wusste ich, es war meine Pflicht, ihm wie eine Ehefrau zu sein. Ich musste dafür sorgen, dass er anständig aß, gut schlief, nicht dünner wurde. Ich kochte Mittagessen, servierte es ihm, räumte wieder ab. Dann ging ich nach unten und wartete auf den Summer. Um acht Uhr nahm ich wieder den Fahrstuhl. Ich drückte das Ohr an die Tür und lauschte.

Nichts. Kein Ton.

Ich klingelte: keine Reaktion. Ich wusste, ausgegangen konnte er nicht sein – ich war schließlich sein Fahrer. Wo konnte er ohne mich schon hin?

Die Tür war offen. Ich ging hinein.

Er lag unter dem Porträt der beiden Spitze, die Augen geschlossen, vor sich auf dem Mahagonitisch eine Flasche.

Ich roch daran. Whisky. Fast ganz alle. Ich setzte sie an die Lippen und trank den Rest.

«Sir», sagte ich, aber er wachte nicht auf. Ich schubste ihn. Ich gab ihm eine Ohrfeige. Er leckte sich über die Lippen und sog Luft ein. Er wachte langsam auf, aber ich gab ihm lieber noch eine Ohrfeige.

(Ein altehrwürdiger Dienerbrauch. Den Herrn im Schlaf zu ohrfeigen. So wie auf den Kissen herumzutrampeln, wenn die Herren aus sind. Oder in ihre Blumentöpfe zu urinieren. Oder ihren Lieblingshund zu treten oder zu schlagen. Unschuldige Dienerfreuden.)

Ich zerrte ihn ins Schlafzimmer, deckte ihn zu, knipste das Licht aus und ging nach unten. Heute würde ich nicht mehr fahren müssen, also machte ich mich auf den Weg zum Laden namens «Action – Englische Spirituosen». Ich hatte immer noch Mr Ashoks Whisky in der Nase.

Am nächsten Abend lief es genauso.

Am dritten Abend war er auch betrunken, aber wach.

«Fahr mich», sagte er. «Wohin du willst. Zu den Malls. Zu den Hotels. Irgendwohin.»

Immer rundherum, im Kreis um die glitzernden Einkaufspaläste und Hotels von Gurgaon fuhr ich ihn, und er saß zusammengesunken auf dem Rücksitz – ausnahmsweise mal nicht telefonierend.

Wenn das Leben des Herrn ins Chaos stürzt, geht es dem Diener genauso. Ich dachte: *Vielleicht hat er jetzt genug von Delhi. Wird er nach Dhanbad zurückkehren? Und was wird dann aus mir?* Mir drehte sich der Magen um. Ich dachte schon, ich würde mir sofort in die Hosen machen, hier auf dem Fahrersitz, auf die Gangschaltung.

«Halt an», sagte er.

Er öffnete die Tür, hielt sich die Hand auf den Bauch, beugte sich hinaus und übergab sich auf den Boden. Ich wischte ihm mit der Hand den Mund ab und half ihm aus dem Wagen, setzte ihn an den Straßenrand. Der Verkehr dröhnte an uns vorüber. Ich klopfte ihm vorsichtig auf den Rücken.

«Sie trinken zu viel, Sir.»

«Warum trinkt ein Mann wohl, Balram?»

«Ich weiß es nicht, Sir.»

«Ach ja, in deiner Kaste trinkt man ja nicht … ich will es dir sagen, Balram. Ein Mann trinkt, weil er vom Leben genug hat. Ich dachte, Kaste und Religion spielen in der heutigen Welt keine Rolle mehr. Mein Vater hat gesagt: ‹Heirate sie nicht, sie kommt aus einer anderen …› Ich …»

Mr Ashok wandte sich zur Seite, und ich rieb ihm den Rücken, weil ich dachte, er würde sich wieder übergeben, aber der Krampf ging vorbei.

«Manchmal frage ich mich, Balram. Welchen Sinn hat es zu leben? Das frage ich mich wirklich …»

Welchen Sinn hat es? Mein Herz pochte. *Dass du lebst, hat folgenden Sinn: Wenn du stirbst, wer zahlt mir dann dreieinhalbtausend Rupien im Monat?*

«Sie müssen an Gott glauben, Sir. Sie müssen weitermachen.

Meine Großmutter hat immer gesagt, wenn man an Gott glaubt, dann passieren gute Dinge.»

«Ja, das stimmt, das stimmt. Wir müssen glauben», schluchzte er.

«Es gab mal einen Mann, der hat aufgehört, an Gott zu glauben, und wissen Sie, was dem passiert ist?»

«Na was?»

«Auf der Stelle ist sein Wasserbüffel gestorben.»

«Ach so.» Er lachte. «Aha.»

«Ja, Sir, das ist wirklich passiert. Und am nächsten Tag hat er gesagt: ‹Tut mir leid, Gott, ich glaube wieder an dich›, und was glauben Sie, was da passiert ist?»

«Sein Büffel ist wieder lebendig geworden?»

«Genau!»

Er lachte wieder. Ich erzählte ihm noch eine Geschichte, über die er noch mehr lachen musste.

Hat es je eine solche Beziehung zwischen Diener und Herrn gegeben? Er war so hilflos, so verloren, dass mein Herz einfach dahinschmolz. Die ganze Wut in mir, weil er mir Pinky Madams tödlichen Unfall mit Fahrerflucht hatte anhängen wollen, verflog an jenem Abend. Das war *ihre* Schuld gewesen. Mr Ashok hatte nichts damit zu tun gehabt. Ich verzieh ihm voll und ganz.

Ich sprach mit ihm über die Weisheit meines Dorfes – zum Teil gab ich Redensarten meiner Großmutter wieder, zum Teil dachte ich mir einfach etwas aus –, und er nickte. Man konnte bei der Szene an die Passage aus der Bhagawadgita denken, als unser Herr Krishna – auch einer der berühmten Fahrer der Weltgeschichte – seinen Götterwagen anhält und den Fahrgästen hervorragende Ratschläge über Leben und Tod gibt. So wie Krishna philosophierte auch ich – und scherzte – und sang sogar ein Lied –, nur um Mr Ashok in bessere Stimmung zu bringen.

Du Baby, dachte ich und rieb ihm den Rücken, als er würgte und sich noch einmal übergab, *du großes, jämmerliches Baby*.

Ich wischte ihm mit der Hand das Erbrochene von den Lippen und gurrte beruhigende Worte in sein Ohr. Es stach mir ins Herz, ihn so leiden zu sehen – doch wo meine echte Sorge um ihn begann und mein Eigeninteresse endete, wusste ich nicht zu sagen: Kein Diener weiß je genau die Motive seines Herzens zu ergründen.

Verabscheuen wir unsere Herren hinter einer liebevollen Fassade – oder lieben wir sie hinter einer Fassade aus Abscheu?

Wir sind uns selbst ein Rätsel, weil wir im Hühnerkäfig gefangen sind.

Am nächsten Tag ging ich zu einem Straßentempel in Gurgaon. Ich legte eine Rupie vor die beiden dort wohnhaften Götterärsche und betete, dass Pinky Madam und Mr Ashok wiedervereinigt und in Delhi ein langes und glückliches gemeinsames Leben führen würden.

So verging eine Woche, dann kam der Mungo aus Dhanbad wieder, und Mr Ashok und ich fuhren zum Bahnhof, um ihn abzuholen.

Als er aus dem Zug stieg, wurde für mich wieder alles anders. Jegliche Intimität zwischen mir und Mr Ashok war verflogen.

Jetzt war ich wieder nur der Fahrer. Nur der lauschende Außenstehende.

«Ich habe gestern Abend mit ihr gesprochen. Sie kommt nicht nach Indien zurück. Ihre Eltern sind froh über ihre Entscheidung. Das kann nur in eine Richtung führen.»

«Mach dir keine Sorgen, Ashok. Das ist in Ordnung. Und ruf sie nicht mehr an. Ich regele das von Dhanbad aus. Wenn sie irgendwelche Anstalten macht, an dein Geld zu wollen, dann weise ich sie einfach vorsichtig auf den Unfall mit Fahrerflucht hin.»

«Um das Geld mache ich mir keine Gedanken, Mukesh –»

«Ich weiß, ich weiß.»

Der Mungo legte ihm die Hand auf die Schulter – wie Kishan es bei mir so oft getan hatte.

Wir fuhren an einem Slum vorbei: so eine Ansammlung von provisorischen Zelthütten, in denen die Arbeiter einer Baustelle lebten. Der Mungo wollte gerade etwas sagen, aber Mr Ashok hörte ihm nicht zu – er sah aus dem Fenster.

Meine Augen folgten seinen. Ich sah die Silhouetten der Slumbewohner, dicht beieinander in einem der Zelte; man konnte eine Familie erkennen – Mann, Frau, Kind –, alle über den kleinen Ofen im Zelt gebeugt, von einer golden leuchtenden Lampe erhellt. Die Innigkeit wirkte so vollkommen – so überwältigend vollkommen. Ich begriff, was Mr Ashok durchmachte.

Er hob die Hand – ich machte mich auf seine Berührung gefasst –, doch er legte sie dem Mungo um die Schultern.

«In Amerika dachte ich, Familie ist bloß eine Last, das will ich nicht abstreiten. Als du und Vater versucht habt, meine Heirat mit Pinky zu verhindern, weil sie keine Hindu war, da war ich wütend auf euch, das leugne ich nicht. Aber ohne Familie ist der Mensch nichts. Absolut nichts. Fünf Abende lang hatte ich bloß diesen Fahrer vor meiner Nase. Jetzt habe ich endlich wieder einen echten Menschen neben mir: dich.»

Ich ging mit ihnen hinauf zur Wohnung; der Mungo wollte, dass ich für sie kochte, also machte ich *Daal* und *Chapattis* und ein Gericht aus Okraschoten. Ich servierte ihnen und wusch dann Teller und Besteck ab.

Beim Essen sagte der Mungo: «Wenn du depressiv wirst, Ashok, warum versuchst du es nicht mit Yoga und Meditation? Es gibt einen Yogameister im Fernsehen, der ist sehr gut – und das macht er jeden Morgen in seiner Sendung.» Er schloss die Augen, atmete ein, dann sehr langsam wieder aus und sagte dabei: «Oooooom.»

Als ich aus der Küche kam und mir die Hände an der Hose abtrocknete, sagte der Mungo: «Augenblick.»

Er zog ein Blatt Papier aus der Hosentasche und ließ es mit breitem Grinsen vor meiner Nase baumeln wie einen Hauptgewinn.

«Du hast Post von deiner Großmutter. Wie heißt sie noch?»

«Kusum, Sir.»

«Bemerkenswerte Frau», sagte er und rieb sich die Unterarme.

Ich sagte: «Bemühen Sie sich nicht, Sir. Ich kann lesen.»

Er schnitt den Brief mit dem Messer auf und begann laut zu lesen.

Mr Ashok sagte etwas auf Englisch – ich erriet den Inhalt seiner Worte: «Hat er nicht das Recht, seinen Brief selbst zu lesen?»

Sein Bruder antwortete ebenfalls auf Englisch, und wieder erriet ich eher, was er sagte, als dass ich es verstand: «So was macht ihm nichts aus. Er hat keine Vorstellung von *Privatsphäre*. In den Dörfern haben sie nicht mal abgetrennte Zimmer, sie liegen einfach nachts alle beieinander und ficken auch so. Glaub mir, das stört ihn nicht.»

Er wandte sich so, dass er das Licht im Rücken hatte, und las vor:

«Lieber Enkel. Diesen Brief schreibt Mr Krishna, der Lehrer. Er erinnert sich noch gern an Dich und nennt Dich immer bei Deinem alten Spitznamen, der Weiße Tiger. Das Leben hier ist schwer geworden. Der Regen ist nicht gekommen. Kannst Du Deinen Arbeitgeber um etwas Geld für Deine Familie bitten? Und vergiss nicht, uns Geld nach Hause zu schicken.»

Der Mungo ließ den Brief sinken.

«Das ist das Einzige, was diese Untergebenen wollen. Geld, Geld, Geld. Sie heißen unsere Diener, aber in Wirklichkeit saugen sie uns den Lebenssaft aus den Adern, stimmt's?»

Dann las er weiter.

«Bei Deinem Bruder Kishan habe ich gesagt: ‹Jetzt wird es Zeit›, und dann hat er es getan – er hat geheiratet. Dir gebe ich keine Befehle. Du bist anders als alle anderen. Du bist ein tiefes Wasser, wie Deine Mutter. Schon als Junge warst Du so: Wenn Du beim Teich gestanden hast und das Schwarze Fort angestarrt hast, morgens, abends und sogar nachts noch. Darum befehle ich Dir nicht zu heiraten. Aber ich will Dich mit den Freuden des Ehelebens locken: Die Ehe ist gut für die ganze Gemeinde. Nach einer Hochzeit gibt es immer mehr Regen im Dorf. Die Büffelkuh wird fetter und gibt mehr Milch. Das sind bekannte Tatsachen. Wir sind alle so stolz auf Dich, dass Du in der Stadt bist. Aber Du darfst dort nicht nur an Dich denken, sondern auch an uns. Und zuerst mal musst Du uns besuchen und mein Hühnercurry essen. Deine Dich liebende Großmutter Kusum»

Der Mungo wollte mir den Brief gerade geben, aber Mr Ashok nahm ihn aus seiner Hand und las ihn noch einmal.

«Manchmal drücken sie sich so anrührend aus, diese Dörfler», sagte er und warf den Brief auf den Tisch.

Am nächsten Morgen fuhr ich den Mungo wieder zum Bahnhof, besorgte ihm seinen liebsten Imbiss, einen *Dosa*, aus dem ich die Kartoffeln entfernte und auf die Schienen warf, bevor ich ihm den aufgerollten Teigfladen reichte. Ich stieg wieder auf den Bahnsteig hinab und wartete. Er mampfte auf seinem Sitz den *Dosa*; unten auf den Gleisen knabberte eine Maus an den aussortierten Kartoffeln.

Ich fuhr zum Wohnblock zurück und mit dem Fahrstuhl in den dreizehnten Stock. Die Tür stand offen.

«Sir!», rief ich, als ich sah, was im Wohnzimmer vor sich ging. «Sir, das ist doch verrückt!»

Er hatte seine Füße in einen Plastikeimer gesteckt und massierte sie selbst.

«Das hätten Sie doch bloß zu sagen brauchen, ich hätte Sie massiert!», rief ich und beugte mich zu seinen Füßen.

«Nein!», kreischte er.

«Doch, Sir, Sie müssen mich lassen», sagte ich. «Wenn ich das Ihnen überlasse, vernachlässige ich meine Pflichten!» Ich steckte meine Hände ins schmutzige Wasser und drückte seine Füße.

«Nein!»

Mr Ashok trat den Eimer um, und das Wasser lief über den ganzen Fußboden.

«Wie dumm seid ihr eigentlich alle?» Er wies zur Tür. «Raus! Kannst du mich nicht mal fünf Minuten am Tag in Ruhe lassen? Meinst du, das kriegst du hin?»

An dem Abend musste ich ihn wieder zur Mall fahren. Nachdem er ausgestiegen war, blieb ich im Auto sitzen; ich mischte mich nicht unter die anderen Fahrer.

Sogar nachts wird an den Baustellen in Gurgaon gearbeitet: Große Scheinwerfer strahlen von Türmen herab, Staub steigt aus Baugruben auf, Gerüste wachsen in den Himmel, Männer und Tiere – alle aus dem Schlummer gerissen, rotäugig und unausgeschlafen – laufen hin und her, hin und her, mit Steinen oder Betontrümmern beladen.

Auf einer dieser Baustellen führte ein Mann einen Esel; der trug einen leuchtend roten Packsattel, an dem zwei Metallwannen hingen, randvoll mit Abrisstrümmern. Hinter dem ersten Esel gingen zwei kleinere von der gleichen Farbe, auch sie trugen mit Brocken gefüllte Wannen. Diese kleineren Esel gingen langsamer, und der Führesel blieb öfter stehen und drehte sich zu ihnen um, sodass man denken konnte, es war ihre Mutter.

Und da merkte ich gleich, was mir auf der Seele lag.

Ich wollte Kusum nicht gehorchen. Sie erpresste mich; ich begriff, warum sie mir den Brief über den Mungo hatte zukommen lassen. Wenn ich mich weigerte, würde sie mich anschwärzen – Mr Ashok verraten, dass ich kein Geld nach Hause schickte.

Es war inzwischen lange her, dass ich meinen Schnabel zuletzt irgendwo reingesteckt hatte, Sir, und der Druck stieg. Das Mädchen wäre so jung – siebzehn oder achtzehn –, und Sie wissen ja, wie Mädchen in dem Alter schmecken: wie Wassermelonen. Jegliche Krankheit an Körper und Geist wird geheilt, wenn man in eine Jungfrau eindringt. Das sind bekannte Tatsachen. Und dann war da noch die Mitgift, die Kusum aus der Familie des Mädchens herauspressen würde. Dieses ganze vierundzwanzigkarätige Gold, das ganze Bargeld, frisch von der Bank. Und ein bisschen davon würde ich auch für mich behalten dürfen. Das waren alles gewichtige Argumente für die Ehe.

Aber andererseits.

Sehen Sie, im Augenblick war ich genau wie dieser Esel. Und wenn ich Kinder hätte, würde ich sie nur lehren, genauso ein Esel wie ich zu werden und für die Reichen Brocken zu schleppen.

Ich legte die Hände aufs Lenkrad, und meine Finger verkrampften sich zu einem Würgegriff.

Wie ich zu Mr Ashok geeilt war, um seine Füße zu drücken, obwohl er mich nicht mal darum gebeten hatte! Warum glaubte ich, mich seinen Füßen nähern, sie berühren und für ihr Wohlbefinden sorgen zu müssen – warum? Weil das Verlangen zu dienen mir angeboren, angezüchtet war; mir Nagel für Nagel ins Hirn gehämmert und ins Blut geschüttet worden war, so wie man Abwässer und Industrieabfälle in Mutter Ganges schüttet.

Ich hatte die Vision eines bleichen Fußes, der sich aus den Flammen reckt.

«Nein», sagte ich.

Ich zog die Füße auf den Sitz, nahm den Lotossitz ein und sagte immer wieder: «Om.» Wie lange ich so mit geschlossenen Augen und gekreuzten Beinen, wie der Buddha selbst, im Wagen saß, weiß ich nicht, aber schließlich öffnete ich wegen des Gekichers und Gekratzes von draußen die Augen. Alle anderen Fahrer hatten sich um mich geschart – einer kratzte mit den Fingernägeln an der Scheibe. Jemand hatte gesehen, dass ich in der Lotosposition im abgeschlossenen Wagen saß. Jetzt starrten mich alle an wie ein Tier im Zoo.

Sofort entfaltete ich hastig meine Beine und setzte ein breites Grinsen auf. Dann stieg ich aus dem Auto und wurde von einer Salve von Knüffen und Stößen und kreischendem Gelächter empfangen, die ich alle demütig hinnahm. Ich murmelte lediglich: «Habe bloß mal Yoga probiert – kommt doch dauernd im Fernsehen.»

Der Hühnerkäfig tat sein Werk. Diener müssen andere Diener daran hindern, Neues zu wagen, zu experimentieren, zu unternehmen.

Ja, das ist die traurige Wahrheit, Herr Ministerpräsident.

Der Käfig wird von innen bewacht.

Herr Ministerpräsident, Sie müssen mich kurz entschuldigen – das Telefon klingelt. Ich bin gleich wieder da.

So leid es mir tut: Ich muss meine Erzählung eine Weile unterbrechen. Es ist zwar erst 1 Uhr 32, aber wir müssen hier abbrechen. Es ist etwas dazwischengekommen, Sir – ein Notfall. Ich melde mich wieder, glauben Sie mir.

DER SECHSTE MORGEN

Bitte vergeben Sie mir die lange Unterbrechung, Exzellenz. Es ist inzwischen 6 Uhr 20, ich war also fünf Stunden lang weg. Es gab einen unglücklichen Vorfall, der den Ruf eines Outsourcing-Unternehmens bedrohte, mit dem ich zusammenarbeite.

Ein ziemlich ernster Zwischenfall, Sir. Bei dem ein Mann sein Leben verloren hat. (Nein: Missverstehen Sie mich nicht. Ich hatte mit seinem Tod nichts zu tun! Aber das werde ich später erklären.)

Und jetzt entschuldigen Sie mich noch eine Minute, ich möchte den Ventilator einschalten – ich schwitze immer noch, Sir –, und gestatten Sie, dass ich mich auf den Boden setze und dem Ventilator zusehe, wie er das Licht des Kronleuchters zerhackt.

Der Rest der heutigen Sitzung wird sich vor allem der traurigen Geschichte widmen, wie ich vom naiven, unschuldigen Dorftrottel zum verdorbenen Städter werde, der Ausschweifung, Verrohung und Bosheit anheimfällt.

Diese Veränderungen ereilten mich, weil sie vorher Mr Ashok ereilten. Er kam ganz unschuldig aus Amerika zurück, doch das Leben in Delhi verdarb ihn – und wenn der Herr des Honda City erst verdorben ist, wie soll der Fahrer da seine Unschuld bewahren?

Ich dachte ja, ich würde Mr Ashok kennen. Aber solche Gedanken sind bei jedem Diener pure Anmaßung.

Kaum war sein Bruder weg, änderte er sich. Er zog schwarze Hemden an und ließ den obersten Knopf offen, er wechselte das Parfüm.

«Zur Mall, Sir?»

«Ja.»

«Zu welcher, Sir? Wo Madam immer hinging?»

Aber Mr Ashok schluckte den Köder nicht. Er drückte auf die Tasten seines Handys und grunzte: «Zur Sahara Mall, Balram.»

«Das ist ja die, zu der Madam immer ging, Sir.»

«Erwähn Madam nicht in jedem zweiten Satz.»

Ich saß vor der Mall im Wagen und überlegte, was er wohl darin trieb. Im oberen Stockwerk blinkte ein rotes Licht, und ich nahm an, dort war eine Disco. Schlangen junger Männer und Frauen standen vor der Mall, die alle zum roten Licht hinaufwollten. Ich zitterte vor Furcht, als ich sah, was diese Stadtmädchen anhatten.

Mr Ashok blieb nicht lange drinnen und kam allein wieder heraus. Ich seufzte erleichtert.

«Zurück zum Buckingham, Sir?»

«Noch nicht. Fahr mich zum Sheraton Hotel.»

Auf dem Weg in die Stadt fiel mir auf, dass Delhi in jener Nacht anders aussah.

War mir vorher nie aufgefallen, wie viele angemalte Frauen am Straßenrand standen? Hatte ich nie bemerkt, wie viele Männer mitten im fließenden Verkehr anhielten, um mit diesen Frauen einen Preis auszuhandeln?

Ich schloss die Augen; ich schüttelte den Kopf. *Was geschieht heute Nacht mit dir?*

In diesem Moment ereignete sich etwas, das meinen verwirrten Geist aufklärte – aber für Mr Ashok und mich auch sehr peinlich war. Ich hatte vor einer Ampel angehalten; eine junge Frau in engem T-Shirt ging über die Straße, und ihre Brüste wippten auf und ab wie drei Kilo Auberginen in einer Einkaufstüte. Mein Blick wanderte zum Rückspiegel – und da sah ich Mr Ashok, dessen Augen ebenfalls auf und ab wippten.

Ich dachte: *Aha! Erwischt, du Schlawiner!*

Doch seine Augen leuchteten auf, denn er hatte meinen Blick ebenfalls bemerkt und dachte genau das Gleiche: *Aha! Erwischt, du Schlawiner!*

Wir hatten uns gegenseitig ertappt.

(Dieser kleine rechteckige Spiegel im Auto, Mr Jiabao – ist noch niemandem aufgefallen, in welche Verlegenheiten er einen stürzen kann? Dass er gelegentlich, wenn die Blicke von Herr und Diener sich darin begegnen, wie die Tür zur Umkleidekabine aufschwingen kann, und wie die beiden sich dann plötzlich nackt sehen?)

Ich errötete. Zum Glück wurde die Ampel grün, und ich konnte weiterfahren.

Ich schwor mir, die ganze Nacht nicht mehr in den Rückspiegel zu schauen. Jetzt begriff ich auch, warum die Stadt so anders auf mich wirkte – und warum mir beim Fahren der Schnabel hart wurde.

Weil *er* geil war. Und im geschlossenen Raum des Wagens waren mein Herr und ich irgendwie zu einem Körper verschmolzen.

Mit großer Erleichterung fuhr ich den Honda in die Toreinfahrt des Maurya Sheraton Hotel, wo die quälende Fahrt ihr Ende fand.

In Delhi gibt es ja jede Menge erstklassige Hotels. Was Umgehungsstraßen und Kanalröhren angeht, habt ihr in Peking vielleicht die Nase vorn, aber an Glanz und Pracht macht uns in Delhi keiner was vor. Wir haben das Sheraton, das Imperial, das Taj Palace, das Taj Mansingh, das Oberoi, das Intercontinental und noch viele andere. Die Fünf-Sterne-Hotels von Bangalore kenne ich in- und auswendig, weil ich Tausende Rupien für Hühnchenkebab, Lammcurry und Rindersteaks in ihren Restaurants ausgegeben und jede Menge Flittchen jeder Nationalität in ihren Bars aufgegabelt habe, aber die Fünfsternepaläste Delhis sind mir ein Buch mit sieben Siegeln. Ich bin bei allen gewesen, aber bei keinem einzigen durch die Eingangstür geschritten. Das ist uns nicht erlaubt; normalerweise steht ein fetter Wachmann mit gewichstem Bart an der Glastür, der einen lächerlichen roten Turban trägt und sich wichtig vorkommt, weil amerikanische Touristen sich mit ihm fotografieren lassen wollen. Wenn er einen Fahrer auch nur in der Nähe des Hotels erwischt, starrt er ihn böse an und wedelt mit dem Zeigefinger wie ein Lehrer.

Das ist das Los des Fahrers. Alle anderen Diener denken, sie können uns herumkommandieren.

Bei allen Fünfsternen gibt es strenge Regeln, wo die Fahrer ihre Autos abstellen dürfen, während ihre Herren drin sind. Manchmal schicken sie einen auf einen unterirdischen Parkplatz. Manchmal nach hinten. Manchmal nach vorne, unter die Bäume. Und da sitzt man dann und wartet, eine Stunde, zwei Stunden, drei, vier, und man gähnt und tut nichts, bis der Turbanmann vom Eingang in ein Mikrofon murmelt: «Fahrer Soundso, du kannst an der Glastür vorfahren. Dein Herr wartet auf dich.»

Die Fahrer warteten beim Parkplatz des Hotels, in ihrer üblichen Schlüsselketten schwingenden, *Paan* kauenden, Klatsch austauschenden, Ammoniak versprühenden Runde. Sie hockten und plapperten wie eine Horde Affen.

Der Fahrer mit den kranken Lippen saß ein Stückchen entfernt und war in seine Zeitschrift vertieft. Diese Woche zierte das Cover ein Foto einer Frau, die mit geöffneter Kleidung auf dem Bett lag; ihr Geliebter stand mit erhobenem Messer neben ihr.

MURDER WEEKLY

4,50 RUPIEN

WAHRE EXKLUSIVGESCHICHTE:

«ER WOLLTE DIE FRAU SEINES HERRN»

LIEBE – GEWALT – RACHE!

«Hast du über mein Angebot nachgedacht, Feldmaus?», fragte er, während er eine Geschichte durchblätterte. «Ob ich deinem Herrn irgendwas besorgen soll? Haschisch oder Mädchen oder Golfbälle? Echte Golfbälle aus dem amerikanischen Konsulat?»

«Er ist nicht von der Sorte.»

Seine rosafarbenen Lippen verzogen sich zu einem Grinsen. «Willst du mal ein Geheimnis hören? Mein Herr steht auf Filmschauspielerinnen. Er fährt mit ihnen in ein Hotel in Jangpura, so eines mit einem großen leuchtenden T obendrauf, und da nagelt er sie.»

Er nannte mir drei berühmte Schauspielerinnen aus Mumbai, die sein Herr «genagelt» hatte.

«Dabei sieht er aus wie ein Tugendbold. Nur ich weiß es – aber ich kann dir sagen, die Herren sind alle gleich. Eines Tages wirst du mir glauben. Und jetzt komm, lies die Geschichte mit mir.»

So lasen wir in völligem Schweigen. Nach der dritten Mordgeschichte ging ich beiseite zu einer Baumgruppe, um etwas Ammoniak loszuwerden. Er kam mit.

Unsere Pisse klatschte nur wenige Zentimeter auseinander an die Baumrinde.

«Ich habe noch eine Frage an dich.»

«Wieder über die Mädchen in der Stadt?»

«Nein. Darüber, was mit alten Fahrern passiert.»

«Hä?»

«Ich meine, was wird in ein paar Jahren aus mir? Werde ich genug Geld verdienen, mir ein Haus zu kaufen und ein kleines Geschäft zu gründen?»

«Na ja», sagte er, «ein Fahrer bleibt fit, bis er fünfzig oder fünfundfünfzig ist. Dann werden die Augen schlechter, und er wird rausgeschmissen, klar? Das sind für dich noch dreißig Jahre, Feldmaus. Wenn du heute anfängst zu sparen, kannst du vielleicht genug zur Seite legen, um dir ein kleines Häuschen in irgendeinem Slum zu kaufen. Wenn du ein bisschen schlauer bist, reicht es vielleicht sogar, um deinen Sohn auf eine gute Schule zu schicken. Da kann er Englisch lernen und dann studieren. Das ist die beste vorstellbare Möglichkeit. Ein Haus in einem Slum, ein Kind an der Uni.»

«Die *beste*?»

«Tja, andererseits könntest du von unsauberem Wasser Typhus kriegen. Dein Boss könnte dich ohne Grund rausschmeißen. Du kannst einen Unfall haben – es gibt jede Menge schlechtere Alternativen.»

Ich pinkelte immer noch, trotzdem legte er mir die Hand auf den Arm. «Ich muss dich auch mal was fragen, Feldmaus. Geht es dir gut?»

Ich sah ihn von der Seite an. «Ja. Warum fragst du?»

«Tut mir leid, dass ich das sagen muss, aber einige der Fahrer reden schon offen darüber. Du sitzt die ganze Zeit allein im Wagen deines Herrn, du redest mit dir selbst … Weißt du, was du brauchst? Eine Frau. Hast du schon mal in die Slums hinter den Malls geguckt? Die sehen gar nicht schlecht aus da – schön rund. Manche von uns gehen einmal die Woche hin. Du kannst ruhig mitkommen.»

«FAHRER BALRAM, WO STECKST DU?»

Das war der Ruf vom Eingang. Der Turban war am Mikrofon und sprach mit hochtrabender, wichtigtuerischer Stimme: «FAHRER BALRAM, BITTE SOFORT AM EINGANG ERSCHEINEN. OHNE VERZUG. DEIN HERR ERWARTET DICH.»

Ich zog den Reißverschluss hoch, rannte los und wischte mir die feuchten Finger an der Hose ab.

Als ich mit dem Wagen vorfuhr, kam Mr Ashok aus dem Hotel, die Arme um eine junge Frau gelegt.

Sie war eine Schlitzäugige mit gelber Haut. Eine Ausländerin. Eine Nepalesin. Weder aus seiner Kaste noch aus seiner Schicht.

Sie rümpfte die Nase über die Sitze – die ich eigenhändig abgewischt hatte – und hüpfte dann darauf.

Mr Ashok legte dem Mädchen die Hände auf die nackten Schultern. Ich wandte den Blick vom Spiegel.

Unzucht im Auto habe ich noch nie gutgeheißen, Mr Jiabao.

Aber ich konnte riechen, wie ihrer beider Düfte sich mischten – ich wusste genau, was sich hinter mir abspielte.

Ich dachte, jetzt würde er mich bitten, ihn nach Hause zu fahren, aber nein – die Spritztour nahm kein Ende. Jetzt wollte er zum PVR in Saket.

Das PVR Saket ist eines von diesen Riesenkinos, wo zehn oder zwölf Filme gleichzeitig laufen und man für jeden hundertfünfzig Rupien Eintritt zahlen muss – ja, Sie haben richtig gehört, hundertfünfzig Rupien! Und das ist noch nicht alles – es gibt auch noch jede Menge Bars da drin, wo man Bier trinken, tanzen, Mädchen aufgabeln kann, solche Sachen. Ein kleines Stück Amerika in Indien.

Hinter dem letzten glitzernden Laden fängt das zweite PVR an. Jeder große Markt in Delhi besteht eigentlich aus zwei Märkten – es gibt immer noch ein kleines, schmuddeligeres Spiegelbild des eigentlichen Marktes irgendwo in einer Seitengasse versteckt.

Das ist dann der Markt für Diener. Ich ging also hinüber zu diesem zweiten PVR – eine Reihe übel riechender Restaurants, Teestände und riesiger Fettpfannen, wo Brotstücke in Öl frittiert wurden. Die Männer, die in den Kinos bedienen oder sie ausfegen, kamen zum Essen hierher. Die Bettler hatten hier ihr Zuhause.

Ich holte mir einen Tee und eine Kartoffel-*Vada* und setzte mich zum Essen unter einen Banyanbaum.

«Bruder, gib mir drei Rupien.» Eine alte Frau, mager und elend, hatte die Hand ausgestreckt.

«Ich bin keiner von den Reichen, Mütterchen – geh auf die andere Seite und frag die.»

«Bruder –»

«Lass mich essen, ja? Lass mich einfach in Ruhe.»

Sie ging. Ein Messerschärfer baute seinen kleinen Stand direkt neben mir auf. Er hatte zwei Messer in der Hand, setzte sich auf seine Maschine – so einen mit Pedalen angetriebenen Schleifstein – und fing an zu trampeln. Die Funken flogen bloß ein paar Zentimeter vor meiner Nase entlang.

«Bruder, musst du unbedingt *hier* arbeiten? Siehst du nicht, dass hier ein Mensch etwas essen möchte?»

Er hörte auf zu treten, zwinkerte und hielt die Klingen dann wieder an den schwirrenden Schleifstein, als hätte er kein Wort gehört.

Ich warf ihm die Kartoffel-*Vada* vor die Füße.

«Wie dumm seid ihr eigentlich alle?»

Die alte Bettlerin ging mit mir zusammen hinüber zum anderen PVR. Sie raffte ihren Sari, holte tief Luft und sagte dann wieder ihr Sprüchlein auf: «Schwester, gib mir nur drei Rupien. Ich habe seit heute Morgen nichts mehr gegessen …»

Ein riesiger Stapel alter Bücher lag mitten in der Markthalle, zu einem großen, innen leeren Kreis geordnet, so wie das Mandala, in dem bei Hochzeiten immer das heilige Feuer entzündet wird. Mitten im Bücherkreis saß ein kleiner Mann auf einem Stapel Zeitschriften wie der Priester dieses Mandalas des gedruckten Wortes. Die Bücher zogen mich an wie ein starker Magnet, doch als der Mann auf dem Zeitschriftenstapel mich erblickte, schnappte er sofort: «Die Bücher sind alle auf Englisch.»

«Na und?»

«Kannst du Englisch lesen?», kläffte er.

«Kannst du es denn?», gab ich zurück.

So. Das brachte ihn ins Grübeln. Bis dahin hatte er zu mir von Diener zu Diener gesprochen; jetzt sprach er von Mann zu Mann. Er sah mich von oben bis unten an.

«Nein», sagte er und fing an zu lächeln, als wollte er meinen Mumm anerkennen.

«Und wie verkaufst du dann die Bücher, wenn du kein Englisch kannst?»

«Ich kann die Bücher am Umschlag unterscheiden», sagte er. «Ich weiß genau, das da ist *Harry Potter*.» Er zeigte es mir. «Und das da ist James Hadley Chase.» Er hielt das Buch hoch. «Das ist Khalil Gibran – das ist Adolf Hitler – Desmond Bagley – *The Joy of Sex*. Einmal hat der Verlag den Hitler-Umschlag geändert, sodass er wie Harry Potter aussah; das hat mir eine Woche das Leben zur Hölle gemacht.»

«Ich möchte bloß ein bisschen bei den Büchern herumstehen. Ich hatte mal ein Buch. Als ich noch klein war.»

«Wie du willst.»

Ich stand also neben dem großen Buchfeld. In der Nähe von Büchern, selbst wenn sie in einer fremden Sprache geschrieben sind, Exzellenz, fühlt man so eine Art elektrischer Spannung in sich aufsteigen. Das passiert einfach, so wie man in der Nähe junger Mädchen in engen Jeans eine Erektion bekommt.

Nur dass hier eben das *Hirn* zu pochen anfängt.

Viertausendsiebenhundert Rupien. In dem braunen Umschlag unter meinem Bett.

Komische Summe, oder? Da war noch ein Rätsel zu lösen. Mal sehen. Vielleicht hatte sie erst fünftausend reingetan, aber weil sie wie alle Reichen geizig ist – erinnern Sie sich, wie der Mungo mich wegen einer einzigen Rupie auf den Knien hat herumrutschen lassen? –, hat sie dann dreihundert Rupien wieder abgezogen.

Aber so denken die Reichen doch nicht, du Idiot. Hast du das immer noch nicht begriffen?

Sie muss zuerst zehntausend genommen haben. Dann hat sie es halbe-halbe geteilt und eine Hälfte für sich behalten. Dann hat sie noch mal hundert rausgenommen, dann noch mal hundert, dann noch mal hundert. *So* geizig sind sie nämlich.

Das heißt also, dass sie dir eigentlich zehntausend schulden. Aber wenn sie schon gedacht hat, sie würde dir zehntausend schulden, was hat sie dir dann wirklich geschuldet – zehnmal so viel?

«Nein, *hundertmal* so viel.»

Der kleine Mann legte seine Zeitung weg und sah mich aus seinem Büchermandala an. «Was hast du gesagt?», rief er.

«Nichts.»

Wieder rief er nach mir. «He, was arbeitest du eigentlich?»

Ich griff nach einem imaginären Lenkrad und drehte es um hundertachtzig Grad.

«Ach, das hätte ich mir denken können. Fahrer sind kluge Köpfe – sie hören viele interessante Dinge. Stimmt's?»

«Andere Fahrer vielleicht. Ich werde im Wagen taub.»

«Na klar. Sag mal, musst doch Englisch können – wenn sie sich unterhalten, muss doch was hängen bleiben.»

«Ich habe doch gesagt, ich höre nicht hin. Wie kann da was hängen bleiben?»

«Was bedeutet dieses Wort hier in der Zeitung? *Pri-vat-sphäre*?»

Ich erklärte es ihm, und er lächelte dankbar. «Wir hatten gerade das englische Alphabet gelernt, als meine Familie mich aus der Schule nahm.»

Er war also auch ein Halbgarer. Meine Kaste.

«He», rief er wieder. «Willst du so was lesen?» Er hielt eine Zeitschrift mit einer amerikanischen Frau auf dem Titel hoch – von der Sorte, die reiche Jungs gern kaufen. «Gute Ware.»

Ich blätterte das Magazin durch. Er hatte recht, das war gute Ware.

«Und wie viel kriegst du für so eine Zeitschrift?»

«Sechzig Rupien. Ist das zu glauben? Sechzig Rupien für eine gebrauchte Zeitschrift. Und auf dem Khan Market gibt es einen Kerl, der verkauft Zeitschriften aus England für fünfhundertachtzig Rupien das Stück! Ist das zu glauben?»

Ich sah hoch und pfiff anerkennend. «Erstaunlich, wie viel Geld die haben», sagte ich laut, aber trotzdem so, als würde ich mit mir selbst reden. «Und uns behandeln sie wie Tiere.»

Er benahm sich, als hätte ich etwas Verstörendes gesagt: Er ließ ein paarmal die Zeitung sinken und hob sie wieder; dann kam er zum äußersten Rand seines Mandalas, verbarg sein Gesicht zum Teil hinter der Zeitung und flüsterte etwas.

Ich legte die Hand ans Ohr. «Wie war das?»

Er sah sich um und wiederholte es ein wenig lauter. «Aber das wird nicht ewig so bleiben. Die momentane *Situation*.»

«Warum nicht?» Ich trat dichter an den Bücherkreis heran.

«Hast du mal von den Naxaliten gehört?», flüsterte er über die Bücher hinweg. «Die haben Waffen. Eine ganze Armee. Sie werden jeden Tag stärker.»

«Wirklich?»

«Lies doch die Zeitung. Die Chinesen wollen Bürgerkrieg in Indien, verstehst du? Chinesische Bomben kommen nach Birma, dann nach Bangladesch, dann nach Kalkutta. Sie gehen nach Süden, nach Andhra Pradesh und nach Norden in die Finsternis. Wenn die Zeit gekommen ist, wird ganz Indien …»

Er öffnete die Handflächen.

So unterhielten wir uns eine Zeit lang – bis unsere Freundschaft so endete wie alle Freundschaften zwischen Dienern: Unsere Herren brüllten nach uns. Eine Horde reicher Jugendlicher wollte ein schmutziges amerikanisches Heftchen sehen, und Mr Ashok kam nach Alkohol stinkend aus einer Bar gewankt; die Nepalesin war immer noch bei ihm.

Auf dem Rückweg redeten die beiden in voller Lautstärke; dann fing das Küssen und Fummeln wieder an. Meine Güte, dabei war der Mann immer noch rechtmäßig mit einer anderen Frau verheiratet! Ich wurde so wütend, dass ich vier rote Ampeln überfuhr und beinahe einen Ochsenkarren gerammt hätte, der mit einer Ladung Kerosinkanister die Straße entlangzockelte, aber sie merkten es nicht einmal.

«Gute Nacht, Balram», rief Mr Ashok, als er Hand in Hand mit ihr ausstieg.

«Gute Nacht, Balram!», rief auch sie.

Sie liefen hinein und drückten abwechselnd hektisch auf den Fahrstuhlknopf.

Als ich in mein Zimmer kam, suchte ich unter dem Bett: Die Maharadscha-Tunika, die er mir gekauft hatte, war noch da – und auch Turban und Sonnenbrille.

Ich fuhr mit dem Wagen aus dem Buckingham Towers Block B, die Sonnenbrille auf und wie ein Maharadscha gekleidet. Ich hatte keine Ahnung, wo ich hinwollte – ich gondelte einfach um die Malls herum. Jedes Mal, wenn ich ein hübsches Mädchen sah, hupte ich sie und ihre Freundinnen an.

Ich hörte seine Musik. Ich ließ seine Klimaanlage auf höchster Stufe laufen.

Dann fuhr ich zum Wohnblock zurück, fuhr das Auto in die Tiefgarage, steckte die Sonnenbrille in die Tasche und zog die Tunika aus.

Ich spuckte auf die Sitze des Honda und wischte sie sauber.

*

Am nächsten Morgen kam er weder herunter, noch rief er mich hinauf zur Wohnung. Ich nahm den Fahrstuhl und stellte mich an die Tür. Ich hatte ein schlechtes Gewissen wegen meines Ausflugs gestern Nacht, und ich überlegte, ob ich wohl alles beichten sollte. Ein paarmal hob ich die Hand zum Klingelknopf, aber dann ließ ich sie seufzend wieder sinken.

Nach einiger Zeit hörte man von drinnen leise Geräusche. Ich legte das Ohr an die Tür und lauschte.

«Aber ich habe mich *wirklich* verändert.»

«Du musst dich nicht dauernd entschuldigen.»

«Gestern Nacht hatte ich mehr Spaß als in vier Jahren Ehe.»

«Als du damals nach New York gegangen bist, habe ich gedacht, ich würde dich nie wiedersehen. Aber jetzt habe ich dich wiedergesehen, und das ist die Hauptsache.»

Ich wandte mich von der Tür weg und schlug mir mit der flachen Hand auf die Stirn. Mein schlechtes Gewissen wurde mit jeder Sekunde größer. *Sie ist seine ehemalige Geliebte, du Idiot – nicht irgendein aufgelesenes Flittchen!*

Natürlich – mit einem Flittchen würde er sich niemals einlassen. Ich hatte doch immer gewusst, dass er ein guter Mann war: ein ganzes Stück besser als ich.

Zur Strafe kniff ich mich in die linke Handfläche.

Dann legte ich das Ohr wieder an die Tür.

Drinnen fing das Telefon an zu klingeln. Eine Weile war es still, dann sagte er: «Das ist Puddles. Und das ist Cuddles. Erinnerst du dich an sie? Sie bellen für mich immer in den Hörer. Hier, hör mal …»

«Schlechte Neuigkeiten?» Nach einiger Zeit war ihre Stimme wieder zu hören. «Du siehst ganz durcheinander aus.»

«Ich muss einen Minister aufsuchen. Ich hasse das. Die sind alle so *schmierig*. Diese Geschäfte, die ich mache … die sind schlimm. Ich wünschte, ich würde was anderes machen.

Etwas Sauberes. Wie Outsourcing. Jeden Tag wünsche ich mir das.»

«Warum machst du es dann nicht? Genau wie damals, als sie dir gesagt haben, du solltest mich nicht heiraten. Da konntest du auch nicht Nein sagen.»

«So einfach ist das nicht, Uma. Das sind mein Vater und mein Bruder.»

«Ob du dich wohl wirklich verändert hast, Ashok? Da kommt *ein* Anruf aus Dhanbad, und schon bist du ganz der Alte.»

«Komm, wir wollen uns nicht wieder streiten. Ich lasse dich im Wagen zurückbringen.»

«Auf keinen Fall fahre ich mit deinem Fahrer zurück. Die Sorte kenne ich, diese Dörfler. Die glauben, jede unverheiratete Frau, die sie treffen, ist eine Hure. Und wahrscheinlich hält er mich auch für eine Nepalesin, wegen meiner Augen. Du weißt ja, was das für ihn bedeutet. Nein, ich fahre lieber allein zurück.»

«Der Mann ist in Ordnung. Er gehört zur Familie.»

«Du bist viel zu vertrauensselig, Ashok. Die Fahrer in Delhi sind alle verkommen. Sie verkaufen Drogen, Prostituierte, Gott weiß was noch.»

«Dieser hier bestimmt nicht. Er ist dumm wie Stroh, aber grundehrlich. Er wird dich nur nach Hause fahren.»

«Nein, Ashok. Ich nehme ein Taxi. Kann ich dich heute Abend anrufen?»

Bis zum Abend hörte ich nichts von ihm, dann kam er herunter, um sich fahren zu lassen. Er schickte mich von einer Bank zur anderen. Vom Fahrersitz beobachtete ich ihn aus dem Augenwinkel: Er hob Geld von vier verschiedenen Geldautomaten ab. Dann sagte er: «Balram, fahr in die Stadt. Kennst du das große Haus an der Ashoka Road, wo wir einmal mit Mukesh Sir hingefahren sind?»

«Ja, Sir, ich erinnere mich. Die hatten da zwei große Schäferhunde zum Aufpassen.»

«Genau. Du hast ein gutes Gedächtnis, Balram.»

Im Spiegelspion sah ich, dass Mr Ashok beim Fahren die Knöpfe seines Handys drückte. Wahrscheinlich kündigte er dem Diener des Ministers an, dass er mit dem Bargeld unterwegs sei. Endlich verstand ich, was die Beschäftigung meines Herrn war, wenn ich ihn durch Delhi fuhr.

«Ich bin in zwanzig Minuten wieder da, Balram», sagte Mr Ashok vor dem Bungalow des Ministers. Er stieg mit seiner roten Tasche aus und knallte die Tür zu.

Ein Sicherheitsbeamter mit Gewehr saß in einer Metallkabine hinter der roten Mauer ums Ministerhaus und beobachtete mich genau. Die beiden Schäferhunde, die auf dem Grundstück herumliefen, bellten ab und zu.

Es war die Stunde der Dämmerung. Die Vögel der Stadt machten auf dem Heimflug ins Nest viel Lärm. Delhi ist natürlich eine Großstadt, Herr Ministerpräsident, aber es gibt darin auch wilde Ecken – große Parks, geschützte Wälder, ausgedehnte Brachen –, und manchmal kommen aus diesen Winkeln der Natur seltsame Dinge. Während ich die rote Mauer ums Ministerhaus betrachtete, flog ein Pfau über das Wachhäuschen und setzte sich aufs Dach; einen Augenblick lang glänzten seine tiefblaue Brust und sein langer Schwanz golden im Licht der untergehenden Sonne. Dann verschwand er wieder.

Kurz darauf war es Nacht.

Die Hunde fingen an zu bellen. Das Tor ging auf. Mr Ashok kam mit einem dicken Mann heraus – dem gleichen Mann, der damals aus dem Präsidentenpalast gekommen war. Ich nahm an, er war der Sekretär des Ministers. Sie blieben vor dem Wagen stehen und unterhielten sich.

Dann schüttelte der Dicke Mr Ashok die Hand, und mein

Herr wollte ihn offensichtlich rasch loswerden – aber so leicht ist das nicht, einen Politiker loszuwerden, nicht mal einen Politikerassistenten. Ich stieg aus und tat so, als würde ich den Reifendruck prüfen, bis ich in Lauschweite war.

«Keine Sorge, Ashok. Ich werde dafür sorgen, dass der Minister morgen deinen Vater anruft.»

«Vielen Dank. Meine Familie weiß deine Hilfe zu schätzen.»

«Was hast du jetzt noch vor?»

«Nichts. Ich fahre zurück nach Gurgaon.»

«Ein junger Mann wie du geht so früh nach Hause? Komm, wir amüsieren uns noch ein bisschen.»

«Hast du wegen des Wahlkampfs nicht genug zu tun?»

«Die Wahl? Schon in der Tasche. Es wird ein Erdrutschsieg. Hat der Minister heute Morgen gesagt. In Indien kann man Wahlen regeln, mein Freund. Wir sind hier nicht in Amerika.»

Der Dicke wischte Mr Ashoks Proteste beiseite und drängte sich in den Wagen. Wir waren gerade losgefahren, da sagte er: «Ashok, ich brauche einen Whisky.»

«Hier im Auto? Ich habe keinen da.»

Der Dicke schien erstaunt. «In Delhi hat jeder Whisky im Wagen, Ashok. Wusstest du das nicht?»

Er wies mich an, zum Ministerbungalow zurückzufahren. Er ging hinein und kam mit einer Flasche und zwei Gläsern wieder heraus. Er schlug die Tür hinter sich zu, atmete hörbar aus und sagte: «Jetzt ist dieser Wagen komplett ausgestattet.»

Mr Ashok nahm die Flasche und wollte dem Dicken gerade ein Glas einschenken, als der empört mit den Lippen schnalzte. «Du doch nicht, du Trottel. Der Fahrer. Der muss die Drinks einschenken.»

Sofort drehte ich mich um und verwandelte mich in einen Barkeeper.

«Ein sehr talentierter Fahrer», sagte der Dicke. «Manchmal wird das Einschenken eine schlimme Sauerei.»

«Man möchte kaum glauben, dass er aus einer abstinenten Kaste stammt, oder?»

Ich schraubte den Deckel fest zu und stellte die Flasche neben den Schaltknüppel. Hinter mir hörte ich Gläser klirren und zwei Stimmen «Cheers!» sagen.

«Dann mal los», sagte der Ministerassistent. «Fahr zum Sheraton, Fahrer. Das hat im Keller ein gutes Restaurant. Ganz ruhig, Ashok. Da können wir uns entspannen.»

Ich ließ den Honda City an und steuerte das dunkle Ei über die Straßen von Neu-Delhi.

«Der Wagen eines Mannes ist sein Palast. Ich kann es gar nicht fassen, dass du so was noch nie gemacht hast.»

«Na ja, in Amerika sollte man so was lieber lassen.»

«Das ist ja der große Vorteil am Leben in Delhi, mein lieber Junge!» Der Dicke schlug Mr Ashok auf den Oberschenkel.

Dann nippte er an seinem Glas und fragte: «Wie läuft es bei dir, Ashok?»

«Die Kohle läuft bestens. Die Leute denken immer, der Boom betrifft bloß Technologien. Kohle lassen die Medien links liegen. Dabei verbrauchen die Chinesen Kohle wie verrückt, und die Preise steigen überall. An allen Ecken und Enden verdienen Leute mit Kohle Millionen.»

«Ja sicher», sagte der Dicke. «Der China-Effekt.» Er schnüffelte an seinem Glas. «Aber das meint man in Delhi nicht, wenn man fragt, wie es *läuft*, mein Junge!» Der Sekretär lächelte. «Was ich eigentlich wissen will: Wer bedient dich – da *unten*?» Und er zeigte auf einen Körperteil Mr Ashoks, der ihn ganz und gar nichts anging.

«Ich lebe getrennt. Läuft auf Scheidung hinaus.»

«Das tut mir leid», sagte der Dicke. «Die Ehe ist eine schöne

Einrichtung. In unserem Land geht alles den Bach runter. Familien, Ehen – alles.»

Er nahm noch einen Schluck Whisky und fragte dann: «Sag mal, Ashok, glaubst du, dass diesem Land ein Bürgerkrieg bevorsteht?»

«Wie kommst du denn darauf?»

«Vor vier Tagen war ich im Gericht in Ghaziabad. Der Richter fällte ein Urteil, das den Anwälten nicht gefiel, und sie weigerten sich einfach, es zu akzeptieren. Sie spielten verrückt – zerrten den Richter vom Pult und verprügelten ihn in seinem eigenen Gerichtssaal. Die Sache kam nie in die Zeitungen, aber ich habe es mit eigenen Augen gesehen. Wenn die Leute anfangen, Richter zu verprügeln – im Gerichtssaal! –, wie soll dann die Zukunft unseres Landes aussehen?»

Etwas Eiskaltes berührte mich im Nacken. Der Dicke rieb mir mit seinem Glas am Hals.

«Noch einen Whisky, Fahrer.»

«Ja, Sir.»

Haben Sie den Trick schon mal gesehen, Exzellenz? Ein Mann steuert mit einer Hand den Wagen, nimmt mit der anderen die Whiskyflasche, hält sie sich über die Schulter und schenkt daraus ein Glas ein, während das Auto weiterfährt, und ohne einen Tropfen zu verschütten! Was von einem Fahrer in Indien für Fertigkeiten erwartet werden! Man muss nicht nur erstklassige Reflexe, gute Augen auch im Dunkeln und endlose Geduld besitzen, sondern auch ein vollendeter Barkeeper sein!

«Noch etwas mehr, Sir?»

Ich sah den Ministerassistenten an, die korrupten Speckfalten unter seinem Kinn – und schaute dann rasch wieder auf die Straße, damit ich keinen Unfall baute.

«Schenk deinem Herrn noch einen ein.»

«Nein, ich trinke eigentlich nicht so viel. Ich habe genug.»

«Jetzt sei nicht albern, Ashok. Ich bestehe darauf – schenk deinem Herrn noch einen ein, Bursche.»

Also musste ich mich noch mal umdrehen und den erstaunlichen Trick «Eine Hand am Steuer, eine an der Flasche» vorführen.

Nach dem zweiten Glas wurde der Dicke stiller. Er wischte sich über die Lippen.

«Als du in Amerika warst, da hattest du doch bestimmt eine Menge Frauen, oder? Ich meine *Einheimische*.»

«Nein.»

«Nein? Was soll das denn heißen?»

«Dass ich Pinky – meiner Frau – die ganze Zeit treu war.»

«Meine Güte. Du warst treu. Unfassbar. Ein treuer Ehemann. Kein Wunder, dass ihr euch jetzt scheiden lasst. Hast du noch *nie* eine weiße Frau gehabt?»

«Habe ich doch gesagt.»

«Mein Gott. Warum gehen bloß immer die falschen Inder ins Ausland? Hör mal, willst du jetzt eine? Eine Europäerin?»

«*Jetzt*?»

«Jetzt», sagte er. «Eine Russin. Sieht aus wie diese amerikanische Schauspielerin.» Er erwähnte einen Namen. «Willst du?»

«Eine Nutte?»

Der Dicke lächelte. «Eine Freundin. Eine zauberhafte Freundin. Willst du es machen?»

«Nein. Danke. Ich habe jemanden kennengelernt. Ich habe eine Frau wiedergetroffen, die ich vor langer Zeit –»

Der Dicke zog sein Handy aus der Tasche und drückte ein paar Tasten. Das Licht der Anzeige ließ sein Gesicht blau leuchten.

«Sie ist gerade zu Hause. Komm, fahren wir hin. Sie haut dich echt um, sage ich dir. Genau wie der amerikanische Filmstar. Hast du dreißigtausend bei dir?»

«Nein. Hör doch mal zu. Ich habe jemanden kennen–»

«Kein Problem. Ich zahle jetzt, du kannst es später zurückzahlen. Steck es einfach in den nächsten Umschlag für den Minister.» Er legte seine Hand auf Mr Ashoks und zwinkerte ihm zu, dann beugte er sich zu mir nach vorn und gab mir Anweisungen. Ich schaute Mr Ashok im Rückspiegel so fest in die Augen, wie ich konnte.

Eine Nutte? Das ist doch was für Leute wie mich, Mr Ashok. Sind Sie sicher, dass Sie das wollen?

Ich wünschte, das hätte ich ihm ins Gesicht sagen können. Aber wer war ich schon? Bloß der Fahrer.

Ich ließ mir also vom Dicken sagen, wo ich hinfahren sollte. Mr Ashok sagte gar nichts – er nuckelte bloß an seinem Whisky wie ein Junge an einer Limonade. Vielleicht dachte er, das sei alles ein Scherz, oder vielleicht hatte er auch so viel Angst vor dem Dicken, dass er nicht Nein sagen mochte.

Aber ich werde seine Ehre bis auf mein Totenbett verteidigen. *Sie* haben ihn verdorben.

Der Dicke ließ mich nach Greater Kailash fahren – noch so eine Kolonie der Höhergestellten in Delhi. Jedes Mal, wenn ich abbiegen sollte, hielt er mir sein eiskaltes Glas ins Genick – so führte er mich hin. Das Haus war so groß wie ein kleiner Palast, vorm Eingang große weiße Marmorsäulen. An den Müllbergen vor der Mauer konnte man schon ablesen, dass hier Reiche wohnten.

Der Dicke hielt die Wagentür auf und sprach in ein Telefon am Tor. Fünf Minuten später schlug er die Autotür wieder zu. Ich fing an zu niesen. Ein seltsames Parfüm wehte von hinten zu mir.

«Hör auf zu niesen und fahr uns nach Jangpura, Junge.»

«Entschuldigung, Sir.»

Der Dicke lächelte und wandte sich an die junge Frau, die mit eingestiegen war. «Sprich auf Hindi mit meinem Freund Ashok, bitte.»

Ich sah in den Rückspiegel und erhaschte den ersten Blick auf sie.

Es stimmte, sie sah aus wie eine Schauspielerin, die ich irgendwo schon mal gesehen hatte. Deren Namen allerdings kannte ich nicht. Erst als ich nach Bangalore kam und lernte, das Internet zu nutzen – und das übrigens in nur zwei kurzen Sitzungen! –, fand ich bei Google ihr Bild und ihren Namen.

Kim Basinger.

Den Namen hatte der Dicke genannt. Und es stimmte – das Mädchen, das mit ihm eingestiegen war, sah genauso aus wie Kim Basinger! Sie war groß und wunderschön, aber das Auffälligste an ihr war ihr Haar – golden und glänzend wie in der Shampoowerbung!

«Wie geht es dir, Ashok?», Das fragte sie in perfektem Hindi. Sie nahm seine Hand.

Der Ministerassistent gluckste vergnügt. «Da siehst du es. Es gibt Fortschritt in Indien: Sie spricht Hindi!»

Er schlug ihr auf den Oberschenkel. «Dein Hindi ist besser geworden, meine Liebe.»

Mr Ashok lehnte sich zurück und sprach über ihre Schulter mit dem Dicken. «Ist sie Russin?»

«Frag sie, frag nicht mich, Ashok. Sei nicht so schüchtern. Sie ist eine gute Freundin.»

«Ukrainerin», sagte sie auf Hindi mit ihrem leichten Akzent. «Ich bin ukrainische Studentin in Indien.»

Ich dachte mir: Dieses Land muss ich mir merken – Ukraine. Da muss ich mal hin!

«Ashok», sagte der Dicke, «los, fass mal ihre Haare an. Die sind echt. Keine Angst – sie ist eine Freundin.» Er kicherte. «Siehst du – hat gar nicht wehgetan, oder, Ashok? Sag noch mal was auf Hindi zu Mr Ashok, Liebes. Er hat immer noch Angst vor dir.»

«Du bist ein gut aussehender Mann», sagte sie. «Hab keine Angst vor mir.»

«Fahrer.» Der Dicke beugte sich vor und hielt mir wieder das kalte Glas in den Nacken. «Sind wir bald in Jangpura?»

«Ja, Sir.»

«Wenn du die Masjid Road langfährst, kommt irgendwann ein Hotel mit einem großen Neon-T. Da fährst du uns hin.»

Ich war in zehn Minuten da – das Hotel war nicht zu übersehen, das große T leuchtete wie ein Lampion im Dunkeln.

Der Dicke ging mit der goldhaarigen Frau die Stufen zum Empfang hinauf, wo ihn der Hotelmanager herzlich begrüßte. Mr Ashok ging hinterher und sah sich nach links und rechts um, wie ein schuldbewusster kleiner Junge, der im Begriff ist, etwas ganz Schlimmes anzustellen.

Eine halbe Stunde verging. Ich saß draußen im Wagen, die ganze Zeit die Hände auf dem Lenkrad. Ich schlug dem Kobold ins Gesicht. Ich fing schon an, am Steuer zu nagen.

Die ganze Zeit hoffte ich, er würde mit wedelnden Armen herausgerannt kommen und rufen: *Balram, ich war kurz davor, einen Fehler zu machen! Rette mich – lass uns sofort hier wegfahren!*

Eine Stunde später kam Mr Ashok aus dem Hotel – allein und in schlechter Verfassung.

«Das Meeting ist vorbei, Balram», sagte er und ließ den Kopf auf die Rücklehne fallen. «Fahr uns nach Hause.»

Ich zögerte eine Sekunde lang. Ich ließ den Finger auf dem Zündschlüssel liegen.

«Balram, fahr nach Hause, habe ich gesagt!»

«Ja, Sir.»

Als wir wieder in Gurgaon waren, taumelte er aus dem Wagen

und zum Lift. Ich stieg nicht aus. Ich blieb fünf Minuten sitzen, dann fuhr ich nach Jangpura zurück, direkt zum Hotel mit dem großen T.

Ich parkte den Wagen an einer Ecke und beobachtete die Hoteltür. Ich wollte, dass sie herauskam.

Ein Rikschafahrer hielt neben mir, ein kleiner, unrasierter, streichholzdünner Mann, der todmüde aussah, sich mit einem Lappen Gesicht und Beine abwischte und sich auf dem Boden schlafen legte. Auf dem Sitz seiner Rikscha klebte ein weißer Werbezettel:

LEIDEN SIE UNTER ÜBERGEWICHT?
RUFEN SIE JIMMY SINGH IM METRO GYM AN:
9811 799 289

Das Wahrzeichen des Fitnesszentrums – ein Amerikaner mit ungeheuren weißen Muskeln – lächelte mich oberhalb des Spruchs an. Das Schnarchen des Rikschafahrers klang durch die Nacht.

Irgendwer im Hotel musste mich bemerkt haben. Nach einiger Zeit ging die Tür auf, und ein Polizist kam heraus, schaute in meine Richtung und ging dann die Stufen herunter.

Ich ließ den Wagen an und fuhr zurück in Richtung Gurgaon.

Durch Bangalore bin ich nachts auch schon gefahren, aber dabei habe ich nie so ein Gefühl wie damals in Delhi – dass alles, was beim Fahren in mir brennt, von der Stadt bemerkt wird – und dass die Stadt das Gleiche empfindet.

In jener Nacht hatte ich Bitterkeit im Herzen. Das wusste die Stadt – und so zeigte auch sie sich im trüben orangegelben Licht der schwachen Straßenlampen von ihrer bitteren Seite.

Erzähl mir vom Bürgerkrieg, sagte ich zu Delhi.

Das will ich, antwortete sie.

Ein umgeworfener Blumenkübel auf einer Verkehrsinsel in der Mitte einer Straße; daneben sitzen drei Männer mit offenem Mund. Ein Älterer mit Bart und weißem Turban spricht mit erhobenem Zeigefinger zu ihnen. Autos fahren mit blendenden Scheinwerfern vorüber, ihr Lärm übertönt seine Worte. Er sieht aus wie ein Prophet, der in die Stadt gefallen ist und nur von seinen drei Aposteln erkannt wird. Die drei werden seine Generäle werden. Der umgestürzte Blumenkübel ist ein Symbol für irgendetwas.

Erzähl mir vom Blut auf den Straßen, sagte ich zu Delhi.

Das will ich, sagte sie.

Ich sah andere Männer in der Nacht reden und diskutieren und lesen, allein oder in Haufen um die Straßenlampen geschart. Im Dämmerlicht von Delhi sah ich in jener Nacht Hunderte unter Bäumen, vor Altären, an Kreuzungen, auf Bänken, die mit zusammengekniffenen Augen Zeitungen, heilige Schriften, Magazine, kommunistische Flugblätter lasen. Wovon lasen sie? Wovon sprachen sie?

Wovon wohl?

Vom Ende der Welt.

Und wenn auf diesen Straßen Blut fließt – fragte ich die Stadt –, *versprichst du mir dann, dass er als Erster dran glauben muss – dieser Mann mit den Speckfalten unterm Kinn?*

Ein Bettler saß am Straßenrand, ein fast nackter Mann, mit einer Dreckschicht überzogen, das lange, wirre Haar in langen Strähnen, die wie Schlangen aussahen, und sah mir in die Augen:

Versprochen.

In die Grundstücksmauer um den Buckingham Towers Block B sind oben bunte Glasscherben eingelassen – um Räuber draußen zu halten. Wenn das Scheinwerferlicht darauf fällt, leuchten sie auf, und die Mauer verwandelt sich in ein vielfarbiges Ungeheuer mit glasbesetztem Rücken.

Der Torwächter starrte mich an, als ich hineinfuhr. In seinen Augen sah ich Rupien glänzen.

Schon zum zweiten Mal hatte er mich rausfahren und allein zurückkommen sehen.

In der Tiefgarage stieg ich aus und schloss vorsichtig die Tür. Dann öffnete ich die hintere Tür, setzte mich hinein und fuhr mit der Hand über das Leder. Dreimal ließ ich die Hand von einer Seite der Ledersitze bis zur anderen gleiten, dann fand ich endlich, wonach ich gesucht hatte.

Ich hielt es ins Licht.

Ein goldenes Haar!

Bis heute bewahre ich es in meinem Schreibtisch auf.

DIE SECHSTE NACHT

Die Träume der Reichen und die Träume der Armen – die überschneiden sich nie, stimmt's?

Die Armen träumen nämlich ihr ganzes Leben lang davon, genug zu essen zu haben und wie die Reichen auszusehen. Und wovon träumen die Reichen?

Abzunehmen und wie die Armen auszusehen.

Jeden Abend verwandelt sich das Anwesen rund um den Buckingham Towers Block B in ein Trainingsgelände: dickliche Männer mit Kugelbäuchen und noch dickere, übergewichtigere Frauen mit großen Schweißringen unter den Achseln beim abendlichen «Walking«.

Bei diesen ganzen nächtlichen Feiereien, bei dem vielen Trinken und Futtern werden die Reichen in Delhi größtenteils fett. Also gehen sie, um abzunehmen.

Wo sollte ein Mensch spazieren gehen? Doch wohl draußen – an einem Fluss, in einem Park, durch einen Wald.

Doch mit der üblichen Stadtplanungsraffinesse hatten die Reichen von Delhi diesen Teil Gurgaons ohne jeden Park, Rasen oder Spielplatz gelassen – nur Wohngebäude, Shopping Malls, Hotels, noch mehr Wohnblocks. Davor gab es zwar Bürgersteige, aber das waren die Wohnungen der Armen. Wenn man also «walken» wollte, musste man das auf dem betonierten Gelände um den eigenen Apartmentblock tun.

Während die fetten Säcke also um ihre Häuser marschierten, mussten ihre Diener – meistens die Fahrer – an verschiedenen Punkten des Rundwegs mit Mineralwasserflaschen und Handtüchern bereitstehen. Nach jeder vollendeten Runde ums Gebäude blieben sie also neben ihrem Mann stehen, schnappten sich die Flasche – gluck, gluck –, schnappten sich das Handtuch – wisch, wisch – und machten sich an die nächste Runde.

Weißflecklippe stand mit der Flasche und dem schweißnassen Handtuch seines Herrn in einer Ecke des Grundstücks. Alle paar Minuten wandte er sich augenzwinkernd in meine Richtung: Sein Boss, der Stahlunternehmer, der bis vor zwei Wochen eine Glatze gehabt hatte, trug nun wieder eine volle schwarze Haarpracht – ein teures Toupet, für das er bis nach England geflogen war. Dieses Haarteil war momentan Hauptgesprächsstoff im Kreis der Affen. Die anderen Fahrer hatten Weißflecklippe zehn Rupien dafür geboten, einen der alten Tricks anzuwenden: plötzlich zu bremsen oder mit voller Geschwindigkeit über ein Schlagloch zu fahren, um seinem Herrn wenigstens einmal das Toupet vom Kopf zu schütteln.

Jeden Abend wurden im Affenkreis die Geheimnisse der Herren offenbart und zerpflückt – doch wenn einer von ihnen die Scheidung ansprechen sollte, wusste er genau, er würde es mit mir zu tun bekommen. Ich gestattete niemandem, Mr Ashoks Privatsphäre zu verletzen.

Ich stand bloß ein, zwei Meter neben Weißflecklippe, in der Hand die Wasserflasche meines Herrn, auf der Schulter sein schweißgetränktes Handtuch.

Mr Ashok brachte gerade eine Runde zu Ende – ich roch seinen näher kommenden Schweiß. Es war seine dritte. Er nahm die Flasche und trank sie aus, wischte sich das Gesicht ab und warf mir das Handtuch wieder auf die Schulter.

«Ich bin fertig, Balram. Bring Flasche und Handtuch nach oben, ja?»

«Ja, Sir.» Ich sah ihm nach, wie er ins Haus zurückging. Er drehte zwei- oder dreimal die Woche ein paar Runden, aber das war offensichtlich nicht genug, um die Folgen seiner nächtlichen Ausschweifungen zu korrigieren – ein dicker, nasser Schmerbauch drückte sich gegen sein weißes T-Shirt. Wie abstoßend er inzwischen aussah.

Ich gab Weißflecklippe ein Zeichen, bevor ich in die Tiefgarage hinabstieg.

Zehn Minuten später roch ich den Schweiß des Stahlunternehmers und hörte Schritte. Weißflecklippe war gekommen. Ich rief ihn zum Honda City herüber – dem einzigen Ort auf der Welt, wo ich mich noch sicher fühlte.

«Was gibt's, Feldmaus? Willst du wieder eine Zeitschrift?»

«Das nicht. Was anderes.»

Ich hockte mich neben einen der Reifen des Honda City und kratzte mit den Fingernägeln in den Profilrillen herum. Er hockte sich dazu.

Ich zeigte ihm die Strähne goldenen Haares – ich hatte sie wie ein Armband ums Handgelenk gewickelt. Er hielt sich mein Handgelenk unter die Nase, rieb die Strähne zwischen den Fingern, schnüffelte daran und ließ meinen Arm wieder sinken.

«Kein Problem.» Er zwinkerte mir zu. «Ich hab dir doch gesagt, dein Herr wird einsam werden.»

«Sprich nicht über ihn!» Ich packte ihn am Hals. Er schüttelte mich ab.

«Bist du wahnsinnig? Du hättest mich beinahe erwürgt!»

Ich kratzte wieder an den Reifen. «Wie viel würde das kosten?»

«Erstklassig oder unterklassig? Jungfrau oder nicht? Kommt drauf an.»

«Ist mir egal. Sie muss nur goldene Haare haben – wie in der Shampooreklame.»

«Das billigste ist zehn-, zwölftausend.»

«Das ist zu viel. Mehr als viertausendsiebenhundert wird er nicht zahlen.»

«Sechstausendfünfhundert. Das ist das Minimum. Weiße Haut hat ihren Preis.»

«Na gut.»

«Und wann braucht er sie, Feldmaus?»

«Ich sage dir Bescheid. Bald. Und noch was; ich möchte noch was wissen.»

Ich legte das Gesicht an den Reifen und sog den Gummigeruch ein. Um Kraft zu schöpfen.

«Wie viele Möglichkeiten hat ein Fahrer, seinen Herrn zu betrügen?»

*

Mr Jiabao, ich weiß, dass in diesen folienverschweißten Wirtschaftsratgebern am Rand immer solche Kästchen mit Tipps stehen. Um Ihnen an diesem Punkt der Geschichte ein wenig die Langeweile zu vertreiben, möchte ich auch gern ein Ratgeberkästchen in meiner Erzählung von der Entwicklung des modernen Unternehmers einfügen.

WIE KANN DER UNTERNEHMERISCH DENKENDE FAHRER
EIN WENIG GELD NEBENBEI VERDIENEN?

1. Wenn sein Herr nicht in der Nähe ist, kann er mit einem Schlauch Benzin aus dem Tank zapfen und es dann verkaufen.
2. Wenn sein Herr ihm aufträgt, den Wagen reparieren zu lassen, kann er zu einem korrupten Mechaniker gehen; der wird dann einen zu hohen Preis verlangen und dem Fahrer einen Anteil abtreten. Hier eine Liste einiger unternehmerisch denkender Mechaniker, die mit unternehmerisch denkenden Fahrern zusammenarbeiten:
Lucky Mechanics in Lado Serai, in der Nähe der Qutb
R. V. Repairs in Greater Kailash Part 2
Nilofar Mechanics in DLF Phase 1 in Gurgaon.
3. Er sollte die Angewohnheiten seines Herrn genau beobachten und sich fragen: «Ist mein Herr nachlässig? Wenn ja, wie kann ich mir seine Nachlässigkeit zunutze machen?» Wenn sein Herr

beispielsweise leere Flaschen englischen Alkohols im Wagen herumliegen lässt, kann er die Whiskyflaschen an Schwarzbrenner verkaufen. Johnny Walker Black Label hat den höchsten Wiederverkaufswert.

4. Mit zunehmender Erfahrung und Selbstsicherheit kann er auch riskantere Wege beschreiten: den Wagen seines Herrn für ein selbstständiges Taxiunternehmen nutzen. Der Straßenabschnitt zwischen Gurgaon und Delhi ist dafür bestens geeignet; jede Menge Romeos sind da auf dem Weg zu ihren Liebsten, die in den Callcentern arbeiten. Wenn sich der unternehmerisch denkende Fahrer überzeugt hat, dass dem Herrn die Abwesenheit des Wagens nicht auffallen wird – und dass um diese Zeit kein Freund seines Herrn auf der Straße unterwegs sein dürfte –, kann er in seiner freien Zeit herumfahren, zahlende Fahrgäste aufnehmen und wieder absetzen.

*

Nachts lag ich unter meinem Moskitonetz, hatte die Glühbirne an und sah den dunklen Kakerlaken zu, wie sie auf dem Netz herumkrabbelten, die Fühler zitternd und bebend wie meine eigenen Nerven: Ich lag im Bett und war zu erregt, die Hand auszustrecken und sie zu zerquetschen. Eine Schabe segelte herab und landete direkt über meinem Kopf.

Du hättest sie um Geld angehen sollen, als sie dich diese Erklärung unterschreiben ließen. So viel Geld, dass du mit zwanzig weißen Mädchen schlafen könntest. Die Schabe flog wieder weg. Eine andere landete auf demselben Fleck.

Zwanzig?

Hundert. Zweihundert. Dreihundert, tausend, zehntausend goldhaarige Huren. Und auch das wäre noch nicht genug gewesen. Nicht mal annähernd.

Im Lauf der nächsten zwei Wochen tat ich Dinge, die ich mich heute noch zuzugeben schäme. Ich betrog meinen Arbeitgeber. Ich füllte sein Benzin ab; ich brachte sein Auto zu einem korrupten Mechaniker, der ihm Arbeiten berechnete, die gar nicht nötig gewesen waren; und dreimal nahm ich auf dem Heimweg zum Buckingham Towers Block B einen zahlenden Fahrgast mit.

Das Eigenartigste war: Jedes Mal, wenn ich das Bargeld betrachtete, das ich mit einem Betrug verdient hatte, hatte ich kein schlechtes Gewissen, sondern fühlte was?

Wut.

Je mehr ich ihn bestahl, desto klarer wurde mir, wie viel er mir gestohlen hatte.

Um noch einmal das Bild zu bemühen, mit dem ich Ihnen an anderer Stelle die indische Gesellschaft zu beschreiben versucht habe: Endlich wuchs mir ein Bauch.

Als Mr Ashok mir dann eines Sonntagnachmittags sagte, er würde mich heute nicht mehr brauchen, trank ich mir mit zwei großen Gläsern Whisky Mut an und ging in den Dienerschlafsaal. Weißflecklippe saß unter dem Poster einer Filmschauspielerin – jedes Mal, wenn sein Herr eine Schauspielerin «nagelte», hängte er ein Plakat mit der Betreffenden auf – und spielte mit den anderen Fahrern Karten.

«Also, ihr könnt sagen, was ihr wollt, aber ich weiß genau, dass diese Witzfiguren bestimmt nicht wiedergewählt werden.»

Er sah hoch und bemerkte mich.

«Jetzt guckt euch mal an, wer hier ist. Der Yoga-Guru beehrt uns mit seiner seltenen Anwesenheit. Willkommen, verehrter Herr.»

Sie zeigten mir ihre Zähne. Ich zeigte ihnen meine.

«Wir sprachen gerade über die Wahlen, Feldmaus. Hier läuft es nämlich anders als in der Finsternis: Hier sind die Wahlen nicht abgekartet. Willst du diesmal wählen gehen?»

Ich winkte ihn mit dem Zeigefinger heran.

Er schüttelte den Kopf. «Später, Feldmaus. Die Wahldiskussionen machen solchen Spaß.»

Ich winkte mit dem braunen Umschlag; sofort legte er die Karten hin.

Ich bestand darauf, in die Tiefgarage zu gehen; dort, im Schutz des Honda City, zählte er das Geld.

«Gut, Feldmaus. Alles da. Und wo ist dein Herr? Wirst du ihn hinfahren?»

«Ich bin mein eigener Herr.»

Es dauerte einen Moment, bis er begriff. Dann klappte ihm die Kinnlade herunter – er stürmte auf mich zu – und umarmte mich. «Feldmaus!» Wieder schloss er mich in die Arme. «Mein Freund!»

Er kam auch aus der Finsternis – und man ist stolz, wenn einer der eigenen Leute Ehrgeiz beweist. Er fuhr mich im Toyota Qualis seines Herrn zum Hotel und erklärte auf dem Weg, dass er in Abwesenheit seines Arbeitgebers damit ein «inoffizielles» Taxiunternehmen betreibe.

Das Hotel war in der South Extension Part 2 – eine der besten Einkaufsgegenden Delhis. Weißflecklippe schloss seinen Qualis ab, lächelte aufmunternd und ging mit mir zum Empfangstresen. Ein Mann im weißen Hemd mit schwarzer Fliege fuhr mit dem Finger über die Einträge in einem langen Bestellbuch; er ließ den Finger im Buch und sah mich an, als Weißflecklippe ihm alles leise ins Ohr erklärte.

Der Manager schüttelte den Kopf. «Eine Goldhaarige – für ihn?»

Er stützte die Hände auf den Tresen und beugte sich vor, damit er mich von den Füßen aufwärts betrachten konnte.

«Für *den*?»

Weißflecklippe lächelte. «Jetzt pass mal auf: Die Reichen von

Delhi haben alle Blondinen gehabt, die sie sich wünschen können; wer weiß, was sie als Nächstes verlangen? Grünhaarige Frauen vom Mond womöglich. Jetzt werden die Arbeiter für weiße Frauen Schlange stehen. Dieser Kerl ist die Zukunft deines Geschäfts, sage ich dir – also behandle ihn gut.»

Der Manager schien einen Augenblick verunsichert; dann klappte er sein Buch zu und hielt mir die offene Hand hin. «Gib mir fünfhundert Rupien extra.» Er grinste. «Arbeiterzuschlag.»

«Die habe ich nicht!»

«Fünfhundert zusätzlich, oder vergiss es.»

Ich zog meine letzten dreihundert Rupien aus der Tasche. Er nahm das Geld, rückte seine Fliege zurecht und ging die Treppe hoch. Weißflecklippe klopfte mir auf die Schulter und sagte: «Viel Glück, Feldmaus – tu es für uns alle!»

Ich rannte die Stufen hinauf.

Zimmer 114A. Der Manager stand an der Tür und hielt das Ohr ans Holz. Er flüsterte: «Anastasia?»

Er drückte die Tür auf. Ein Kronleuchter, ein Fenster, ein grünes Bett, und darauf saß ein Mädchen mit goldenen Haaren.

Ich seufzte, weil sie kein bisschen wie Kim Basinger aussah. Nicht halb so hübsch. Und da wurde mir schlagartig klar – so klar wie nie zuvor –, dass die Reichen im Leben *immer* von allem das Beste kriegen und wir bloß die Reste.

Der Manager hielt mir die Hände vors Gesicht, öffnete und schloss die Finger zweimal hintereinander.

Zwanzig Minuten.

Dann tat er so, als würde er mit der Faust anklopfen – darauf deutete er mit dem glänzenden schwarzen Stiefel einen Tritt an.

«Verstanden?»

Das würde nach zwanzig Minuten mit mir passieren.

«Ja.»

Er schlug die Tür zu. Die Frau mit den goldenen Haaren sah mich immer noch nicht an.

Ich hatte gerade meinen Mut zusammengenommen und mich neben sie gesetzt, als es an die Tür hämmerte.

«Wenn du das hörst – dann ist es vorbei! Verstanden?» Die Stimme des Managers.

«Ist ja gut!»

Ich rutschte näher an die Frau heran. Weder widersetzte sie sich, noch ermutigte sie mich. Ich nahm eine ihrer Locken und zog sacht daran, um ihr Gesicht in meine Richtung zu drehen. Sie sah müde und ausgelaugt aus, um die Augen hatte sie Narben, als wäre sie gekratzt worden.

Sie zeigte mir ein breites Lächeln, das ich gut kannte: das Lächeln eines Dieners für seinen Herrn.

«Wie heißt du?», fragte sie auf Hindi.

Die auch! Es muss in diesem Land Ukraine eine Hindi-Sprachschule geben, ehrlich!

«Munna.»

Sie lächelte. «Das ist doch kein richtiger Name. Das heißt doch bloß ‹Junge›.»

«Stimmt. Aber so heiße ich», war meine Antwort. «Meine Familie hat mir keinen anderen Namen gegeben.»

Sie fing an zu lachen – ein hohes, silberhelles Lachen, bei dem ihr ganzer goldener Schopf auf und nieder wippte. Mein Herz schlug heftig wie das eines Pferdes. Ihr Parfüm stieg mir zu Kopf.

«Weißt du, als ich klein war, hat man mir auch einen Namen gegeben, der in unserer Sprache bloß ‹Mädchen› bedeutet. Meine Familie hat mit mir das Gleiche gemacht!»

«Wow», sagte ich und kreuzte die Beine auf dem Bett.

Wir unterhielten uns. Sie erzählte mir, wie sehr sie die Mücken im Hotel und den Manager hasste, und ich nickte. So redeten wir eine Weile, und dann sagte sie: «Du siehst gar nicht so schlecht aus – und du bist wirklich süß», und fuhr mir mit der Hand durchs Haar.

In dem Augenblick sprang ich vom Bett hoch und rief: «Warum sitzt du hier, Schwester? Wenn du aus diesem Hotel rauswillst, dann geh! Mach dir keine Gedanken über den Manager. Ich will dich beschützen! Ich bin dein Bruder, Balram Halwai!»

Na klar sagte ich das – in dem Hindi-Film, den man über mein Leben drehen wird.

«Siebentausend süße Rupien für zwanzig Minuten! Zeit, dass es losgeht!»

Das sagte ich in Wirklichkeit.

Ich legte mich auf sie und hielt ihr die Arme mit einer Hand hinterm Kopf fest. Zeit, meinen Schnabel in sie zu senken. Mit der anderen Hand zerwühlte ich ihre goldenen Locken.

Und dann kreischte ich auf. Ich hätte nicht lauter geschrien, wenn man mir eine Eidechse vor die Nase gehalten hätte.

«Was ist passiert, Munna?», fragte sie.

Ich sprang vom Bett und ohrfeigte sie.

Meine Güte, können diese Ausländerinnen schreien, wenn sie nur wollen.

Sofort sprang die Tür auf – als hätte der Manager die ganze Zeit grinsend davorgestanden und das Ohr ans Holz gedrückt.

«Das», schrie ich ihn an, wobei ich an den Haaren des Mädchens zog, «ist kein echtes Gold!»

Der Haaransatz war schwarz! Alles bloß gefärbt!

Er zuckte die Achseln. «Was erwartest du denn für siebentausend? Echte Blondinen kosten vierzig, fünfzig.»

Ich sprang auf ihn los, packte sein Kinn und haute ihn gegen die Tür. «Ich will mein Geld zurück!»

Hinter mir stieß die Frau einen Schrei aus. Ich fuhr herum – und das war mein Fehler. Ich hätte den Manager gleich erledigen sollen.

Zehn Minuten später taumelte ich mit zerkratztem und zerschlagenem Gesicht aus der Eingangstür, die hinter mir zuknallte.

Weißflecklippe hatte nicht auf mich gewartet. Ich musste mit dem Bus nach Hause und rieb mir die ganze Fahrt den Kopf. Siebentausend Rupien – ich hätte heulen mögen! *Weißt du eigentlich, wie viele Wasserbüffel man damit kaufen könnte?* – Ich spürte Großmutters Finger, die mir die Ohren langzogen.

Als ich endlich wieder im Buckingham Towers war – nach anderthalb Stunden Stau –, wusch ich mir die Kopfwunde am Gemeinschaftswaschbecken aus und spuckte ein Dutzend Mal aus. Scheiß auf alles – ich kratzte mich im Schritt. Das brauchte ich jetzt. Ich schlurfte zu meinem Zimmer, trat die Tür auf und erstarrte.

Jemand saß unterm Moskitonetz. Ich sah eine Silhouette im Lotossitz.

«Keine Sorge, Balram. Ich weiß, was du getan hast.»

Eine Männerstimme. Na, immerhin nicht Großmutter – war mein erster Gedanke.

Mr Ashok hob eine Ecke des Netzes hoch und sah mich mit hintertriebenem Lächeln an.

«Ich weiß ganz genau, was du gemacht hast.»

«Sir?»

«Ich habe dich rufen lassen, du hast nicht reagiert. Also bin ich heruntergekommen, um nach dir zu sehen. Aber ich weiß schon ganz genau, was du gemacht hast … dieser andere Fahrer, der mit den rosa Lippen, hat es mir erzählt.»

Mein Herz pochte. Ich senkte den Blick.

«Er hat gesagt, du wärst im Tempel gewesen, um für meine Gesundheit zu beten.»

«Ja, Sir», sagte ich, während mir vor Erleichterung der Schweiß in Strömen übers Gesicht lief. «Das stimmt, Sir.»

«Komm unters Netz», sagte er leise. Ich tauchte darunter und setzte mich neben ihn aufs Bett. Er betrachtete die Kakerlaken, die über uns spazieren gingen.

«Du lebst in einem furchtbaren Loch, Balram. Das wusste ich gar nicht. Tut mir leid.»

«Schon in Ordnung, Sir. Ich bin daran gewöhnt.»

«Morgen gebe ich dir Geld, Balram. Dann kannst du in eine bessere Unterkunft ziehen, ja?»

Er griff nach meiner Hand und drehte sie um. «Balram, was sind das für rote Flecken auf deiner Handfläche? Hast du dich selbst gekniffen?»

«Nein, Sir ... das ist eine Hautkrankheit. Hier oben habe ich sie auch, hinter den Ohren – sehen Sie die vielen rosa Flecken?»

Er beugte sich zu mir, und sein Parfüm stieg mir in die Nase. Er klappte meine Ohrmuschel vorsichtig mit dem Finger nach vorn und sah nach.

«Meine Güte. Ist mir nie aufgefallen. Jeden Tag sitze ich hinter dir, ich habe das noch nie –»

«Die Krankheit haben viele Leute, Sir. Viele Arme.»

«Wirklich? Ist mir noch nie aufgefallen. Kann man sie nicht behandeln?»

«Nein, Sir. Die Krankheiten der Armen lassen sich nie behandeln. Mein Vater hatte Tuberkulose und ist daran gestorben.»

«Wir leben im 21. Jahrhundert, Balram. Man kann alles behandeln. Geh ins Krankenhaus und lass dich behandeln. Und dann schick mir die Rechnung, ich bezahle.»

«Vielen Dank, Sir», sagte ich. «Sir ... soll ich Sie irgendwo in der Stadt hinfahren?»

Er öffnete den Mund und schloss ihn dann wieder, ohne einen Laut von sich gegeben zu haben. Das machte er noch ein paarmal, dann sagte er: «Mein Leben läuft völlig falsch, Balram. Ich weiß es, aber ich habe nicht den Mut, es zu ändern. Ich habe einfach nicht … den *Mumm*.»

«Denken Sie nicht zu viel darüber nach, Sir. Und bitte, Sir, können wir nicht nach oben gehen? Das ist doch kein Ort hier für einen Mann Ihrer Klasse.»

«Ich lasse mich von anderen Leuten ausnutzen, Balram. Ich habe noch nie getan, was ich wollte, mein ganzes Leben nicht. Ich …»

Sein Kopf sackte nach unten; sein ganzer Körper wirkte müde und erschöpft.

«Sie sollten was essen, Sir», sagte ich. «Sie sehen müde aus.»

Er lächelte – so breit und vertrauensselig wie ein Baby.

«Immer denkst du an mich, Balram. Ja, ich will was essen. Aber ich will nicht schon wieder in irgendein Hotel. Ich habe die Nase voll von Hotels. Bring mich irgendwohin, wo du essen gehst, Balram.»

«Wie bitte, Sir?»

«Ich habe genug von dem Zeug, das ich esse, Balram. Ich habe genug von dem Leben, das ich führe. Wir Reichen haben die Orientierung verloren. Ich will ein einfacher Mann wie du sein, Balram.»

«Ja, Sir.»

Wir gingen nach draußen, und ich führte ihn über die Straße in ein Teehaus.

«Bestell du für uns, Balram. Das Essen der einfachen Leute.»

Ich bestellte Okra, Blumenkohl, Rettich, Spinat und *Dhal*. Genug, um eine ganze Familie zu ernähren oder einen Reichen.

Er aß, rülpste und aß noch mehr.

«Dieses Essen ist fantastisch. Und das für nur fünfundzwanzig Rupien! Ihr esst so gut, ihr einfachen Leute!»

Als er fertig war, bestellte ich ihm eine *Lassi*, und als er den ersten Schluck genommen hatte, lächelte er. «Ich mag euer Essen!»

Ich lächelte und dachte: *Ich mag euer Essen auch.*

*

«Die Scheidungspapiere werden bald ausgestellt. Hat jedenfalls der Anwalt gesagt.»

«Gut.»

«Sollen wir schon anfangen zu suchen?»

«Nach einem anderen Anwalt?»

«Nein. Nach einer anderen Frau.»

«Dafür ist es zu früh, Mukesh. Sie ist doch erst vor drei Monaten gegangen.»

Ich hatte Mr Ashok zum Bahnhof gefahren. Der Mungo war mal wieder mit dem Zug aus Dhanbad gekommen. Jetzt fuhr ich die beiden zur Wohnung zurück.

«Na gut. Lass dir Zeit. Aber du musst wieder heiraten. Wenn du geschieden bleibst, respektiert dich keiner mehr. Dann respektiert *uns* keiner mehr. So läuft das in unserer Gesellschaft. Glaub es mir. Letztes Mal hast du auch nicht auf uns gehört und ein Mädchen aus einer anderen Kaste mit einer anderen Religion geheiratet – und du hast dich sogar geweigert, die Mitgift von ihren Eltern anzunehmen. Dieses Mal suchen *wir* das Mädchen aus.»

Ich hörte nichts mehr; aber ich wusste, Mr Ashok biss die Zähne zusammen.

«Ich sehe schon, du regst dich auf», sagte der Mungo. «Wir reden später darüber. Jetzt nimm erst mal das hier.» Er reichte seinem Bruder eine rote Tasche, die er aus Dhanbad mitgebracht hatte.

Mr Ashok öffnete den Verschluss und spähte hinein – sofort drückte der Mungo die Tasche wieder zu.

«Bist du verrückt? Mach die nicht hier im Auto auf. Das ist für Mukeshan. Den Dicken. Den Assistenten. Den kennst du doch, oder?»

«Ja, den kenne ich.» Mr Ashok zuckte die Achseln. «Haben wir den Schweinen noch nicht genug gezahlt?»

«Der Minister will mehr. Bald ist wieder Wahl. Immer vor den Wahlen verteilen wir Bargeld. Normalerweise an beide Seiten, aber diesmal gewinnt die Regierung die Wahl todsicher. Die Opposition ist ein Trümmerhaufen. Also müssen wir bloß an die Regierung zahlen – gut für uns. Das erste Mal komme ich noch mit, aber es ist eine Menge Geld, vielleicht musst du noch ein zweites und drittes Mal hin. Und dann müssen auch noch ein paar Beamte geschmiert werden. Verstanden?»

«Was anderes bekomme ich in Delhi anscheinend nicht zu tun: Geld abheben und Leute damit schmieren. Bin ich dafür nach Indien zurückgekehrt?»

«Spar dir deinen Sarkasmus. Und denk dran, jedes Mal die Tasche zurückzuverlangen. Das ist eine gute Tasche, in Italien hergestellt. Ist ja nicht nötig, ihnen noch zusätzlich Geschenke zu machen. Verstanden? Oh nein. Nicht schon wieder so ein Scheißstau.»

«Balram, leg noch mal Sting ein. Das ist die beste Staumusik.»

«Der Fahrer kennt Sting?»

«Klar, er weiß doch, dass es meine Lieblings-CD ist. Zeig uns mal die Sting-CD, Balram. Siehst du? Siehst du – er kennt Sting!»

Ich schob die CD in den CD-Player.

Zehn Minuten vergingen, in denen die Autos sich keinen Zentimeter bewegten. Ich ließ auf Sting Enya und auf Enya Eminem folgen. Verkäufer kamen zum Wagen und boten Körbe voller Orangen, Erdbeeren in Plastikschalen, Zeitungen oder englischsprachige Romane an. Auch die Bettler waren auf der Pirsch. Einer hatte einen zweiten auf die Schultern genommen und ging von Wagen zu Wagen; dem Mann auf den Schultern fehlten beide Unterschenkel. Zusammen klapperten sie die Autos ab: Der Beinamputierte stöhnte und ächzte, der Träger klopfte oder kratzte an den Autoscheiben.

Ohne lange nachzudenken, ließ ich das Ei aufplatzen.

Ich rollte das Fenster ein Stück herunter und hielt eine Rupie ins Freie – der Mann mit den halben Beinen nahm sie und salutierte; ich ließ das Fenster hochfahren und schloss die Eierschale wieder.

Sofort verstummte das Gespräch auf dem Rücksitz.

«Wer zum Teufel hat dir das befohlen?»

«Entschuldigung, Sir», sagte ich.

«Warum hast du dem verdammten Bettler eine Rupie gegeben? Was für eine Frechheit! Mach die Musik aus.»

An dem Abend stauchten sie mich richtig zusammen. Normalerweise sprachen die Brüder eine Mischung aus Hindi und Englisch miteinander, aber jetzt redeten sie in sauberem Hindi – damit ich auch alles verstand.

«Spenden wir nicht bei jedem Tempelbesuch Geld?», sagte der ältere Halunke. «*Jedes Jahr* spenden wir was an die Krebsforschung. Und ich kaufe diese Postkarte, mit der die Schulkinder immer von Haus zu Haus laufen.»

«Ich habe neulich erst mit unserem Buchhalter gesprochen, und der hat gesagt: ‹Sir, Sie haben gar kein Geld mehr auf der Bank. Alles weg.› Weißt du, wie hoch die Steuern in diesem Land sind?», sagte der jüngere Halunke. «Wenn wir noch mehr Geld weggeben würden, was sollten wir dann essen?»

Da ging mir auf, dass sie sich im Grunde gar nicht unterschieden. Sie waren beide Söhne ihres Vaters.

Den Rest der Heimfahrt starrte der Mungo unablässig in den

Rückspiegel. Er sah aus, als ob er was Komisches gerochen hätte.

Als wir am Buckingham B ankamen, sagte er: «Komm mit nach oben, Balram.»

«Ja, Sir.»

Wir standen nebeneinander im Fahrstuhl. Als er die Wohnungstür aufgeschlossen hatte, sagte er: «Mach es dir bequem.»

Ich hockte mich unter das Foto von Puddles und Cuddles und steckte die Hände zwischen die Knie. Er setzte sich auf einen Stuhl, stützte das Kinn auf die Hände und starrte mich bloß an.

Seine Stirn lag in Falten. Ich sah, dass sich dahinter ein Gedanke bildete.

Er stand auf, kam zu mir und kniete sich hin. Er schnüffelte.

«Dein Atem riecht nach Anis.»

«Ja, Sir.»

«So was kaut man, um eine Alkoholfahne zu verbergen. Hast du was getrunken?»

«Nein, Sir. In meiner Kaste sind wir abstinent.»

Er schnüffelte weiter und kam dabei immer näher.

Ich holte tief Luft; ich hielt den Atem im Bauch; dann drückte ich sie mit einem kräftigen Rülpser wieder heraus, direkt in sein Gesicht.

«Das ist ja widerlich, Balram», sagte er mit schockierter Miene. Er stand auf und trat zwei Schritte zurück.

«Entschuldigung, Sir.»

«Raus!»

Ich ging schwitzend hinaus.

Am nächsten Tag fuhr ich ihn und Mr Ashok zum Haus irgendeines Ministers oder Bürokraten in Neu-Delhi; sie stiegen mit der roten Tasche aus. Danach fuhr ich sie zu einem Hotel, wo sie zu Mittag aßen – ich instruierte das Küchenpersonal: keine Kartoffeln im Essen –, und fuhr den Mungo dann zum Bahnhof.

Ich hörte mir seine üblichen Warnungen und Drohungen an – keine Klimaanlage, keine Musik, keine Benzinvergeudung, blablabla. Ich stand auf dem Bahnsteig, während er seinen Imbiss nahm. Als der Zug abfuhr, tanzte ich auf dem Bahnsteig und klatschte in die Hände. Zwei Straßenkinder sahen mich und fingen an zu lachen – und auch in die Hände zu klatschen. Eines von ihnen sang ein Lied aus dem neuesten Hindi-Film, und wir tanzten auf dem Bahnsteig miteinander.

Am nächsten Morgen war ich oben in der Wohnung, Mr Ashok fummelte an der roten Tasche herum, und wir wollten gerade los, als das Telefon klingelte.

«Ich nehme die Tasche schon mit hinunter, Sir», sagte ich. «Ich warte im Wagen.»

Er zögerte, dann hielt er mir die Tasche hin. «Ich bin in einer Minute bei dir.»

Ich machte die Wohnungstür hinter mir zu. Ich ging zum Fahrstuhl, drückte auf den Knopf und wartete. Die Tasche war schwer, ich musste ab und zu den Griff wechseln.

Der Fahrstuhl hatte den vierten Stock erreicht.

Ich drehte mich um und betrachtete die Aussicht vom Balkon des dreizehnten Stocks – selbst am helllichten Tag strahlten die Lichter der Malls von Gurgaon. Letzte Woche war eine neue eröffnet worden. Eine weitere wurde gerade gebaut. Die Stadt wuchs.

Der Aufzug kam jetzt schnell nach oben. Er war schon fast im elften Stock.

Ich drehte mich um und lief weg.

Mit dem Fuß stieß ich die Tür zur Feuertreppe auf, rannte zwei dunkle Treppenabsätze hinunter und ließ die rote Tasche aufschnappen.

Sofort erstrahlte das ganze Treppenhaus in gleißendem Licht – so leuchtet nur Geld.

Als Mr Ashok fünfundzwanzig Minuten später herunterkam und die Tasten seines Handys drückte, erwartete die rote Tasche ihn auf dem Rücksitz. Ich hielt eine glänzende Silberscheibe hoch, als er die Wagentür zumachte.

«Soll ich Sting einlegen, Sir?»

Beim Fahren versuchte ich angestrengt, die rote Tasche nicht zu beachten – das war Folter, genau wie bei Pinky Madam, immer wenn sie so kurze Röcke anhatte.

An einer Ampel schaute ich in den Rückspiegel und sah meinen dichten Schnurrbart und mein Kinn. Ich verstellte den Rückspiegel etwas, und der Ausschnitt wechselte. Nun sah ich schöne, lange Augenbrauen, die sich nach beiden Seiten unter kräftig gefurchten Stirnmuskeln bogen; unter diesen angespannten Muskeln leuchteten schwarze Augen. Die Augen einer Katze, die ihre Beute im Blick hat.

Na komm, Balram, schau dir die rote Tasche an – Schauen ist doch nicht Stehlen, oder?

Ich schüttelte den Kopf.

Und selbst wenn du sie stehlen würdest, Balram, wäre es auch kein Diebstahl.

Wie das denn? Ich schaute das Wesen im Spiegel an.

Sieh mal – Mr Ashok gibt dieses ganze Geld den Politikern, damit sie ihm die Steuern erlassen, die er eigentlich zahlen müsste. Und wem gehören die Steuern letzten Endes? Den einfachen Menschen dieses Landes – dir!

«Was ist los, Balram? Hast du was gesagt?»

Ich tippte den Spiegel an. Die Augen verschwanden, bloß mein Gesicht starrte mich noch an.

«Dieser Bursche da vor mir fährt furchtbar, Sir. Ich habe bloß gegrummelt.»

«Bleib ganz entspannt, Balram. Du bist ein guter Fahrer. Lass dich nicht von den schlechten ärgern.»

Die Stadt kannte mein Geheimnis. Eines Morgens war der Präsidentenpalast ganz im Smog verschwunden und von der Straße unsichtbar; es sah aus, als ob es an dem Tag in Delhi keine Regierung gäbe. Und diese schmutzige Luft, die den Premierminister, sein Kabinett und all seine Regierungsbeamten verbarg, sagte zu mir:

Sie werden nichts von dem mitbekommen, was du tust. Dafür sorge ich.

Ich fuhr an der roten Mauer des Parlamentsgebäudes vorbei. Eine bewaffnete Wache sah vom Ausguck auf der Mauer zu mir herunter – und als er mich sah, ließ er sein Gewehr sinken.

Warum sollte ich dich aufhalten? Wenn ich könnte, würde ich das Gleiche tun.

Nachts lief eine Frau mit einer Plastiktüte auf dem Bürgersteig; meine Scheinwerfer leuchteten auf die Tüte und ließen das Plastik durchsichtig werden. In der Tasche lagen vier dunkle Früchte, und jede einzelne sagte: *Du hast es doch schon getan. Im Herzen hast du es schon genommen.* Dann wanderten die Scheinwerferkegel weiter; die Plastiktüte wurde wieder undurchsichtig, die vier Früchte verschwanden.

Sogar die Straßen – die glatten, glänzenden Straßen Delhis, die besten von ganz Indien – wussten um mein Geheimnis.

Eines Tages ließ an einer Ampel der Fahrer des Wagens neben mir das Fenster herunter und spuckte hinaus: Er hatte *Paan* gekaut, und der leuchtend rote Auswurf klatschte auf den mittagsheißen Asphalt, blubberte und zerlief dort wie ein lebendes Wesen. Eine Sekunde später spuckte er noch einmal – eine zweite Pfütze bildete sich auf der Straße. Ich starrte die beiden rot sich ausbreitenden Lachen an – und:

DIE LINKE SPUCKEPFÜTZE SCHIEN ZU SAGEN:	DOCH DIE RECHTE SPUCKEPFÜTZE SCHIEN ZU SAGEN:
Dein Vater wollte, dass du ein ehrlicher Mann wirst.	Dein Vater wollte, dass du ein *Mann* wirst.
Mr Ashok schlägt oder bespuckt dich nicht, wie man es mit deinem Vater getan hat.	Mr Ashok hat die Schuld auf dich abgewälzt, als seine Frau das Kind totgefahren hat.
Mr Ashok bezahlt dich anständig: 4000 Rupien im Monat. Er hat deinen Lohn erhöht, ohne dich zu fragen.	Das ist ein Hungerlohn. Du wohnst in einer Großstadt. Was bleibt dir davon? Nichts!
Denk daran, was der Büffel mit der Familie seines Dieners gemacht hat. Mr Ashok wird von seinem Vater das Gleiche verlangen, wenn du wegläufst.	Dass Mr Ashok deine Familie überhaupt bedrohen kann, bringt dein Blut schon zum Kochen!

Ich wandte den Blick von den roten Pfützen und schaute stattdessen die rote Tasche an, die wie das freigelegte Herz des Honda City mitten in meinem Rückspiegel lag.

An dem Tag setzte ich Mr Ashok am Imperial Hotel ab, und er sagte: «Ich bin in zwanzig Minuten wieder da, Balram.»

Aber statt das Auto zu parken, fuhr ich zum Bahnhof, der in Paharganj liegt, nicht weit von dem Hotel.

Dort lagen Menschen auf dem Fußboden. Hunde beschnüffelten den Müll. Es roch schimmelig. *So wird es also werden,* dachte ich.

Die Fahrziele aller Züge waren auf einer Anzeigetafel zu lesen.

BENARES
JAMMU
AMRITSAR
MUMBAI
RANCHI

Welches würde mein Fahrziel werden, wenn ich mit einer roten Tasche in der Hand hierherkäme?

Wie zur Antwort fingen im Dunkeln leuchtende Räder und helle Lichter an zu blinken.

Wenn Sie in Indien irgendeinen Bahnhof betreten, werden Sie beim Warten auf den Zug eine Reihe bizarr anmutender Automaten mit roten Lampen, rotierenden Kaleidoskopen und schwirrenden gelben Rädern bemerken. Das sind die Geld-und-Zukunft-für-eine-Rupie-Automaten, die sich auf jedem Bahnsteig dieses Landes finden.

Die funktionieren so: Man stellt sein Gepäck neben sich ab. Man stellt sich auf das Podest der Maschine. Dann wirft man eine Rupie in den Schlitz.

Der Automat erwacht zum Leben; drinnen geraten Hebel in Bewegung, Teile klappern, Lichter blinken wie verrückt. Dann gibt es ein lautes Geräusch, und die Maschine spuckt ein kleines Stück Pappe aus, entweder grün oder gelb. Der Lärm und das Blinken lassen nach. Auf diesem Pappstreifen sind Ihre Zukunft und Ihr Gewicht in Kilogramm ausgedruckt.

Zwei Arten von Menschen benutzen diese Maschinen: die

Kinder der Reichen oder die erwachsenen Armen, die ihr Leben lang Kinder bleiben.

Ich starrte die Maschinen an wie ein Mann ohne Verstand. Sechs leuchtende Automaten lachten mich an: grüne und gelbe Lämpchen, schwarze und goldene Kaleidoskope, die sich um und um im Kreis drehten.

Ich stellte mich auf eines der Podeste. Ich opferte eine Rupie – der Automat schluckte sie, machte Krach und Licht, spuckte einen Pappstreifen aus.

LUNNA WAAGEN LTD.

NEU-DELHI 110 055

IHR GEWICHT

59

«Respekt vor dem Gesetz ist das erste Gebot der Götter.»

Ich ließ den Streifen zu Boden fallen und lachte.

Sogar hier auf der Bahnhofswaage versuchen sie, uns reinzulegen. Hier, an der Schwelle eines Menschen Freiheit, kurz bevor er den Zug besteigt, der ihn in ein neues Leben tragen soll, läuten diese blinkenden Maschinen den letzten Alarm des Hühnerkäfigs.

Die Sirenen des Hühnerkäfigs gellten – die Räder kreisten – die roten Lichter blinkten! Ein Huhn versuchte aus dem Käfig zu fliehen! Eine Hand streckte sich heraus – packte mich am Genick und stopfte mich wieder in den Käfig.

Ich hob den Streifen auf und las ihn noch einmal.

Mein Herz fing an zu schwitzen. Ich setzte mich auf den Boden.

Denk nach, Balram. Denk daran, was der Büffel der Familie seines Dieners angetan hat.

Über mir hörte ich Flügelschlagen. Überall im Bahnhof saßen

Tauben auf dem Dachgebälk; zwei von ihnen waren von einem Balken losgeflogen und kreisten nun wie in Zeitlupe direkt über meinem Kopf – ich sah ihre roten Krallen, eng an die Brust gelegt.

Nicht weit weg lag eine Frau auf dem Boden, die hübschen, vollen Brüste in eine enge Bluse gezwängt. Sie schnarchte. Ich sah einen Ein-Rupien-Schein in ihrem Ausschnitt stecken, die Farbe und Beschriftung waren durch den Stoff ihrer hellgrünen Bluse zu erkennen. Sie hatte kein Gepäck. Die eine Rupie war alles, was sie auf dieser Welt besaß. Und doch, da lag sie – selig schnarchend, völlig sorgenfrei.

Warum konnte bei mir nicht alles so einfach sein?

Ein leises Knurren ließ mich herumfahren. Hinter mir drehte sich ein schwarzer Hund im Kreis. An seiner linken Hinterbacke glänzte ein rosaroter Fleck – eine offene Wunde –, und der Hund versuchte, daran herumzunagen. Sie war jedoch knapp außer Reichweite seiner Zähne, und der Schmerz machte ihn wahnsinnig – er versuchte die Wunde mit geiferndem Maul anzugreifen und drehte sich deshalb unablässig, immer auf der gleichen Stelle und sinnlos im Kreis.

Ich sah wieder die schlafende Frau und ihre wogenden Brüste an. Hinter mir hörte das Knurren nicht auf.

An jenem Sonntag bat ich Mr Ashok um Erlaubnis, einen Tempel besuchen zu dürfen, und fuhr in die Stadt. Ich fuhr mit dem Bus nach Qutb und nahm von da ein Taxi zur G. B. Road.

Das, Herr Ministerpräsident, ist der berühmte Rotlichtbezirk (wie die Engländer es nennen) von Delhi.

Eine Stunde hier sollte alle bösen Gedanken aus meinem Kopf verscheuchen. Wenn sich Samen in der unteren Körperhälfte staut, führt das zu bösartigem Fluss der Säfte in der oberen Hälfte. In der Finsternis weiß man um diese bekannte Tatsache.

Es war gerade erst fünf Uhr und noch hell, aber die Frauen

warteten schon auf mich, so wie auf alle Männer zu jeder Tageszeit.

Ich bin schon einmal auf solchen Straßen gegangen – wie ich Ihnen bereits gebeichtet habe –, aber diesmal war es anders. Ich hörte die Frauen von oben johlen und schmeicheln, aus den vergitterten Fenstern der Bordelle – aber diesmal brachte ich es nicht über mich, sie anzusehen.

Ein *Paan*-Macher saß an seinem Holzstand vor der grellblauen Tür eines Bordells und strich mit dem Messer die Gewürzmischung auf feuchte Blätter, die er aus einer Wasserschüssel nahm – der erste Schritt in der Zubereitung des Betelpriems. Im kleinen Raum unter seinem Standtisch hockte ein anderer Mann und kochte in einem Topf auf zischend blauer Gasflamme Milch.

«Was ist denn mit dir los? Guck dir die Frauen an!»

Der Zuhälter, ein kleiner Mann mit großer Nase, die über und über mit roten Warzen bedeckt war, hatte mich am Handgelenk gepackt.

«Du siehst aus, als ob du dir eine Ausländerin leisten könntest. Nimm eine Nepalesin! Sind das nicht Schönheiten? Guck zu ihnen rauf, Junge!»

Er fasste mich ans Kinn – vielleicht dachte er, ich sei schüchtern und noch Jungfrau, das hier mein erster Besuch – und zwang meinen Blick nach oben.

Die Nepalesinnen da oben hinter dem vergitterten Fenster sahen wirklich gut aus: sehr helle Haut und diese chinesischen Augen, die uns indische Männer verrückt machen. Ich schüttelte die Hand des Zuhälters ab.

«Nimm irgendeine! Nimm sie alle! Bist du nicht Manns genug, Junge?»

Normalerweise hätte das gereicht, ich wäre ins Bordell gestürmt und hätte Blut sehen wollen.

Aber manchmal ist das Tierischste an einem Menschen auch das Beste. Unterhalb meiner Taille regte sich gar nichts. *Die sind wie Papageien im Käfig. Das wäre so, als ob ein Tier ein anderes besteigt.*

«Kau ein bisschen *Paan* – das hilft, wenn du keinen hochkriegst!», rief der Betelverkäufer von seinem Stand mir zu. Er hielt ein frisches, feuchtes Blatt hoch und schüttelte es, sodass mir die Tropfen ins Gesicht spritzten.

«Trink heiße Milch, das hilft auch!», rief der kleine, verschrumpelte Mann unter ihm, der die Milch kochte.

Ich sah mir die Milch an. Sie siedete und lief an den Seiten seines Edelstahltopfes hinab; der Verschrumpelte peitschte die kochende Milch noch mit einem Rührlöffel auf; sie schäumte immer mehr und zischte vor Wut.

Ich stürmte auf den Betelverkäufer zu, schubste ihn von seinem Sitz, verstreute seine Blätter, schüttete sein Wasser aus. Ich trat dem Zwerg ins Gesicht. Die Frauen oben brachen in Geschrei aus. Die Zuhälter gingen auf mich los; ich schubste und trat um mein Leben und rannte aus der Straße.

Die G.B. Road liegt im alten Delhi, über das ich Ihnen etwas erzählen sollte. Vergessen Sie nicht, Herr Ministerpräsident, dass Delhi die Hauptstadt nicht bloß eines Landes, sondern zweier Länder ist – zweier Indien. Das Licht und die Finsternis fließen beide nach Delhi. Gurgaon, wo Mr Ashok lebte, ist die helle, moderne Seite der Stadt, und das hier, das alte Delhi, ist die andere Seite. Voll mit Sachen, die man auf der modernen Seite schon vergessen hat – mit Rikschas, alten Steinhäusern und Moslems. Und am Sonntagmorgen gibt es noch etwas: Wenn man sich durch die Menschenmenge gedrängt hat, die man hier immer findet, wenn man an Männern vorbeigegangen ist, die anderen mit rostigen Eisenstäben die Ohren säubern oder kleine, in grünen Flaschen eingelegte Fische verkaufen, vorbei am

Markt für billige Schuhe und dem für billige Hemden, dann kommt man zum großartigen Bücherflohmarkt von Daryaganj.

Von diesem Markt haben Sie vielleicht schon gehört, Sir, weil er eines der Weltwunder ist. Zehntausende schmutzige, vergammelte, schwärzliche Bücher zu jedem Thema – Technologie, Medizin, sexuelle Freuden, Philosophie, Bildung und fremde Länder – liegen auf den Bürgersteigen gestapelt, vom Delhi-Tor ganz bis zum Markt vorm Roten Fort. Manche sind so alt, dass sie zerfallen, wenn man sie berührt; an manchen laben sich die Silberfischchen; manche sehen aus, als habe man sie aus überschwemmten oder niedergebrannten Häusern geborgen. Die meisten Läden an den Bürgersteigen haben ihre Rollläden heruntergelassen; die Restaurants jedoch bleiben geöffnet, und der Geruch frittierter Speisen mischt sich mit dem verrottenden Papiers. Rostige Ventilatoren drehen sich langsam in den Abluftrohren der Restaurants wie die Flügel riesiger Motten.

Ich ging zwischen den Büchern und sog die Luft ein: Nach dem Gestank des Bordells kam sie mir vor wie reiner Sauerstoff.

Eine dicht gedrängte Meute von Käufern zankte sich mit den Verkäufern um die Bücher, und ich tat so, als wollte ich auch etwas kaufen. Ich sprang in die Buchhaufen, griff mir eines, blätterte es rasch durch, flapp flapp flapp, bis der Buchhändler rief: «Willst du es kaufen oder umsonst lesen?»

«Taugt nichts», sagte ich dann, legte das Buch weg und ging zum nächsten Händler, wo ich es genauso machte, flapp flapp flapp. Ich zahlte nicht eine Rupie, blätterte alle Bücher umsonst durch und machte mich so den ganzen Abend lang über einen Buchverkäufer nach dem anderen her!

Manche der Bücher waren auf Urdu geschrieben, in der Sprache der Moslems – mit diesen ganzen Strichen und Punkten, als ob eine Krähe ihre Füße in schwarze Tinte getaucht und auf die

Seiten getreten hätte. Ich blätterte gerade ein solches Buch durch, als der Händler mich fragte: «Kannst du Urdu lesen?»

Es war ein alter Moslem mit pechschwarzem, von Schweißperlen besetztem Gesicht, wie ein Begonienblatt nach dem Regen, und einem langen weißen Bart.

Ich fragte zurück: «Kannst *du* denn Urdu lesen?»

Er schlug das Buch auf, räusperte sich und las: «*‹Jahrelang hast du den Schlüssel gesucht.›* Hast du das verstanden?» Er sah mich mit langen Falten auf der schwarzen Stirn an.

«Ja, Onkel Moslem.»

«Halt den Mund, du Lügner. Und hör zu.»

Wieder räusperte er sich.

«*‹Jahrelang hast du den Schlüssel gesucht / Doch die Tür war immer offen!›*»

Er klappte das Buch zu. «Das nennt man Dichtung. Und jetzt verschwinde.»

«Bitte, Onkel Moslem», bettelte ich. «Ich bin doch bloß der Sohn eines Rikschafahrers aus der Finsternis. Erzähl mir von der Dichtkunst. Wer hat dieses Gedicht geschrieben?»

Er schüttelte den Kopf, aber ich schmierte ihm weiter Honig ums Maul, pries seinen herrlichen Bart, seine helle Haut (ha!), sagte ihm, dass man schon an seiner Nase und Stirn erkennen könne, dass er kein konvertierter Schweinehirt sei, sondern ein waschechter Moslem, der auf einem fliegenden Teppich direkt aus Mekka hergeschwebt sei, und schließlich grunzte er befriedigt. Er las mir noch ein Gedicht vor, dann noch eines – und dann erläuterte er mir die wahre Geschichte der Dichtkunst, die so etwas wie ein Geheimnis, eine Zauberkunst ist, nur den Weisen bekannt. Herr Ministerpräsident, Ihnen erzähle ich sicher nichts Neues, wenn ich sage, dass die Geschichte der Welt die Geschichte eines zehntausendjährigen Geisteskampfes zwischen Reich und Arm ist. Jede Seite versucht ständig, die andere übers

Ohr zu hauen: So ist es seit Anbeginn der Zeiten. Die Armen gewinnen vielleicht mal die eine oder andere Schlacht (in die Blumentöpfe pinkeln, die Schoßhündchen treten usw.), aber die Reichen gewinnen natürlich seit zehntausend Jahren den Krieg. Daher haben einige weise Männer eines Tages aus Mitleid mit den Armen Zeichen und Symbole in Form von Gedichten hinterlassen, die sich dem Anschein nach um Rosen und hübsche Mädchen und dergleichen drehen, aber bei richtigem Verständnis die Geheimnisse offenbaren, die auch dem ärmsten Mann der Welt erlauben, den zehntausend Jahre alten Kampf der Köpfe zu seinen eigenen Bedingungen günstig zu beenden. Und die vier größten dieser weisen Dichter waren Rumi, Iqbal, Mirza Ghalib und ein weiterer Mann, dessen Namen er mir nannte, den ich aber vergessen habe.

(Wer *war* dieser vierte Dichter? Es macht mich wahnsinnig, dass mir der Name nicht mehr einfällt. Wenn Sie ihn kennen, schicken Sie mir eine E-Mail.)

«Onkel Moslem, ich habe noch eine Frage an dich.»

«Sehe ich aus wie dein Lehrer? Hör auf, mich mit Fragen zu löchern.»

«Das ist die letzte, versprochen. Sag mir, Onkel Moslem, kann man sich mithilfe der Dichtkunst unsichtbar machen?»

«Was meinst du damit – so wie mit schwarzer Magie verschwinden lassen?» Er sah mich an. «Ja, das geht. Darüber gibt es Bücher. Möchtest du eines kaufen?»

«Nein, nicht so verschwinden. Ich meine, kann man … kann man …»

Der Buchhändler hatte die Augen zusammengekniffen. Die Schweißtropfen auf seiner riesigen schwarzen Stirn waren größer geworden.

Ich lächelte ihn an. «Vergiss, was ich gefragt habe, Onkel Moslem.»

Und dann nahm ich mir vor, mit diesem alten Mann nie wieder zu reden. Er wusste schon zu viel.

Mir brannten die Augen vom vielen Bücherblättern. Ich hätte zum Delhi-Tor zurückgehen und in den Bus steigen sollen. Ich hatte einen üblen Büchergeschmack im Mund – als ob ich lauter winzige Papierteilchen eingeatmet hätte. Wenn man zu viel Zeit zwischen alten Büchern verbringt, blühen einem seltsame Gedanken im Herzen.

Doch statt zur Bushaltestelle zu gehen, schlenderte ich weiter ins alte Delhi hinein. Ich hatte keine Ahnung, wo ich hinging. Kaum war ich von der Hauptstraße abgebogen, wurde es still. Ein paar Männer saßen auf einem *Charpoy* und rauchten, andere lagen schlafend auf dem Boden; Raubvögel flogen über die Häuser. Dann wehte mir der Wind einen gewaltigen Schwall Büffel in die Nase.

Jeder weiß, dass es im alten Delhi ein altes Schlachterviertel gibt; aber nicht viele haben es gesehen. Dabei ist es eines der Wunder der Altstadt – eine Reihe offener Verschläge, und in jedem wenden einem riesige Büffel ihr Hinterteil zu, ihre Schwänze verscheuchen wie große Scheibenwischer die Fliegen, und ihre Füße stehen tief in gewaltigen Mistpyramiden. Ich blieb stehen und atmete den Geruch ihrer Körper ein – wie lange hatte ich schon keinen Büffel mehr gerochen! Die furchtbare Stadtluft wurde mir aus den Lungen gedrängt.

Ein Klappern von Holzrädern. Ein Büffel zog einen großen Karren die Straße entlang. Auf dem Karren saß kein Mensch mit einer Peitsche: Der Büffel wusste auch so, wo er hinmusste. Er kam die Straße entlang auf mich zu. Ich trat beiseite, und als er an mir vorüberfuhr, sah ich, dass der Karren voll mit toten Büffelgesichtern lag. Ich sage Gesichter, aber in Wirklichkeit sollte es besser Schädel heißen, denen die Haut abgezogen war, abgesehen von einem kleinen Stückchen auf der Nasenspitze, aus der noch die Nüsternhaare ragten, wie die letzten trotzigen Anzeichen von Persönlichkeit der toten Büffel. Der Rest der Gesichter war weg. Selbst die Augen waren ausgestochen worden.

Und der lebende Büffel ging auch ohne Herrn weiter und zog seine Todesladung dorthin, wo er sie hinbringen sollte.

Ich ging ein Stück neben dem armen Tier her und starrte in die toten, abgezogenen Büffelgesichter. Und dann geschah etwas äußerst Seltsames, Exzellenz – ich schwöre Ihnen, der Büffel, der den Karren zog, wandte sich zu mir und sagte mit einer Stimme, die der meines Vaters ähnelte:

«Dein Bruder Kishan wurde totgeschlagen. Zufrieden?»

Es war wie so ein Albtraum kurz vorm Aufwachen; man weiß, dass es ein Traum ist, aber man kann einfach noch nicht daraus erwachen.

«Deine Tante Luttu wurde vergewaltigt und dann totgeschlagen. Zufrieden? Deine Großmutter Kusum wurde totgetreten. Zufrieden?»

Der Büffel starrte mich böse an.

«Schäm dich!», sagte er, machte einen großen Schritt und zog den Wagen voller toter, gehäuteter Gesichter an mir vorbei. In diesem Augenblick kamen sie mir vor wie die Gesichter meiner eigenen Familie.

*

Am nächsten Morgen kam Mr Ashok lächelnd zum Auto herunter, die rote Tasche in der Hand. Er knallte die Tür zu.

Ich schaute den Kobold an und schluckte schwer.

«Sir ...»

«Was gibt es denn, Balram?»

«Sir, ich wollte Ihnen schon seit einiger Zeit etwas sagen.» Ich nahm die Hand vom Zündschlüssel. Ich schwöre, in diesem Moment war ich bereit für ein umfassendes Geständnis ... hätte er nur das Richtige gesagt … hätte er mir auf die richtige Art die Hand auf die Schulter gelegt.

Aber er sah mich gar nicht an. Er tippte geschäftig auf die Tasten seines Handys.

Tipp, tipp, tipp.

Einen Wahnsinnigen vor sich sitzen zu haben, nicht einmal einen halben Meter entfernt, der Gedanken an Blut und Raub wälzt, und nichts davon zu wissen. Es nicht mal zu ahnen. Wie *blind* ihr Leute doch sein könnt. Da sitzt ihr in euren Glashäusern und telefoniert jeden Abend mit Amerikanern, die Tausende Kilometer weit weg sind, aber ihr habt keine Ahnung, was mit dem Mann los ist, der euer Auto fährt!

Was gibt es denn, Balram?

Ach nichts, Sir – bloß dass ich Ihnen den Schädel einschlagen will!

Er beugte sich vor – seine Lippen kamen ganz nah an mein Ohr –, ich wollte schon hinschmelzen.

«Ich verstehe, Balram.»

Ich schloss die Augen. Ich brachte kaum einen Ton heraus.

«Wirklich, Sir?»

«Du willst heiraten.»

«…»

«Balram. Da wirst du Geld brauchen, oder?»

«Nein, Sir. Das ist nicht nötig.»

«Aber bitte, Balram. Ich brauche nur meine Brieftasche. Du bist doch ein treues Mitglied der Familie. Du hast noch nie um mehr Geld gebeten – ich weiß, dass andere Fahrer ständig Geld für Überstunden oder Versicherungen wollen: Aber du sagst nie ein Wort davon. Du bist altmodisch. Das gefällt mir. Wir kümmern uns um deine Hochzeitsausgaben, Balram. Hier, Balram, hier sind … hier sind …»

Ich sah, wie er einen Tausend-Rupien-Schein aus der Brieftasche zog, ihn wieder zurücksteckte, dann einen Fünfhunderter, wieder zurück, schließlich einen Hunderter.

Den er mir gab.

«Ich nehme an, du musst zur Hochzeit nach Laxmangarh, Balram?»

«...»

«Vielleicht komme ich mit», sagte er. «Das Dorf gefällt mir wirklich. Diesmal will ich rauf und mir dieses Fort angucken. Wie lange ist das her, dass wir da waren, Balram? Sechs Monate?»

«Länger, Sir.» Ich zählte die Monate an den Fingern ab. «Acht Monate, Sir.»

Er zählte ebenfalls nach. «Stimmt, du hast recht.»

Ich faltete den Hunderter und steckte ihn in meine Brusttasche.

«Vielen Dank dafür, Sir», sagte ich und ließ den Wagen an.

Am nächsten Morgen ging ich frühmorgens aus dem Buckingham B auf die Hauptstraße. Das Gebäude war zwar noch ganz neu, aber das Abflussrohr schon undicht, und vor der Grundstücksmauer hatte ein großer Fleck Abwasser den Boden verdunkelt. Drei Straßenköter schliefen auf dem nassen Fleck. Gut zur Abkühlung – der Sommer hatte begonnen, und sogar die Nächte waren unangenehm heiß.

Die drei Hunde lagen so gemütlich da – ich hockte mich hin und beobachtete sie.

Ich legte den Finger in die Abwasserpfütze. So kühl und so verlockend.

Einer der Streuner wachte auf, gähnte und zeigte mir alle Reißzähne. Dann sprang er auf, die anderen Köter ebenfalls. Sie fingen an zu knurren, im Schlamm zu scharren und die Zähne zu blecken – sie wollten mich aus ihrem Revier vertreiben.

Ich überließ den Hunden das schmutzige Wasser und machte

mich zu den Shopping Malls auf. Keine von ihnen hatte schon geöffnet. Ich setzte mich aufs Pflaster.

Keine Ahnung, wo ich jetzt hinsollte.

Da sah ich die kleinen dunklen Abdrücke im Zement des Bürgersteigs.

Pfotenspuren.

Ein Tier war über den Zement gelaufen, bevor er hart geworden war.

Ich stand auf und folgte dem Tier. Die Abstände zwischen den Abdrücken vergrößerten sich – das Tier hatte angefangen zu laufen.

Ich ging schneller.

Die Pfotenabdrücke des beschleunigenden Tieres führten einmal ganz um die Malls herum, dann dahinter, und sie endeten schließlich, wo das Pflaster aufhörte und von unbefestigtem Erdboden abgelöst wurde.

Hier musste ich stehen bleiben, weil anderthalb Meter vor mir eine Reihe Männer in fast schnurgerader Linie nebeneinanderhockten. Sie entleerten sich.

Ich war im Slum gelandet.

Weißflecklippe hatte mir davon erzählt – hier lebten die ganzen Bauarbeiter, die Malls und riesige Wohnblöcke errichteten. Sie kamen aus einem Dorf in der Finsternis; sie mochten es nicht, wenn Leute von draußen hereinkamen, außer jenen, die nach Einbruch der Dunkelheit noch Geschäfte machten. Die Männer, die sich da in aller Öffentlichkeit entleerten, waren so eine Art Verteidigungswall des Slums: Sie bildeten eine Grenze, die kein respektabler Mensch überschreiten sollte. Der Wind wehte den Gestank frischer Scheiße in meine Richtung.

Ich fand eine Lücke in der Mauer der Kackenden, die wie steinerne Statuen am Boden kauerten.

Diese Menschen bauten die Häuser der Reichen, doch sie

selbst lebten in Zeltreihen aus blauer Leinwand, die durch Abwasserrinnen unterteilt waren. Es war noch schlimmer als in Laxmangarh. Ich tastete mich durch Glasscherben, Draht und zerborstene Neonleuchten. Der Gestank des Kots wurde vom noch schlimmeren Gestank industrieller Abwässer verdrängt. Der Slum endete an einer offenen Sickergrube – ein kleiner schwarzer Bach floss träge vorüber, Blasen glitzerten darauf, flache Wellen breiteten sich kreisförmig an der Oberfläche aus. Zwei Kinder planschten im schwarzen Wasser herum.

Ein Hunderter segelte aufs Wasser herab. Die Kinder starrten den Geldschein mit offenem Mund an und rannten dann hin, um ihn zu erwischen, bevor er davontrieb. Einer der Jungen schnappte sich den Schein, das andere Kind schlug auf ihn ein, und schon wälzten sie sich kämpfend im schwarzen Wasser.

Ich ging zurück zu der Reihe Scheißender. Einer von ihnen war fertig geworden und gegangen, doch ein anderer hatte die Lücke gefüllt.

Ich hockte mich zu ihnen und grinste.

Einige wandten sich sofort ab: Sie waren noch Menschen. Andere starrten mich ausdruckslos an, als ob Scham für sie keine Rolle mehr spielte. Und dann entdeckte ich einen kleinen schwarzen Kerl, der zurückgrinste, als sei er stolz auf das, was er tat.

Ich kroch in der Hocke zu ihm und kauerte mich ihm gegenüber. Ich grinste, so breit ich konnte. Er auch.

Er fing an zu lachen – ich auch –, und schließlich lachten alle Scheißenden zusammen.

«Wir kümmern uns um deine Hochzeitsausgaben», brüllte ich.

«Wir kümmern uns um deine Hochzeitsausgaben», brüllte er zurück.

«Wir ficken sogar deine Frau für dich, Balram!»

«Wir ficken sogar deine Frau für dich, Balram!»

Wieder fing er an zu lachen – so heftig diesmal, dass er mit dem Gesicht nach vorn zu Boden fiel und, immer noch lachend, seinen schmutzigen Arsch in den schmutzigen Himmel Delhis reckte.

Als ich zurückging, machten die Malls gerade auf. Ich wusch mir das Gesicht im Gemeinschaftswaschbecken und wischte mir den Slum von den Händen. Ich ging in die Tiefgarage, fand einen stählernen Schraubenschlüssel, schlug ein paarmal probehalber zu und nahm ihn dann mit in mein Zimmer.

Ein Junge stand wartend neben dem Bett, hatte einen Brief zwischen den Zähnen und knöpfte sich die Hose zu. Als er mich hörte, drehte er sich um; der Brief fiel ihm aus dem Mund. Mir fiel gleichzeitig der Schraubenschlüssel aus der Hand.

«Sie haben mich hergeschickt. Ich habe den Bus genommen und Leute gefragt, und so habe ich hergefunden.» Er blinzelte. «Sie haben gesagt, du musst dich um mich kümmern und auch einen Fahrer aus mir machen.»

«Wer bist du denn überhaupt?»

«Dharam», sagte er. «Ich bin der vierte Sohn von Tante Luttu. Du hast mich gesehen, als du das letzte Mal nach Laxmangarh gekommen bist. Da hatte ich ein rotes Hemd an. Du hast mich dahin geküsst.» Er zeigte auf seinen Scheitel.

Er hob den Brief auf und hielt ihn mir hin.

Lieber Enkel,
es ist lange her, dass Du uns besucht hast – und noch viel länger, genau elf Monate und zwei Tage, seit Du uns zum letzten Mal Geld geschickt hast. Die große Stadt hat Deine Seele verdorben und Dich selbstsüchtig, hochnäsig und böse gemacht. Ich wusste von Anfang an, dass es so kommen würde, denn Du warst ein trotziger, aufsässiger Junge. Bei jeder Gelegenheit hast Du Dich mit offenem Mund

im Spiegel betrachtet, und ich musste Dir immer erst die Ohren lang ziehen, bevor Du arbeiten wolltest. Du bist genau wie Deine Mutter. Du hast ihre Art und nicht die sanftmütige Art Deines Vaters. Bisher haben wir unser Elend geduldig ertragen, aber nun nicht länger. Du musst uns wieder Geld schicken. Wenn nicht, werden wir es Deinem Herrn erzählen. Wir haben außerdem beschlossen, allein eine Hochzeit für Dich zu arrangieren, und wenn Du nicht herkommen willst, schicken wir Dir die Braut mit dem Bus. Ich sage diese Dinge nicht, um Dir zu drohen, sondern aus Liebe. Bin ich schließlich nicht Deine eigene Großmutter? Und wie ich Dir immer Süßigkeiten in den Rachen gestopft habe! Außerdem ist es Deine Pflicht, Dich um Dharam zu kümmern, als wäre er Dein eigener Sohn. Und nun gib acht auf Deine Gesundheit, und vergiss nicht, dass ich Dir herrliche Hühnercurrys koche, die ich mit der Post schicken werde – zusammen mit dem Brief an Deinen Herrn.

Deine Dich liebende Großmutter
Kusum

Ich faltete den Brief, steckte ihn in die Tasche und gab dem Jungen dann eine so heftige Ohrfeige, dass er nach hinten taumelte, gegen das Bett stieß, darauffiel und dabei das Moskitonetz herunterriss.

«Steh auf», sagte ich. «Ich werde dich noch mal schlagen.»

Ich hob den Schraubenschlüssel auf und holte damit aus – dann warf ich ihn auf den Boden.

Das Gesicht des Jungen war sofort blau geschwollen, seine Lippe war aufgeplatzt und blutete, und dennoch hatte er noch kein Wort gesagt.

Ich setzte mich aufs Moskitonetz und nahm einen Schluck aus der Halbliterflasche Whisky. Ich sah den Jungen an.

Ich stand am Rande des Abgrunds. Ich war entschlossen gewesen, meinen Herrn zu erschlagen – die Ankunft dieses Jungen hatte mich vor einem Mord (und vor lebenslangem Gefängnis) gerettet.

Abends erzählte ich Mr Ashok, dass meine Familie mir einen Helfer geschickt habe, der das Auto in Schuss halten solle, und anstatt wütend zu werden, weil er ein Maul mehr zu stopfen hatte – so hätten die meisten Herren reagiert –, sagte er: «Das ist ja ein niedlicher Junge. Er sieht dir ähnlich. Was ist mit seinem Gesicht passiert?»

Ich wandte mich an Dharam. «Erzähl es ihm.»

Er blinzelte ein paarmal. Er überlegte.

«Ich bin vom Bus gefallen.»

Kluger Junge.

«Pass in Zukunft besser auf», sagte Mr Ashok. «Das ist doch toll, Balram – jetzt hast du Gesellschaft.»

Dharam war ein stiller kleiner Geselle. Er bat mich um nichts, er schlief dort auf dem Fußboden, wo ich es ihm befahl, er kümmerte sich um seine Angelegenheiten. Weil ich ein schlechtes Gewissen wegen meiner Ohrfeige hatte, nahm ich ihn mit ins Teehaus.

«Wer ist denn inzwischen euer Lehrer, Dharam? Immer noch Mr Krishna?»

«Ja, Onkel.»

«Stiehlt er immer noch das Geld für Uniformen und Essen?»

«Ja, Onkel.»

«Ein guter Mann.»

«Ich bin fünf Jahre hingegangen, dann meinte Großmutter Kusum, es sei genug.»

«Wollen wir mal sehen, was du in fünf Jahren gelernt hast. Kannst du die Achterreihe?»

«Ja, Onkel.»

«Dann mal los.»

«Acht mal eins ist acht.»

«Das ist leicht – was kommt dann?»

«Acht mal zwei ist sechzehn.»

«Moment.» Ich zählte es an den Fingern ab, um zu kontrollieren, ob er richtig lag. «In Ordnung. Weiter.»

«Bestell mir mal einen Tee, ja?» Weißflecklippe setzte sich neben mich. Er lächelte Dharam an.

«Bestell ihn doch selbst», antwortete ich.

Er schmollte. «Solltest du so mit mir reden, du Held der Arbeiterklasse?»

Dharam beobachtete uns aufmerksam, also sagte ich: «Dieser Junge kommt aus meinem Dorf. Aus meiner Familie. Ich unterhalte mich gerade mit ihm.»

«Acht mal drei ist vierundzwanzig.»

«Ist mir egal, wer das ist», sagte Weißflecklippe. «Bestell mir einen Tee, Held der Arbeiterklasse.»

Er hielt mir die Hand vors Gesicht – fünf Finger. Das hieß: *Ich will fünfhundert Rupien.*

«Ich habe nichts.»

«Acht mal vier ist zweiunddreißig.»

Er zog den Finger über die Kehle und grinste. *Dein Herr wird alles erfahren.*

«Wie heißt du denn, Junge?»

«Dharam.»

«Was für ein schöner Name. Weißt du, was er bedeutet?»

«Ja, Sir.»

«Weiß dein Onkel es auch?»

«Halt den Mund», sagte ich.

Es war die Tageszeit, da das Teehaus geputzt wurde. Einer der Spinnenmenschen warf einen nassen Lappen auf den Boden und kroch dann damit durch den Raum, wobei er eine wachsende Welle stinkenden schwarzen Wassers vor sich herschob.

Sogar die Mäuse flohen hastig. Die Gäste an den Tischen wurden nicht verschont – die trübe Brühe bespritzte auch sie im Vorbeischwappen. *Bidi*-Stummel, glänzende Plastikverpackungen, gelochte Busfahrkarten, Zwiebelwürfel und Korianderzweige trieben auf der Welle; das Spiegelbild der nackten Glühbirne funkelte aus dem Unrat wie ein gelber Edelstein.

Als das schwarze Wasser an mir vorbeifloss, sprach eine innere Stimme zu mir: *«Aber dein Herz ist noch viel schwärzer geworden, Munna.»*

In der Nacht wachte Dharam von meinem Gekreisch auf und kam ans Moskitonetz.

«Was ist los, Onkel?»

«Mach das Licht an, du Idiot! Das Licht an!»

Das tat er, und dann sah er mich gelähmt unterm Netz liegen: Ich konnte noch nicht mal mit dem Finger darauf zeigen. Ein dickleibiger grauer Gecko war von der Wand auf mein Bett gekrabbelt.

Dharam fing an zu grinsen.

«Ich mache keine Witze, du Trottel – nimm das aus meinem Bett!»

Er streckte die Hand durchs Netz, packte das Reptil und zertrat es.

«Schmeiß das weg, weit weg – raus aus dem Zimmer, raus aus dem Haus.»

Ich bemerkte seinen verwirrten Blick: *Ein erwachsener Mann wie mein Onkel Angst vor einer Eidechse?*

Gut, dachte ich, als er das Licht wieder ausknipste. *Der wird niemals vermuten, dass ich was im Schilde führe.*

Einen Augenblick später verging mir das Grinsen.

Was *führte* ich denn im Schilde?

Ich fing an zu schwitzen. Ich starrte die anonymen Handabdrücke im weißen Wandputz an.

Holz klackte auf Beton – der Nachtwächter von Buckingham B machte mit seinem langen Stock die Runden. Als das Klacken seines Stocks erstarb, war im Zimmer kein Laut mehr zu hören, bis auf das Summen der Kakerlaken, die herumflogen oder am Putz nagten. Wieder eine feuchtheiße, schwüle Nacht. Bestimmt schwitzten sogar die Schaben – ich jedenfalls konnte kaum atmen.

Als ich schon dachte, ich würde nie einschlafen, kam ich auf die Idee, mir immer wieder ein Verspaar vorzusagen.

Jahrelang habe ich den Schlüssel gesucht
Doch die Tür war immer offen

Und dann war ich eingeschlafen.

*

Ich hätte die Schablonenbilder an den Wänden sehen müssen – zwei Hände, die ihre Fesseln sprengten –, ich hätte den jungen Männern mit den roten Stirnbändern zuhören sollen, die von den Ladeflächen der Lastwagen brüllten – aber ich war so in meine eigenen Sorgen gehüllt, dass ich die bedeutsamen Ereignisse, die sich in meinem Lande abspielten, gar nicht bemerkte.

Zwei Tage später fuhr ich Mr Ashok mit Miss Uma zu den Lodi-Gärten; er verbrachte inzwischen immer mehr Zeit mit ihr. Ihre Romanze erblühte. Meine Nase gewöhnte sich an ihr Parfüm – ich musste nicht mehr niesen, wenn sie sich bewegte.

«Du hast es also immer noch nicht getan, Ashok? Wird es wieder genauso wie beim letzten Mal?»

«So einfach ist das nicht, Uma. Mukesh und ich haben uns schon deinetwegen gestritten. Ich werde mich durchsetzen.

Aber gib mir Zeit, ich muss erst mal über die Scheidung hinwegkommen – Balram, warum hast du die Musik so laut gestellt?»

«Ich mag es gern laut. Es ist so romantische Musik. Vielleicht hat er es absichtlich getan?»

«Hör zu: Es wird passieren. Vertrau mir. Es ist bloß ... Balram, warum machst du verdammt noch mal nicht leiser? Manchmal sind diese Leute aus der Finsternis so dämlich.»

«Das habe ich dir doch schon mal gesagt, Ashok.»

Sie senkte die Stimme.

Ich erlauschte die Worte «Ersatz», «Fahrer» und «einheimisch» auf Englisch.

Hast du dir schon mal überlegt, einen Ersatzfahrer zu suchen – einen Einheimischen?

Er murmelte eine Antwort.

Ich konnte kein Wort verstehen. Aber das musste ich auch nicht.

Ich schaute in den Rückspiegel: Ich wollte ihm von Mann zu Mann ins Auge sehen. Aber er wich meinem Blick aus. Wollte mir nicht in die Augen schauen.

Ich kann Ihnen sagen, da konnte man meine Zähne knirschen hören. Und ich hatte gedacht, ich führte mit ihm was im Schilde! *Er* führte mit *mir* was im Schilde! Die Reichen sind uns immer einen Schritt voraus – stimmt's?

Na, diesmal nicht. Für jeden seiner Schritte würde ich zwei machen.

Draußen auf der Straße saß ein Straßenhändler neben einem Stapel in Plastikfolie gewickelter Motorradhelme, die aussahen wie eine Pyramide aus abgeschlagenen Köpfen.

Kurz vor den Gärten war die Straße plötzlich in alle Richtungen blockiert. Vor uns stand eine Reihe Lastwagen voller Männer, die alle schrien:

«Hoch lebe der Große Sozialist! Hoch lebe die Stimme der Armen Indiens!»

«Was zum Teufel ist da draußen los?»

«Hast du heute keine Nachrichten gesehen, Ashok? Die Wahlresultate werden bekannt gegeben.»

«Scheiße», sagte er. «Balram, mach Enya aus und das Radio an.»

Die Stimme des Großen Sozialisten war zu hören. Er wurde von einem Radioreporter interviewt.

«Die Wahl zeigt, dass die Armen sich nicht ignorieren lassen. Die Finsternis wird nicht schweigen. Aus unseren Leitungen fließt kein Wasser, aber was gebt ihr Leute aus Delhi uns? Mobiltelefone. Kann man sein Handy trinken, wenn man Durst hat? Die Frauen laufen jeden Morgen meilenweit, um einen Eimer sauberes –»

«Wollen Sie indischer Premierminister werden?»

«Stellen Sie mir nicht solche Fragen. Ich habe keinerlei persönlichen Ehrgeiz. Ich bin nur die Stimme der Armen und Entrechteten.»

«Aber Sir, Sie müssen doch sicherlich –»

«Gestatten Sie mir dazu eine letzte Bemerkung. Ich habe immer nur ein Indien gewollt, in dem jeder Junge aus jedem Dorf davon träumen konnte, eines Tages Premierminister zu werden. Aber wie ich schon sagte, jeden Morgen laufen Frauen aus den Dörfern meilenweit …»

Nach Angaben aus dem Radio hatte die Regierungspartei eine vernichtende Wahlschlappe erlitten. Ein neues Parteienbündnis war an die Macht gekommen, zu dem auch die Partei des Großen Sozialisten gehörte. Er hatte einen großen Teil der Stimmen aus der Finsternis bekommen. Auf dem Rückweg nach Gurgaon sahen wir Horden seiner Anhänger, die aus der Finsternis in die Stadt strömten. Sie fuhren, wohin es ihnen gefiel, taten, was sie wollten, und pfiffen allen Frauen nach, die ihnen vor die Nase liefen. Delhi war überrannt worden.

Mr Ashok ließ den Rest des Tages nicht mehr nach mir rufen; erst am Abend kam er herunter und sagte, er wolle zum Imperial Hotel. Die ganze Zeit hing er am Handy, tippte Nummern und schrie ins Telefon:

«Wir sitzen *total* in der Scheiße, Uma. Darum hasse ich dieses Geschäft so. Wir sind völlig abhängig von der Gnade dieser …»

«Schrei mich nicht an, Mukesh. *Du* hast mir doch gesagt, die Wahl sei sowieso schon gelaufen. Ja, du! Und jetzt kommen wir nie wieder aus dieser Einkommenssteuersache raus.»

«Ist ja gut, ich mach's ja, Vater! Ich bin schon auf dem Weg zum Imperial, und da treffe ich ihn!»

Er telefonierte immer noch, als ich ihn am Imperial Hotel absetzte. Zweiundvierzig Minuten verstrichen, dann kam er mit zwei Männern wieder heraus. Er beugte sich zum Seitenfenster und sagte: «Tu alles, was sie verlangen, Balram. Ich nehme mir ein Taxi. Wenn sie fertig sind, kommst du mit dem Wagen zurück zum Buckingham.»

«Ja, Sir.»

Die beiden Männer klopften ihm auf die Schultern; er verbeugte sich und hielt ihnen selbst die Türen auf. Wenn er ihnen so in den Arsch kroch, mussten es Politiker sein.

Die beiden stiegen ein. Mein Herz begann laut zu klopfen. Der Rechte war der Held meiner Kindheit – Vijay, der Sohn des Schweinehirten aus Laxmangarh, der erst Busfahrer, dann Politiker geworden war. Er hatte wieder einmal die Uniform gewechselt: Jetzt trug er den gepflegten Anzug mit Krawatte des modernen indischen Geschäftsmannes.

Er wies mich an, zur Ashoka Road zu fahren; dann wandte er sich an seinen Begleiter und sagte: «Endlich hat mir der Schwesternficker sein Auto gegeben.»

Der andere grunzte. Dann ließ er das Fenster herunter und spuckte aus. «Jetzt weiß er, dass er uns Respekt erweisen muss, was?»

Vijay gluckste vergnügt. Dann fragte er lauter: «Hast du was zu trinken im Wagen, Junge?»

Ich drehte mich um. In seinen schwarz vergammelten Backenzähnen saßen dicke Goldbrocken.

«Ja, Sir.»

«Lass mal sehen.»

Ich machte das Handschuhfach auf und reichte ihm die Flasche.

«Guter Stoff. Johnnie Walker Black. Hast du auch Gläser, Junge?»

«Ja, Sir.»

«Und Eis?»

«Nein, Sir.»

«Macht nichts. Trinken wir ihn pur. Schenk ein, Junge.»

Das tat ich und hielt den Honda City dabei mit der Linken auf Kurs. Sie nahmen mir die Gläser ab und tranken den Whisky, als wäre es Zitronensaft.

«Wenn er es nicht rausrückt, lass es mich wissen. Dann schicke ich ein paar von den Jungs rüber, um ein bisschen mit ihm zu reden.»

«Nein, keine Sorge. Sein Vater hat letztlich immer gezahlt. Dieser Sohn ist in Amerika gewesen und hat deshalb bloß Scheiße im Kopf. Aber letzten Endes wird er auch bezahlen.»

«Wie viel?»

«Sieben. Ich wäre ja schon mit fünf zufrieden gewesen, aber der Schwesternficker hat mir von sich aus sechs angeboten – er ist eben nicht der Hellste –, also habe ich sieben gesagt, und er hat eingewilligt. Ich habe ihm gesagt, wenn er nicht zahlt, dann mache ich ihn und seinen Vater und seinen Bruder und ihren ganzen Laden mit dem Kohlenklau und der Steuerhinterziehung so richtig fertig. Da fing er an zu schwitzen. Ich weiß, er wird bezahlen.»

«Bist du ganz sicher? Ich würde ihm zu gern ein paar Jungs rüberschicken. Ich finde das zu schön, wenn ein Reicher vermöbelt wird. Besser als eine Erektion.»

«Da kommen noch mehr. Dieser lohnt nicht die Mühe. Er hat gesagt, Montag bringt er das Geld. Wir machen die Übergabe im Sheraton. Das hat ein gutes Restaurant im Souterrain. Ganz ruhiger Laden.»

«Gut. Dann kann er uns auch gleich zum Essen einladen.»

«Versteht sich von selbst. Da gibt es richtig tolle Kebabs.»

Einer der beiden gurgelte mit dem Scotch, schluckte ihn dann, rülpste und sog Luft durch die Zähne.

«Weißt du, was das Beste an diesen Wahlen ist?»

«Was denn?»

«Wie weit wir in den Süden vorgedrungen sind. Wir haben auch in Bangalore einen Fuß in der Tür. Und du weißt ja, da liegt die Zukunft.»

«Im Süden? So ein Quatsch.»

«Wieso denn nicht? Jedes dritte neue Bürogebäude Indiens wird in Bangalore gebaut. Das *ist* die Zukunft.»

«Scheiß drauf. Ich glaube kein Wort davon. Im Süden leben lauter Tamilen. Und weißt du, was Tamilen sind? Neger. Wir sind die Söhne der Arier, die Indien besiedelt haben. Wir haben sie zu Sklaven gemacht. Und jetzt wollen sie uns Vorträge halten. *Neger*.»

«Junge» – Vijay beugte sich mit seinem Glas nach vorn –, «noch einen für mich.»

An jenem Abend schenkte ich ihnen die ganze Flasche ein.

Gegen drei Uhr morgens fuhr ich den Honda City zurück zur Wohnung in Gurgaon. Mein Herz schlug so schnell, dass ich gar nicht gleich aus dem Auto steigen wollte. Ich wusch und wischte alles dreimal hintereinander. Die Flasche lag auf dem Wagenboden. Johnnie Walker Black – sogar eine leere Flasche ist auf dem Schwarzmarkt noch was wert. Ich hob sie auf und ging zum Dienerschlafsaal.

Weißflecklippe hätte sicher nichts dagegen, für einen Johnnie Walker Black geweckt zu werden.

Beim Gehen ließ ich die Flasche kreisen, spürte ihr Gewicht am Handgelenk. Sogar leer war sie noch ziemlich schwer.

Ich merkte, dass meine Schritte langsamer wurden und die Flasche sich immer schneller drehte.

Jahrelang habe ich den Schlüssel gesucht …

Das Klirren der Flasche hallte durch die Tiefgarage – das Geräusch musste bis ins Foyer gedrungen, als Echo durch alle Stockwerke geprallt sein, bis hinauf zum dreizehnten.

Ich wartete einige Minuten, dass jemand heruntergelaufen kam.

Niemand. Ich war auf der sicheren Seite.

Ich hielt den Rest der Flasche hoch ins Licht. Lange, grausame Splitterkrallen.

Perfekt.

Mit dem Fuß schob ich die Scherben der Flasche zusammen, die um mich herumlagen. Ich wischte mir das Blut von der Hand, fand einen Besen und fegte alles sauber. Dann kniete ich mich hin und suchte alles nach übersehenen Scherben ab; durch die Tiefgarage hallte wieder und wieder der Vers eines Gedichts:

Doch die Tür war immer offen.

Dharam schlief auf dem Boden. Kakerlaken krabbelten um seinen Kopf herum. Ich schüttelte ihn wach und sagte: «Leg dich unters Moskitonetz.» Er kroch schläfrig aufs Bett; ich legte mich auf den Boden und trotzte den Kakerlaken. Ich hatte immer noch Blut an der Handfläche; drei kleine Tropfen saßen auf meiner Haut wie Marienkäfer auf einem Blatt. Ich lutschte wie ein kleines Kind an meiner Handfläche und schlief ein.

Am Sonntagmorgen wollte Mr Ashok nirgendwohin gefahren werden. Ich wusch in der Küche ab, wischte den Kühlschrank sauber und sagte: «Ich würde mir gern den Vormittag freinehmen, Sir.»

«Warum?», fragte er und ließ die Zeitung sinken. «Du hast noch nie um einen ganzen freien Vormittag gebeten. Was hast du denn vor?»

Und Sie haben mich noch nie gefragt, wo ich hingehe, wenn ich das Haus verlasse. Was hat Miss Uma bloß mit Ihnen angestellt?

«Ich möchte ein bisschen Zeit mit dem Jungen verbringen, Sir. Im Zoo. Ich dachte, er würde sicher gern mal die ganzen Tiere sehen.»

Er lächelte. «Du bist ein anständiger Familienmensch, Balram. Na sicher, amüsier dich mit dem Jungen.» Er wandte sich wieder der Zeitung zu – aber ich bemerkte ein verschlagenes Blitzen in seinen Augen, als er sie über die englischen Worte schweifen ließ.

Als wir aus dem Buckingham Towers Block B traten, sagte ich Dharam, er solle einen Moment auf mich warten, ging zurück und beobachtete den Eingang. Eine halbe Stunde verging, dann kam Mr Ashok ins Foyer herunter. Ein kleiner, dunkelhäutiger Mann – aus der Dienerschicht – war zu ihm gekommen. Mr Ashok unterhielt sich eine Weile mit ihm, dann verbeugte sich der kleine Mann und ging. Die beiden machten den Eindruck, als hätten sie gerade eine Vereinbarung getroffen.

Ich ging zum wartenden Dharam. «Na los, gehen wir!»

Wir nahmen den Bus zum Alten Fort, wo sich der Nationalzoo befindet. Ich legte Dharam die Hand auf den Kopf und ließ sie die ganze Zeit dort liegen – er muss das für ein Zeichen meiner Zuneigung gehalten haben, doch ich tat es nur, damit die Hand nicht zitterte, das hatte sie nämlich den ganzen Morgen schon, wie der abgeworfene Schwanz einer Eidechse.

Der erste Schlag musste meiner sein. Jetzt war alles bereit, nichts konnte mehr schiefgehen – aber ich habe Ihnen ja schon erzählt, ich bin kein mutiger Mensch.

Der Bus war voll, wir mussten beide die ganze Fahrt stehen. Wir schwitzten wie die Schweine. Ich hatte ganz vergessen, wie eine Busfahrt im Sommer sich anfühlt. Als wir an einer Ampel hielten, fuhr ein Mercedes neben den Bus. Der Chauffeur grinste hinter der geschlossenen Scheibe aus seinem kühlen Ei und zeigte uns seine roten Zähne.

Vorm Kartenschalter des Zoos stand eine lange Schlange. Viele Familien wollten hinein, und das konnte ich verstehen. Was mich jedoch verwirrte, waren die vielen jungen Männer und Frauen, die Hand in Hand in den Zoo gingen: Sie kicherten, kniffen einander, machten sich schöne Augen, als wäre es im Zoo romantisch. Das war mir ein Rätsel.

Sie wissen ja, Herr Ministerpräsident, dass jeden Tag Tausende von Ausländern auf der Suche nach Erleuchtung in mein Land fliegen. Sie fahren zum Himalaja, nach Benares oder nach Bodhgaya. Sie zwingen sich in eigenartige Yogastellungen, rauchen Haschisch, schlafen mit ein oder zwei *Sadhus* und meinen, so könnten sie erleuchtet werden.

Ha!

Wenn ihr der Erleuchtung wegen nach Indien kommt, Leute, dann vergesst den Ganges, vergesst die Aschrams, fahrt geradewegs zum Nationalzoo im Herzen Delhis.

Dharam und ich sahen die Buntstörche mit ihren goldenen Schnäbeln auf Palmen inmitten eines künstlichen Sees sitzen. Sie stießen aufs grüne Wasser hinab und zeigten uns die Spuren von Rosa an ihren Schwingen. Im Hintergrund sah man die verfallenen Mauern des Alten Forts.

Der große Dichter Iqbal hatte so recht. Sobald man das Schöne in dieser Welt sehen kann, hört man auf, Sklave zu sein. Zum Teufel mit den Naxaliten und ihren aus China eingeschmuggelten Waffen. Würde man jeden armen Jungen Zeichnen und Malen lehren, es wäre das Ende der Reichen in Indien.

Ich achtete darauf, dass Dharam die prachtvoll steigende und fallende Silhouette des Forts angemessen würdigte – wie sich die Schießscharten mit blauem Himmel füllten, wie die alten Steine im Licht glitzerten.

Eine halbe Stunde lang gingen wir von einem Käfig zum anderen, ohne miteinander zu reden, wie ein echtes städtisches Ehepaar. Das Flusspferd lag in einem großen Schlammtümpel; Dharam wollte das Gleiche tun wie andere Jungen – einen Stein nach ihm werfen, damit es sich bewegte –, aber ich sagte ihm, das sei grausam. Flusspferde liegen im Schlamm und tun nichts – das ist ihre Art.

Lass Tiere wie Tiere leben und Menschen wie Menschen. Das ist meine Lebensphilosophie in einem Satz zusammengefasst.

Ich sagte Dharam, wir müssten gehen, aber er verzog das Gesicht und bettelte. «Noch fünf Minuten, Onkel.»

«Na gut, fünf Minuten.»

Wir kamen zu einem Gehege mit hohen Bambusgitterstäben, und durch die Zwischenräume sah man ihn schnurgerade hin und her laufen – einen Tiger.

Nicht *irgendeinen* Tiger.

Das Lebewesen, das in jeder Generation im Dschungel nur einmal auftaucht.

Ich sah ihn hinter den Bambusstäben gehen. Schwarze Streifen und von der Sonne beschienenes weißes Fell blitzten durch die dunklen Gitter; es sah aus wie die langsam laufenden Filmrollen eines alten Schwarz-Weiß-Streifens. Er beschritt immer dieselbe Linie, hin und her, immer wieder – vom einen Ende des Bambusgitters zum anderen, dann drehte er sich um und wiederholte den Gang im genau gleichen Tempo, als stünde er unter einem Zauberbann.

Doch mit diesen Bewegungen hypnotisierte er bloß sich selbst – nur so konnte er den Käfig ertragen.

Dann hörte das Wesen hinter den Gitterstäben auf, sich zu bewegen. Es wandte sein Gesicht in meine Richtung. Der Blick des Tigers traf meinen, so wie der Blick meines Herrn den meinen oft genug im Rückspiegel getroffen hat.

Und auf einmal verschwand der Tiger.

Ein Kribbeln wanderte vom Ende meines Rückgrats nach vorn in meine Lenden. Meine Knie fingen an zu zittern; ich fühlte mich ganz leicht. Eine Frau in meiner Nähe schrie: «Er rollt die Augen! Gleich fällt er in Ohnmacht!» Ich wollte ihr antworten: «Das stimmt nicht! Ich falle nicht in Ohnmacht!» Ich wollte allen zeigen, dass es mir gut ging, doch meine Füße versagten mir den Dienst. Der Boden unter mir begann zu beben. Jemand grub sich auf mich zu: Dann wühlten sich Pranken aus der Erde, krallten sich in mein Fleisch und zerrten mich in den dunklen Grund.

Mein letzter Gedanke, bevor alles schwarz wurde: *Jetzt* verstand ich das ganze Schmusen und Schwärmen – *jetzt* verstand ich, warum Liebende in den Zoo gingen.

Am Abend saßen Dharam und ich in meinem Zimmer auf dem Fußboden, ich legte blaues Briefpapier vor ihn hin und drückte ihm einen Kugelschreiber in die Hand.

«Ich möchte mal sehen, wie gut du Briefe schreiben kannst, Dharam. Ich möchte, dass du Großmutter schreibst, was heute im Zoo passiert ist.»

Er schrieb es in seiner langsamen, schönen Schrift nieder. Er erzählte ihr von den Flusspferden, den Schimpansen und den Zackenhirschen.

«Erzähl ihr vom Tiger.»

Er zögerte und schrieb dann: *Wir haben einen Weißen Tiger im Käfig gesehen.*

«Erzähl ihr alles.»

Er sah mich an und schrieb: *Onkel Balram ist vor dem Käfig des Weißen Tigers in Ohnmacht gefallen.*

«Oder noch besser – ich diktiere, und du schreibst es auf.»

Zehn Minuten lang schrieb er meine Worte auf, so schnell, dass der Stift vor lauter Tinte ganz schwarz und klebrig wurde – er hörte auf zu schreiben, wischte die Spitze an seinen Haaren ab und schrieb weiter. Am Ende las er noch einmal vor, was er geschrieben hatte:

Ich rief die Umstehenden zusammen, und wir trugen Onkel Balram unter einen Banyanbaum. Jemand goss ihm Wasser ins Gesicht. Die Menschen gaben dem Onkel ein paar heftige Ohrfeigen, bis er aufwachte. Dann sagten sie zu mir: «Dein Onkel redet irre – er verabschiedet sich von seiner Großmutter. Er denkt bestimmt, er muss sterben.» Jetzt hatte Onkel Balram die Augen auf. «Alles in Ordnung, Onkel?», fragte ich. Er nahm meine Hand und sagte: «Es tut mir leid, es tut mir leid, es tut mir so leid.» Ich fragte: «Was tut dir leid?» Und er antwortete: «Ich kann den Rest meines Lebens nicht im Käfig verbringen, Großmutter. Es tut mir sehr leid.» Wir fuhren mit dem Bus nach Gurgaon zurück und aßen im Teehaus zu Mittag. Es war sehr heiß, und wir schwitzten sehr. Und das ist alles, was heute passiert ist.

«Danach kannst du ihr noch schreiben, was du willst, und steck den Brief morgen ein, sobald ich mit dem Auto wegfahre – aber nicht vorher. Verstanden?»

*

Den ganzen Morgen regnete es, ein leichter, aber hartnäckiger Niederschlag. Ich hörte ihn, konnte ihn aber nicht sehen. Ich ging zum Honda City, steckte das Räucherstäbchen an seinen Platz, wischte die Sitze ab, die Magnetbilder, und schlug dem Kobold ins Gesicht. Vor den Fahrersitz warf ich ein Bündel. Ich machte alle Türen zu und verriegelte den Wagen.

Dann trat ich zwei Schritte zurück und verneigte mich mit zusammengelegten Händen tief vor ihm.

Ich ging zu Dharam, um zu sehen, was er trieb. Er sah einsam aus, darum faltete ich ihm ein Boot aus Papier, das wir in der Gosse vor dem Gebäude schwimmen ließen.

Nach dem Mittagessen rief ich Dharam in mein Zimmer.

Ich legte ihm die Hände auf die Schultern und drehte ihn langsam herum, bis er mir den Rücken zuwandte. Dann warf ich eine Rupie zu Boden.

«Bück dich und heb die Münze auf.»

Das tat er, und ich beobachtete ihn. Dharam kämmte sein Haar genau wie Mr Ashok – einen Mittelscheitel; wenn man sich über ihn beugte, sah man eine deutliche weiße Linie längs über dem Schädel, die bis zu dem Punkt am Hinterkopf führte, von dem alle Haare ausgehen.

«Stell dich gerade hin.»

Ich drehte ihn einmal im Kreis. Wieder ließ ich die Rupie fallen.

«Heb sie noch einmal auf.»

Ich schaute auf den Fleck.

Ich wies ihn an, sich in eine Zimmerecke zu setzen und auf mich aufzupassen. Dann setzte ich mich unter meinem Moskitonetz aufs Bett, kreuzte die Beine, schloss die Augen, legte die Handflächen auf die Knie und atmete ein.

Ich weiß nicht, wie lange ich so wie der Buddha saß, jedenfalls so lange, bis ein Diener hereinrief, ich würde am Eingang erwartet. Ich schlug die Augen auf – Dharam saß in einer Zimmerecke und beobachtete mich.

«Komm her», sagte ich – ich nahm ihn in den Arm und steckte ihm zehn Rupien in die Tasche. Die würde er brauchen.

«Balram, du kommst zu spät! Der Summer spielt schon verrückt!»

Ich ging zum Wagen, steckte den Schlüssel ins Zündschloss und ließ den Motor an. Mr Ashok stand mit Schirm und Handy am Eingang. Als er einstieg und die Tür zuknallte, sprach er ins Telefon.

«Ich kann das immer noch nicht glauben. Die Menschen in diesem Land hatten die Gelegenheit, eine effiziente Regierungspartei wiederzuwählen, und stattdessen entscheiden sie sich für eine unfassbar bodenlose Bande von Gangstern. Wir verdienen es nicht –» Er legte das Handy einen Augenblick zur Seite und sagte: «Zuerst in die Stadt, Balram – ich sage dir gleich, wohin» – und nahm das Telefonat wieder auf.

Die Straßen waren schmierig von Schlamm und Wasser. Ich fuhr langsam.

«… parlamentarische Demokratie, Vater. Der einzige Grund, wieso wir China nie einholen werden.» Ich fuhr langsam.

Der erste Halt war mitten in der Stadt – an einer der üblichen Banken. Er nahm die rote Tasche und ging hinein und drückte die Tasten des Geldautomaten. Als er zurückkehrte, spürte ich, die rote Tasche war schwerer geworden. Wir fuhren von einer Bank zur anderen, und das Gewicht der roten Tasche nahm zu. Ich spürte den zunehmenden Druck weit unten im Rücken – als hätte ich Mr Ashok und seine Tasche nicht hinten im Wagen sitzen, sondern – so wie mein Vater früher – in einer Rikscha.

Siebenhunderttausend Rupien.

Das reichte für ein Haus. Ein Motorrad. Und einen kleinen Laden. Ein neues Leben.

Meine siebenhunderttausend Rupien.

«Und jetzt zum Sheraton, Balram.»

«Ja, Sir.»

Ich drehte den Zündschlüssel – ließ den Wagen an, legte den Gang ein. Wir fuhren.

«Leg Sting ein, Balram. Aber nicht zu laut.»

«Ja, Sir.»

Ich legte die CD ein. Die Stimme Stings war zu hören. Das Auto nahm Fahrt auf. Kurze Zeit später fuhren wir an der berühmten Bronzestatue von Gandhi vorbei, der seine Anhänger aus der Finsternis ins Licht führt.

Jetzt wurde die Straße leerer. Leichter Regen fiel. Wenn wir in dieser Richtung weiterfuhren, würden wir zum Hotel gelangen – zum prächtigsten von allen in dieser Hauptstadt meines Landes, zu dem Hotel, wo auch Staatsgäste wie Sie sich immer einquartieren. Aber Delhi ist eine Stadt, in der die Zivilisation innerhalb von fünf Minuten auftauchen und wieder verschwinden kann. Im Augenblick war rechts und links von uns nichts als Schutt und Wildnis zu sehen.

Im Rückspiegel sah ich, dass er nur für sein Handy Augen hatte. Dessen blauer Schein erhellte sein Gesicht. Ohne aufzusehen, fragte er mich: «Was ist los, Balram? Warum haben wir angehalten?»

Ich berührte die Magnetbilder der Göttin Kali, damit sie mir Glück brachten, und öffnete dann das Handschuhfach. Da lag sie – die zerbrochene Flasche mit ihren gläsernen Krallen.

«Irgendwas stimmt nicht mit einem Rad, Sir. Ich brauche bloß ein paar Minuten.»

Noch bevor ich die Wagentür berühren konnte, ging sie auf, das schwöre ich. Schon stand ich draußen im Nieselregen.

Überall war weicher schwarzer Schlamm. Ich tappte durch Matsch und Regenwasser und kauerte mich neben das linke

Hinterrad, das der Straße abgewandt war. Auf einer Seite stand ein großes Gebüsch, dahinter erstreckte sich Brachland.

So leer war die Straße noch nie. Ich hätte schwören können, das sei extra für mich so arrangiert worden.

Das einzige Licht im Wagen war das blaue Leuchten seines Handys. Ich klopfte mit dem Finger an die Scheibe. Er wandte sich zu mir, ohne das Fenster herunterzulassen.

Ich formte mit den Lippen die Worte: «Wir haben ein Problem, Sir.»

Er ließ das Fenster nicht herunter; er stieg nicht aus. Er spielte mit seinem Handy: drückte auf die Tasten und grinste. Bestimmt schrieb er eine Botschaft an Miss Uma.

Meine Lippen drückten sich ans nasse Glas und grinsten.

Er ließ das Handy los. Ich schlug mit der Faust gegen seine Scheibe. Mit ärgerlicher Miene ließ er das Fenster herunter. Stings sanfte Stimme drang ins Freie.

«Was ist denn, Balram?»

«Sir, könnten Sie wohl aussteigen, es gibt ein Problem.»

«Was für ein Problem?»

Sein Körper wollte sich einfach nicht rühren! Er wusste Bescheid – der Körper –, doch der Geist war zu dumm, etwas zu merken.

«Das Rad, Sir. Ich brauche Ihre Hilfe. Es steckt im Schlamm fest.»

Just in diesem Moment blendeten mich Scheinwerfer: Ein Auto kam auf uns zu. Mein Herz setzte kurz aus. Doch es fuhr einfach vorbei und spritzte mir schlammiges Wasser vor die Füße.

Er legte eine Hand auf den Türgriff und wollte schon aussteigen, doch irgendein Selbstschutzinstinkt hielt ihn zurück.

«Es regnet, Balram. Meinst du nicht, dass wir Hilfe holen sollten?»

Er wand sich und rückte wieder von der Tür weg.

«Aber nein, Sir. Glauben Sie mir. Steigen Sie aus.»

Immer noch wand er sich – sein Körper schob sich, so weit es ging, von mir weg. *Ich verliere ihn wieder,* dachte ich, und deshalb sah ich mich gezwungen, etwas zu tun, was ich mir nicht verzeihen würde, wofür ich mich noch Jahre später hassen würde, das wusste ich. Ich wollte das *wirklich* nicht – ich wollte wirklich nicht, dass er mich für *so* einen Fahrer hielt, nicht mal in den zwei oder drei Minuten, die er noch zu leben hatte – so einen Fahrer, der seinen Herrn erpresst –, aber er hatte mir keine Wahl gelassen:

«Er macht seit dem Abend Probleme, als wir in das Hotel in Jangpura gefahren sind.»

Sofort sah er von seinem Handy auf.

«Das mit dem großen Neon-T. Sie erinnern sich doch, Sir? Seit dem Abend ist mit dem Auto nichts mehr wie vorher.»

Sein Mund ging auf, dann wieder zu. Er denkt: *Erpressung?* Oder eine ganz unschuldige Anspielung auf die Vergangenheit? Gib ihm keine Zeit zum Überlegen.

«Steigen Sie bitte aus, Sir. Vertrauen Sie mir.»

Er legte das Handy auf den Sitz und gehorchte mir. Das blaue Leuchten der Telefonanzeige erfüllte eine Sekunde lang das dunkle Wageninnere – dann ging es aus.

Er machte die Tür auf der anderen Wagenseite auf und stieg zur Straße hin aus. Ich kniete mich hin und versteckte mich hinter dem Wagen.

«Kommen Sie hier rüber, Sir. Auf dieser Seite ist der kaputte Reifen.»

Er kam vorsichtig durch den Schlamm zu mir getappt.

«Dieser hier ist es, Sir – und seien Sie vorsichtig, da liegt eine kaputte Flasche auf dem Boden.» Am Straßenrand lag so viel Müll, dass sie dazwischen ganz natürlich wirkte.

«Moment, ich schmeiße sie weg. Dieser Reifen ist es, Sir. Bitte, schauen Sie ihn sich mal an.»

Er kniete sich hin. Ich ragte über ihm auf, die Flasche mit angewinkeltem Arm hinterm Rücken verborgen.

So unter mir war sein Schädel nur noch eine schwarze Kugel – und in dem Schwarz sah ich eine dünne weiße Kopfhautlinie, die wie der Mittelstrich einer Straße zu dem Fleck am Hinterkopf führte – dem Punkt, von dem aus die Haare eines Menschen wachsen.

Die schwarze Kugel bewegte sich; er kniff die Augen zusammen, um sie vor dem Nieselregen zu schützen, und sah zu mir auf.

«Sieht ganz in Ordnung aus.»

Ich stand ganz still, wie ein Schuljunge, der vom Lehrer erwischt worden ist. Ich dachte: *Sein Grundbesitzerhirn hat es doch begriffen. Jetzt steht er gleich auf und schlägt mir ins Gesicht.*

Aber welchen Sinn hat es, eine Schlacht zu gewinnen, wenn man nicht mal weiß, dass Krieg herrscht?

«Na, du weißt mehr über dieses Auto als ich, Balram. Ich schaue ihn mir noch mal an.»

Wieder nahm er den Reifen in Augenschein. Wieder sah ich die schwarze Straße mit dem weißen Mittelstrich vor mir, die zum Scheitelpunkt führte.

«Doch, es gibt ein Problem, Sir. Sie hätten schon längst Ersatz finden sollen.»

«Na gut, Balram.» Er fasste den Reifen an. «Aber ich glaube wirklich, wir –»

Ich rammte die Flasche abwärts. Das Glas fraß seine Knochen. Dreimal rammte ich sie in seinen Schädel und schlug ihn durch bis zum Hirn. Eine gute, solide Flasche, die Johnny Walker Black Label, ist ihren Wiederverkaufspreis wert.

Der entgeisterte Körper fiel in den Schlamm. Ein Zischen

drang aus seinen Lippen, wie Luft, die aus einem Reifen entweicht.

Auch ich fiel zu Boden – meine Hand zitterte, die Flasche fiel mir aus den Fingern, ich musste sie mit der Linken wieder aufheben. Das Ding mit den zischenden Lippen stemmte sich auf Hände und Knie hoch; es kroch im Kreis herum, als suchte es jemanden, der es beschützen sollte.

Warum habe ich ihn nicht einfach gefesselt und geknebelt ins Gebüsch geworfen, wo er sich stundenlang nicht hätte rühren können, während ich entfloh? Eine gute Frage – über die ich nachts oft nachdenke, wenn ich an meinem Schreibtisch sitze und den Kronleuchter betrachte.

Die erste mögliche Antwort lautet, dass er sich jederzeit erholen, sich aus seinen Fesseln befreien und die Polizei rufen konnte. Also musste ich ihn umbringen.

Die zweite mögliche Antwort lautet, dass seine Familie meiner Familie so furchtbare Dinge antun würde: Ich nahm bloß im Voraus Rache.

Die zweite Antwort gefällt mir besser.

Ich stellte den Fuß auf das kriechende Ding und drückte es platt auf den Boden. Dann ging ich auf die Knie, um den nächsten Handgriff aus der richtigen Höhe tun zu können. Ich drehte den Körper um, sodass er mich ansah. Ich stützte ihm das Knie auf die Brust. Ich öffnete den Kragenknopf und rieb mit der Hand übers Schlüsselbein, um die richtige Stelle zu finden.

Als kleiner Junge in Laxmangarh spielte ich oft mit dem Körper meines Vaters, und die Verbindung von Hals und Körper, wo alle Sehnen und Adern so deutlich hervorstehen, war immer meine Lieblingsstelle. Wenn ich meinen Vater dort berührte, an der Kehlengrube, dann hatte ich ihn unter Kontrolle – mit einem Fingerdruck konnte ich seinen Atem stoppen.

Der Sohn des Storchs öffnete die Augen – gerade als ich seinen Hals durchbohrte –, und sein Lebenssaft spritzte mir in die Augen.

Ich war blind. Ich war ein freier Mann.

Als ich mir das Blut aus den Augen gewischt hatte, war für Mr Ashok alles vorbei. Das Blut strömte ihm sehr rasch aus dem Hals – ich glaube, so töten die Moslems ihre Hühner.

Aber ich kann Ihnen versichern, an Tuberkulose zu sterben ist viel schlimmer.

Nachdem ich die Leiche ins Gebüsch gezerrt hatte, steckte ich mein Gesicht und meine Hände in eine schlammige Pfütze. Ich nahm Papiertücher aus der vergoldeten Kiste und wischte sie sauber. Dann nahm ich das Bündel aus dem Fußraum – das weiße Baumwoll-T-Shirt, auf dem nur ein englisches Wort stand – und zog es anstelle des schmutzigen über. Ich machte alle Magnetbilder der Göttin ab und warf sie auf Mr Ashoks Leiche – womöglich konnten sie ja seiner Seele in den Himmel helfen.

Dann stieg ich wieder in den Wagen, ließ den Motor an, trat aufs Gas und machte mit dem Honda City, dem besten aller Autos, dem treuesten Gefährten, eine letzte Fahrt. Da ich allein im Wagen saß, streckte ich die Linke aus, um Sting abzustellen – dann hielt ich inne und entspannte mich.

Von nun an konnte ich Musik hören, so viel und so lange ich wollte.

Als ich dreiunddreißig Minuten später im Bahnhof stand, kreiselten die bunten Räder der Wahrsageautomaten. Ich stand davor, betrachtete das Blinken und Wirbeln und überlegte: *Soll ich zurückfahren und Dharam holen?*

Wenn ich ihn dort ließ, würde die Polizei ihn mit Sicherheit als Komplizen verhaften. Sie würden ihn zu einer Horde Wilder ins Gefängnis stecken – und Sie wissen ja, was kleinen Jungs passiert, wenn man sie in eine solche Grube wirft, Sir.

Wenn ich andererseits den ganzen Weg bis Gurgaon zurückfuhr, könnte in der Zwischenzeit jemand die Leiche entdecken … und dann wäre all dies (ich packte die rote Tasche fester) umsonst gewesen.

Von meiner Unentschiedenheit niedergedrückt, hockte ich mich auf den Bahnhofsboden. Neben mir hörte ich es quieken. Ein großer Plastikeimer rollte herum wie ein lebendiges Wesen: Dann streckte sich ein grinsendes schwarzes Gesicht heraus. Ein kleines Wesen, ein Baby. Ein verschmutztes obdachloses Paar saß rechts und links vom Eimer, beide starrten ausdruckslos in die Ferne. Zwischen seinen müden Eltern amüsierte der kleine Junge sich königlich, spielte mit dem Wasser im Eimer, bespritzte Passanten damit. «Lass das, Kleiner», sagte ich. Er spritzte weiter und quietschte jedes Mal vor Freude, wenn er mich traf. Ich hob die Hand. Er duckte sich in seinen Eimer und spritzte von drinnen weiter.

Ich suchte in den Hosentaschen nach einer Rupie. Als ich eine Münze fand, prüfte ich, ob es auch nicht etwa zwei Rupien waren, dann rollte ich sie in Richtung Eimer.

Dann seufzte ich, stand auf, verfluchte mich selbst und verließ den Bahnhof.

Dein Glückstag, Dharam.

DIE SIEBTE NACHT

Können Sie das hören, Mr Jiabao? Ich stelle es mal ein bisschen lauter.

Der Gesundheitsminister stellte heute seinen Plan zur Ausrottung der Malaria in Bangalore bis zum Ende des Jahres vor. Er hat alle Verantwortlichen in der Stadtverwaltung angewiesen, ohne Urlaub und Unterbrechung zu arbeiten, bis die Malaria der Vergangenheit angehört. Zur Ausrottung der Malaria werden fünfundvierzig Millionen Rupien zur Verfügung gestellt.

Weitere Nachrichten vom Tage: Der Ministerpräsident des Bundesstaates stellte seinen Plan zur Beseitigung der Mangelernährung in Bangalore innerhalb von sechs Monaten vor. Er erklärte, bis zum Ende des Jahres werde es in der Stadt kein hungerndes Kind mehr geben. Alle Verantwortlichen in der Stadtverwaltung sollten ihr gesamtes Tun auf dieses Ziel ausrichten, forderte er. Zur Beseitigung der Mangelernährung werden fünfhundert Millionen Rupien zur Verfügung gestellt.

Weitere Tagesnachrichten besagten, der Finanzminister habe bekannt gegeben, dass im diesjährigen Haushalt besondere Anreize enthalten seien, alle indischen Dörfer in Hightechparadiese zu verwandeln …

Mit solchen Nachrichten füttern sie uns im *All India Radio* Abend für Abend. Morgen früh wird es auch in den Zeitungen stehen. Und die Leute schlucken diesen Müll einfach. Jeden Abend, jeden Morgen. Erstaunlich, oder?

Aber genug vom Radio. Jetzt ist es ausgeschaltet. Schaue ich lieber hoch zu meinem Kronleuchter, um mich inspirieren zu lassen.

Wen!

Alter Freund!

Heute Nacht bringen wir diese glorreiche Erzählung zu ihrem Ende. Als ich heute Morgen meine Yogaübungen machte – ja, genau, ich stehe jeden Morgen um Punkt elf auf und mache als

Erstes eine Stunde Yoga –, dachte ich über den Fortgang meiner Geschichte nach und stellte fest, dass ich beinahe fertig bin. Jetzt muss nur noch berichtet werden, wie ich vom gesuchten Verbrecher zu einer Säule der Gesellschaft Bangalores geworden bin.

Wo wir übrigens gerade beim Yoga sind, Sir – da darf ich vielleicht anmerken, dass eine Stunde Tiefenatmung, Yoga und Meditation am Morgen der perfekte Start für den Tag des Unternehmers sind. Wie ich den Stress dieses Scheißgeschäfts ohne Yoga aushalten sollte, kann ich mir beim besten Willen nicht vorstellen. Machen Sie Yoga zum Pflichtfach in allen chinesischen Schulen – das wäre mein Vorschlag.

Aber zurück zu meiner Geschichte.

Zunächst möchte ich Ihnen etwas zum Leben auf der Flucht erklären. Als Gesuchter muss man nicht die ganze Zeit in Angst leben – auch ein Flüchtling hat Anrecht auf ein bisschen Spaß.

Als ich an jenem Abend in der Tiefgarage die Scherben der Johnnie-Walker-Flasche zusammenfegte, legte ich mir einen Plan zurecht, wie ich nach Bangalore kommen würde. Ich würde keinen direkten Zug nehmen – nein. Da könnte mich jemand sehen, und dann wüsste die Polizei sofort, wohin ich geflohen wäre. Stattdessen würde ich ständig von einem Zug in den anderen umsteigen und mich im Zickzack nach Bangalore bewegen.

Mein Zeitplan ging zwar den Bach runter, als ich Dharam holen ging – er schlief unterm Netz, ich weckte ihn und sagte, wir würden auf Urlaub in den Süden fahren, und zerrte ihn dann nach draußen –, und es war auch nicht leicht, mit einer Hand die rote Tasche und mit der anderen Dharam festzuhalten (so ein Bahnhof ist nämlich gefährlich für kleine Jungen, müssen Sie wissen – jede Menge zwielichtiger Gestalten), aber ich schlug trotzdem meinen Zickzackkurs Richtung Süden ein.

Am dritten Tag dieser Fahrt stand ich, die rote Tasche in der Hand, in der Schlange des Bahnhofsteestandes in Hyderabad, um mir vor der Abfahrt eine Tasse Tee zu holen. Dharam bewachte den Sitzplatz im Abteil. Direkt über dem Teestand saß ein Gecko an der Wand, und ich betrachtete ihn mit Sorge und in der Hoffnung, er würde das Weite suchen, bevor ich an der Reihe war.

Der Gecko wandte sich nach links, rannte über ein großes Stück Papier, das an die Wand geheftet war, blieb einen Augenblick stehen und huschte dann zur Seite.

Das große Blatt Papier war ein Fahndungsplakat – mein Fahndungsplakat. Es war schon bis hierher gekommen. Ich betrachtete es mit stolzem Lächeln.

Aber dieses Lächeln dauerte nur eine Sekunde. Aus irgendeinem abseitigen Grund – Sie werden noch sehen, wie nachlässig in Indien alles erledigt wird – hatte man mein Plakat an ein anderes Fahndungsplakat geheftet, das zwei Typen aus Kaschmir zeigte – zwei Terroristen, die wegen irgendeines Bombenanschlags gesucht wurden.

Wenn man sich die beiden Plakate anschaute, konnte man beinahe meinen, dass ich auch Terrorist war. Wie ärgerlich.

Ich merkte, dass ich beobachtet wurde. Ein Mann betrachtete das Plakat, die Hände hinterm Rücken verschränkt, und sah mich dann durchdringend an. Ich fing an zu zittern. Ich rückte unmerklich von den Plakaten weg, aber es war zu spät. Als er sah, dass ich wegwollte, rannte er auf mich zu, packte mich am Handgelenk und starrte mir ins Gesicht.

Dann sagte er: «Was steht drauf? Auf diesem Plakat?»

«Lies doch selber.»

«Kann ich nicht.»

Jetzt begriff ich, wieso er angerannt gekommen war. Ihn hatte die Verzweiflung des Analphabeten getrieben, die Aufmerksamkeit eines Lesekundigen zu erhaschen. Sein Akzent sagte mir, dass er auch aus der Finsternis stammte.

«Das ist die Liste der Gesuchten für diese Woche», sagte ich. «Die beiden da sind Terroristen. Aus Kaschmir.»

«Was haben sie angestellt?»

«Eine Schule in die Luft gejagt. Acht Kinder umgebracht.»

«Und der hier? Der mit dem Schnauzbart?» Er klopfte mit dem Fingerknöchel gegen mein Foto.

«Das ist der Kerl, der sie geschnappt hat.»

«Wie hat er das denn geschafft?»

Um vorzutäuschen, dass ich den Text auf den Plakaten las, kniff ich die Augen zusammen und bewegte die Lippen.

«Der Mann ist Fahrer. Hier steht, er saß in seinem Wagen, und die beiden Terroristen sind eingestiegen.»

«Und dann?»

«Es heißt, er hat so getan, als ob er gar nicht wüsste, dass sie Terroristen sind, und hat sie im Auto durch Delhi kutschiert. Dann hat er an einer dunklen Ecke gehalten, eine Flasche zerschlagen und ihnen damit die Kehlen durchgeschnitten.» Ich fuhr mit dem Daumen über zwei Hälse.

«Was für eine Flasche?»

«Eine Flasche englischer Schnaps. Die sind meist ziemlich solide.»

«Weiß ich», sagte er. «Ich bin früher jeden Freitag für meinen Herrn zum englischen Schnapsladen gegangen. Er trank gern Smir-fon.»

«Smir-noff», sagte ich, aber er hörte gar nicht zu. Er starrte wieder das Foto auf dem Plakat an.

Auf einmal legte er mir die Hand auf die Schulter.

«Weißt du, wem dieser Typ auf dem Plakat ähnlich sieht?»

«Wem denn?»

Er grinste.

«Mir.»

Ich sah ihm ins Gesicht, dann auf das Foto.

«Stimmt», sagte ich, klopfte ihm auf die Schulter und ging zu meinem Zug zurück.

Hab ich doch gesagt: Das könnte das Gesicht jedes zweiten Inders sein.

Und weil mir der arme Analphabet plötzlich leid tat und weil ich mir dachte, dass mein Vater genau das sicher auch auf so vielen Bahnhöfen erdulden musste – von Fremden verspottet und veralbert zu werden –, kaufte ich ihm vorher noch eine Tasse Tee.

*

Sir:

Ich bin kein Politiker oder Parlamentsabgeordneter. Keiner dieser außerordentlichen Menschen, die einfach morden und zur Tagesordnung übergehen können, als sei nichts gewesen. In Bangalore angekommen, dauerte es vier Wochen, bis meine Nerven sich beruhigt hatten.

In diesen vier Wochen machte ich jeden Tag das Gleiche. Ich verließ jeden Morgen um acht das Hotel – eine kleine, schmuddelige Absteige in der Nähe des Bahnhofs, wo ich fünfhundert Rupien hinterlegt und uns ein Zimmer genommen hatte – und lief dann mit einer Tasche voller Bargeld vier Stunden durch die Stadt (ich wagte nicht, das Geld im Hotelzimmer zu lassen), ehe ich zum Mittagessen zurückkehrte.

Dharam und ich aßen gemeinsam. Wie er sich an den Vormittagen die Zeit vertrieb, weiß ich nicht, aber er war jedenfalls guter Laune. Es war der erste Urlaub, den er in seinem Leben bisher gemacht hatte. Sein Lächeln heiterte mich auf.

Der Mittagstisch kostete vier Rupien pro Teller. Im Süden kriegt man ordentlich was zu essen für sein Geld, auch wenn es manchmal ein bisschen komisch aussieht: klein geschnittenes Gemüse in wässrigen Currys. Danach ging ich auf mein Zimmer und schlief. Um vier kam ich wieder herunter und bestellte eine Packung *Parle*-Milchkekse und einen Tee, weil ich noch nicht wusste, wie man Kaffee trinkt.

Aber ich war ganz versessen darauf, Kaffee auszuprobieren. Wissen Sie, die Armen im Norden dieses Landes trinken Tee, die Armen im Süden dagegen Kaffee. Wer das mal bestimmt hat, weiß ich nicht, aber so ist es. Ich hatte jetzt also zum ersten Mal täglich Kaffeeduft in der Nase. Ich wollte ihn unbedingt probieren. Aber bevor man ihn trinken kann, muss man erst einmal wissen, wie. Es gab eine bestimmte Etikette, ein Ritual des Kaffeetrinkens, und das faszinierte mich. Er wurde in einer Tasse serviert, die in einem Becher steckte, und dann mussten bestimmte Mengen in den Becher geschenkt und in bestimmtem Tempo daraus getrunken werden. Wie man eingoss, wie man trank, das war mir nicht klar. Also beobachtete ich eine Weile nur.

Es dauerte eine Woche, bis ich merkte, dass sie es alle auf unterschiedliche Weise taten. Ein Mann schüttete sich den ganzen Kaffee auf einmal in den Becher; ein anderer benutzte den Becher überhaupt nicht.

Die sind alle fremd hier, sagte ich mir. *Die trinken alle zum ersten Mal Kaffee.*

Das war auch einer der großen Vorteile Bangalores: Die Stadt war voller Zugereister. Einer mehr würde niemandem auffallen.

Vier Wochen verbrachte ich also in diesem Hotel am Bahnhof und tat gar nichts. Ich muss zugeben, ich hatte so meine Zweifel. Hätte ich lieber nach Mumbai gehen sollen? Aber darauf wäre die Polizei sofort gekommen – in den Filmen gehen immer alle nach Mumbai, wenn sie jemanden umgebracht haben, nicht wahr?

Kalkutta! Da hätte ich hinsollen.

Eines Morgens sagte Dharam: «Du siehst so deprimiert aus, Onkel. Lass uns spazieren gehen.» Wir gingen durch einen Park, wo Betrunkene zwischen wucherndem Unkraut auf Bänken lagen. Dann kamen wir auf eine breite Straße hinaus; auf der anderen Seite stand ein riesiges steinernes Gebäude mit einem goldenen Löwen obendrauf.

«Was ist das für ein Haus, Onkel?»

«Weiß ich nicht, Dharam. Da müssen wohl die Minister von Bangalore wohnen.»

Auf dem Giebel des Gebäudes stand eine Parole:

REGIERUNGSWERK IST GOTTESWERK

«Du lächelst ja, Onkel.»

«Stimmt, Dharam. Ich lächele. Ich glaube, wir werden uns in Bangalore wohlfühlen», sagte ich und zwinkerte ihm zu.

Ich verließ das Hotel und zog in eine Mietwohnung. Jetzt musste ich mir in Bangalore einen Lebensunterhalt verdienen – ich musste herausfinden, wie ich in diese Stadt hineinpasste.

Ich versuchte, Bangalores Stimme zu hören, so wie ich Delhis Stimme gehört hatte.

Ich ging zur Mahatma Gandhi Road und setzte mich ins Café *Coffee Day*, das mit den Tischen draußen. Ich hatte einen Stift und ein Blatt Papier dabei und schrieb alles auf, was ich hörte.

Das Programm habe ich in zweieinhalb Minuten geschrieben.

Heute hat mir ein Amerikaner vierhunderttausend Dollar für mein Start-up geboten, und ich hab ihm gesagt: «Das reicht nicht!»

Ist Hewlett-Packard ein besseres Unternehmen als IBM?

In dieser Stadt lief offenbar alles auf das eine hinaus.

Outsourcing. Das hieß, Sachen für Amerikaner per Telefon in

Indien zu erledigen. Aus diesem Prinzip speiste sich alles – Grundbesitz, Wohlstand, Macht, Sex. Ich musste also irgendwie auf den Outsourcing-Zug aufspringen.

Am nächsten Tag fuhr ich mit der Motorrikscha zur Electronics City hinauf. Ich fand einen Banyanbaum am Straßenrand und setzte mich darunter. Ich beobachtete die Bürogebäude, bis es dunkel wurde, und sah dann die ganzen Geländewagen heranrasen; dann blieb ich bis zwei Uhr morgens sitzen, und die Geländewagen rasten wieder davon.

Und ich dachte: *Das ist es. So passe ich hinein.*

Lassen Sie mich das erklären, Exzellenz. Sie müssen wissen, in Bangalore leben Männer und Frauen wie die Tiere im Dschungel. Sie schlafen den ganzen Tag und arbeiten dann die ganze Nacht, bis zwei, drei, vier oder fünf Uhr morgens, je nachdem, denn ihre Herren sitzen am anderen Ende der Welt, in Amerika. Große Frage: Wie kommen die Jungs und Mädchen – vor allem die Mädchen – am Abend von zu Hause zum Arbeitsplatz und dann um drei Uhr morgens vom Arbeitsplatz nach Hause? Es gibt nämlich in Bangalore keine Nachtbusse und keine Schnellbahn wie in Mumbai. Und in Bussen oder Zügen wären die Mädchen ohnehin nicht sicher. Die Männer dieser Stadt sind, offen gesagt, Tiere.

Da kommt der Unternehmer ins Spiel.

Als Nächstes ging ich zu einem Autohändler in der Innenstadt, der Geländewagen vom Typ Toyota Qualis verkaufte, und sagte mit honigsüßer Stimme: «Ich möchte Ihre Autos fahren.» Der Händler sah mich verwirrt an.

Ich konnte kaum fassen, dass ich das gesagt hatte. Einmal Diener, immer Diener: Der Instinkt bleibt immer da, irgendwo tief unten im Rückgrat. (Kämen Sie jemals in mein Büro, Herr Ministerpräsident, würde ich Ihnen wahrscheinlich sofort die Füße massieren wollen!)

Ich kniff mich in die linke Handfläche. Ich lächelte, während ich mich weiter kniff und – mit tiefer, barscher Stimme – sagte: «Ich möchte Ihre Autos mieten.»

*

Die letzte Stufe meiner erstaunlichen Erfolgsgeschichte war der Schritt vom Sozialunternehmer zum Geschäftsunternehmer. Und der war gar nicht so leicht.

Ich rief sie alle nacheinander an, die Geschäftsführer sämtlicher Outsourcing-Firmen Bangalores. Brauchten sie einen Fahrservice, der ihre Angestellten abends zu Hause abholte? Brauchten sie einen Fahrservice, der ihre Angestellten frühmorgens nach Hause brachte?

Und Sie wissen natürlich schon, was sie alle antworteten.

Eine Frau war so freundlich, es mir zu erklären.

«Sie kommen zu spät. Jedes Unternehmen in Bangalore hat bereits einen solchen Fahrdienst, der die Angestellten abholt und wieder nach Hause bringt. Tut mir leid, Ihnen das mitteilen zu müssen.»

Es war genau wie zu Anfang meiner Fahrerkarriere in Dhanbad – ich war sehr niedergeschlagen. Einen ganzen Tag blieb ich im Bett liegen.

Was würde Mr Ashok tun?, fragte ich mich.

Und dann fiel es mir wie Schuppen von den Augen. Ich war nicht allein – ich hatte jemanden auf meiner Seite! Tausende sogar!

Wenn Sie Bangalore besuchen, dann werden Sie meine Freunde sehen – dicke, schmerbäuchige Männer, die auf der Brigade Road ihre Rohrstöcke schwingen, Händler damit pieksen und schikanieren und ihnen Geld abpressen.

Ich spreche natürlich von der Polizei.

Am nächsten Tag heuerte ich einen einheimischen Dolmetscher an – Sie wissen ja sicher, dass die Menschen im Norden und im Süden meines Landes verschiedene Sprachen sprechen – und machte mich auf zum nächstgelegenen Polizeirevier, in der Hand die rote Tasche. Ich benahm mich wie ein wichtiger Herr, achtete darauf, dass die Polizisten die rote Tasche auch bemerkten, indem ich sie reichlich hin und her schwang, und überreichte meine Visitenkarte, die ich gerade erst hatte drucken lassen. Dann bestand ich darauf, den großen Boss zu sprechen, den Inspektor. Schließlich ließen sie mich zu ihm vor – die rote Tasche hatte Wirkung gezeigt.

Der große Mann saß an einem riesigen Schreibtisch, hatte glänzende Abzeichen an der Khakiuniform und das rote Abzeichen der Religion auf der Stirn. Hinter ihm hingen drei Götterbilder, doch nicht dasjenige, nach dem ich Ausschau hielt.

Ah, Gott sei Dank. Da hing auch eines von Gandhi. Hinten in der Ecke.

Mit breitem Lächeln – und einer Verbeugung – reichte ich ihm die rote Tasche. Er öffnete sie vorsichtig.

Über den Dolmetscher sagte ich zu ihm: «Sir, ich möchte Ihnen ein kleines Zeichen meiner Dankbarkeit anbieten.»

Es ist erstaunlich: Sobald Sie den Leuten Bargeld unter die Nase halten, versteht *jeder* Ihre Sprache.

«Dankbarkeit wofür?», fragte der Inspektor auf Hindi und linste mit einem Auge in die Tasche.

«Für all die Wohltaten, die Sie mir erweisen werden, Sir.»

Er zählte das Geld – zehntausend Rupien –, hörte meine Wünsche an und verlangte das Doppelte. Ich gab ihm ein bisschen was dazu, und er war zufrieden. Ich kann Ihnen sagen, Herr Ministerpräsident, dass mein Plakat die ganze Zeit direkt bei ihm im Büro hing, dasselbe, was ich auf dem Bahnhof gesehen hatte. Das Fahndungsplakat mit dem schmuddeligen kleinen Foto von mir.

Zwei Tage später rief ich die nette Frau bei dem Internetunternehmen an, die mir abgesagt hatte, und hörte schockierende Neuigkeiten. Ihr Fahrdienst war zusammengebrochen. Bei einer Polizeirazzia hatte sich herausgestellt, dass die meisten Fahrer keine Führerscheine hatten.

«Das tut mir sehr leid, Madam», sagte ich. «Sie haben mein volles Mitgefühl. Außerdem kann ich Ihnen natürlich die Dienste meines Unternehmens anbieten. *White Tiger Drivers.*»

«Haben Ihre Fahrer alle Führerscheine?»

«Selbstverständlich, Madam. Sie können bei der Polizei anrufen und sich selbst überzeugen.»

Das tat sie sogleich und rief mich dann zurück. Ich nehme an, die Polizei hatte ein gutes Wort für mich eingelegt. Und so bekam ich mein eigenes – wie heißt es auf Englisch – «Start-up».

Zu Beginn war ich noch selbst einer der Fahrer, aber dann ließ ich es sein. Ich glaube, Fahren hat mir eigentlich nie richtig Freude gemacht, wissen Sie? Reden macht viel mehr Spaß. Inzwischen ist aus dem Start-up ein richtig großes Unternehmen geworden. Wir haben sechzehn Fahrer, die in Schichten sechsundzwanzig Wagen fahren. Ja, es stimmt tatsächlich: Mit ein paar hunderttausend Rupien fremdem Geld und einer Menge harter Arbeit kann man in diesem Lande Wundersames erreichen. Wenn Sie meinen Immobilienbesitz und meine Bankkonten zusammenzählen, habe ich heute fünfzehnmal so viel wie die Summe, die ich mir von Mr Ashok geborgt habe. Sie können sich ja selbst auf meiner Website überzeugen. Da sehen Sie mein Motto: *«We Drive Technology Forward.»* Auf Englisch! Und Fotos meiner Wagenflotte: sechsundzwanzig strahlend neue Toyota Qualis, alle mit Klimaanlage für die Sommermonate, alle im Dienste berühmter Technologieunternehmen. Wenn Ihnen meine Geländewagen gefallen, wenn Sie die Jungs und Mädchen aus Ihrem Callcenter stilvoll zur Arbeit und zurück kutschieren möchten, dann klicken Sie einfach auf die Worte:

JETZT ASHOK SHARMA KONTAKTIEREN!

Ja, genau, Ashok! So nenne ich mich heutzutage. Ashok Sharma, nordindischer Unternehmer, niedergelassen in Bangalore.

Würden Sie hier mit mir unter meinem großen Kronleuchter sitzen, könnte ich Sie in sämtliche Geschäftsgeheimnisse einweihen. Sie könnten auf den Bildschirm meines silbernen Apple-Computers schauen und Fotos meiner Wagen, meiner Fahrer, meiner Werkstätten, meiner Mechaniker und meiner geschmierten Polizeibeamten betrachten.

Sie alle gehören mir – Munna, den das Schicksal zum Zuckerbäcker bestimmt hatte!

Und Sie würden natürlich Fotos meiner Männer sehen. Alle sechzehn. Früher war ich der Fahrer eines Herrn, jetzt bin ich Herr der Fahrer. Ich behandele sie nicht wie Diener – ich schlage, schikaniere oder verspotte niemanden. Ich beleidige sie auch nicht, indem ich sie als meine «Familie» bezeichne. Sie sind meine Angestellten, ich bin ihr Chef, das ist alles. Ich lasse sie einen Vertrag unterzeichnen, den ich auch unterzeichne, und wir beide müssen uns daran halten. Das ist alles. Wenn sie darauf achten, wie ich rede, wie ich mich kleide, wie ich alles sauber halte, dann werden sie aufsteigen. Wenn nicht, bleiben sie ihr Leben lang Fahrer. Ich lasse ihnen die Wahl. Wenn sie ihre Arbeit getan haben, schicke ich sie weg: kein Schwätzchen bei einer Tasse Kaffee. Ein Weißer Tiger hat keine Freunde. Das ist zu gefährlich.

Ich möchte allerdings trotz meiner erstaunlichen Erfolgsgeschichte nicht den Kontakt zu den Orten verlieren, die mich wirklich etwas gelehrt und weitergebracht haben:

zur Straße und zum Bürgersteig.

Abends oder am frühen Morgen spaziere ich durch Bangalore und lausche nur der Straße.

Als ich eines Abends in die Nähe des Bahnhofs kam, sah ich etwa ein Dutzend Tagelöhner vor einer Mauer versammelt leise miteinander reden. Sie sprachen eine eigenartige Sprache: Es waren die Einheimischen dieser Stadt. Ich brauchte die Worte gar nicht zu verstehen, um zu wissen, worüber sie redeten. Nachdem so viele Menschen von überall her in ihre Stadt geströmt waren, standen sie nun als Verlierer da.

Sie lasen irgendwas an der Wand. Ich wollte sehen, was es war, aber sie hörten auf zu reden und drängten sich vor die Mauer. Ich musste erst mit der Polizei drohen, ehe sie auseinandergingen und mich sehen ließen, was da stand.

Es war eine Schablonenzeichnung eines gefesselten Händepaars, das seine Eisen abwirft:

DER GROSSE SOZIALIST KOMMT NACH BANGALORE

Ein paar Wochen später war er da. Es gab eine große Versammlung, und er hielt eine fantastische Rede von Blut und Feuer und davon, das Land von den Reichen zu säubern, weil es für die Armen kein Trinkwasser mehr gab und weil die Welt in zehn Jahren noch heißer werden würde. Ich stand ganz hinten und hörte zu. Am Ende applaudierten die Leute wie verrückt. In Bangalore herrscht auf jeden Fall eine ganze Menge Wut.

Halten Sie hier in Bangalore – und auch in den anderen Städten und Dörfern Indiens – die Ohren offen, dann hören Sie die Unruhe, das Gerede, die Drohungen mit Aufstand. Männer sitzen unter Straßenlampen und lesen. Männer stehen dicht gedrängt beisammen und deuten mit den Fingern zum Himmel.

Werden sie alle sich eines Nachts vereinen – und den Hühnerkäfig zerstören?

Ha!

Eine Revolution, welche die Armen befreit, gibt es vielleicht einmal in hundert Jahren. Das habe ich auf einer der alten Schulbuchseiten gelesen, in die an den Imbissen immer die fettigen *Samosas* gewickelt werden. Da stand nämlich, dass nur vier Männer erfolgreiche Revolutionen angeführt hätten, bei denen die Sklaven befreit und ihre Herren getötet worden wären, nämlich:

ALEXANDER DER GROSSE
ABRAHAM LINCOLN AUS AMERIKA
MAO AUS IHREM LAND
UND NOCH EIN VIERTER. VIELLEICHT WAR ES HITLER,
ICH WEISS ES NICHT MEHR. ABER ICH GLAUBE, SO SCHNELL
WIRD KEIN FÜNFTER NAME DAZUKOMMEN.

Eine indische Revolution?

Nein, Sir. Die wird es nicht geben. Die Menschen in diesem Land warten immer noch darauf, dass ihre Freiheit von woanders her kommt – aus dem Dschungel, aus den Bergen, aus China, aus Pakistan. Aber das wird nicht passieren. Jeder Mensch muss sein eigenes Benares finden.

Das Buch deiner Revolution liegt dir im Magen, junger Inder. Du musst es nur ausscheißen und lesen.

Aber stattdessen sitzen sie alle vor ihren Farbfernsehern und schauen Cricket und Shampoowerbung an.

Noch ein Satz zum Thema Shampoowerbung, Herr Ministerpräsident: Ich muss sagen, von goldenem Haar wird mir inzwischen übel. Ich glaube, es ist für Frauen nicht gesund, so eine Haarfarbe zu haben. Ich traue den Fernsehbildern und den großen Plakaten nicht, die überall in Bangalore herumhängen. Ich vertraue meiner eigenen Erfahrung aus den Fünfsternehotels. (Ganz richtig, Mr Jiabao: Ich gehe nicht mehr in «Rotlichtbezirke». Es ist nicht recht, Frauen zu kaufen und zu verkaufen, die in Vogelkäfigen hausen und wie Tiere behandelt werden. Ich kaufe nur noch Mädchen, die ich in Fünfsternehotels treffe.)

Nach diesen Erfahrungen sind indische Mädchen die besten.

(Na gut, die *zweit*besten. Ich kann Ihnen sagen Mr Jiabao, einer der aufregendsten Anblicke für einen Mann in Bangalore sind die Augen zweier Nepalesinnen, die einen unter dem dunklen Baldachin einer Motorrikscha anblitzen.)

Ganz im Gegenteil: Der Anblick dieser blonden Ausländerinnen – und sie werden rasch merken, dass Bangalore heutzutage voll von ihnen ist – hat mich vielmehr davon überzeugt, dass die Weißen ein Auslaufmodell sind. Sie sehen alle so ausgemergelt aus – so schwächlich. Nie sieht man mal eine mit einem anständigen Bauch. Dafür mache ich den amerikanischen Präsidenten verantwortlich: Er hat die Sodomie in seinem Lande gesetzlich erlaubt, und jetzt heiraten die Männer anstatt Frauen andere Männer. Das kam im Radio. So etwas führt zum Niedergang der Weißen. Außerdem benutzen die Weißen zu häufig ihr Mobiltelefon und zerstören so ihr Gehirn. Das ist eine bekannte Tatsache. Handys verursachen Hirnkrebs und lassen die Männlichkeit schrumpeln; die Japaner haben sie erfunden, um den Weißen gleichzeitig die Hirne und die Eier auszutrocknen. Das habe ich eines Abends an der Bushaltestelle mitgehört. Bis dahin war ich stolzer Besitzer eines Nokias gewesen und hatte es allen Callcenter-Mädchen gezeigt, in die ich meinen Schnabel zu stecken hoffte, aber danach warf ich es sofort weg. Wenn Sie mich anrufen wollen, müssen Sie es übers Festnetz probieren. Das schadet zwar dem Geschäft, aber mein Hirn ist mir wichtiger, Sir: Das ist schließlich alles, worauf ein Denker in dieser Welt bauen kann.

Die Weißen werden noch zu meinen Lebzeiten zugrunde gehen. Es gibt zwar auch noch Rote und Schwarze, aber was die so treiben, habe ich keine Ahnung – über die kommt nie was im Radio. Meine bescheidene Prognose: In zwanzig Jahren gibt es bloß noch uns Gelbe und Braune an der Spitze der Pyramide, und wir werden die Welt beherrschen.

Und Gott helfe allen anderen.

*

Jetzt sollte ich Ihnen noch erklären, warum ich meine Erzählung vor zwei Nächten so lange unterbrechen musste.

Dabei kann ich Ihnen auch gleich die Unterschiede zwischen Laxmangarh und Bangalore erläutern. Sie müssen wissen, Mr Jiabao, wenn Sie nach Bangalore kommen, dass hier nicht alle rechtschaffen und redlich sind. Auch hier gibt es die üblichen Gauner und Politiker. Es ist nur so: Wenn man hier gut sein will, dann *kann* man es auch. In Laxmangarh hat man nicht einmal die Wahl. Das ist der Unterschied zwischen diesem Indien und jenem: die *Wahl*.

Ich saß also in jener Nacht hier und erzählte Ihnen meine Lebensgeschichte, als mein Festnetzanschluss klingelte. Ich plauderte weiter mit Ihnen, nahm den Hörer ab und hörte Mohammed Asifs Stimme.

«Sir, es hat Ärger gegeben.»

Daraufhin hörte ich auf, mit Ihnen zu sprechen.

«Was für Ärger?», fragte ich. Ich wusste, Mohammed Asif war im Dienst, also machte ich mich auf das Schlimmste gefasst.

Einen Augenblick herrschte Schweigen, dann sagte er: «Ich bringe gerade diese Mädchen nach Hause, und da haben wir einen Jungen auf einem Fahrrad angefahren. Er ist tot, Sir.»

«Ruf sofort die Polizei», sagte ich.

«Aber Sir – es war meine Schuld. Ich habe ihn überfahren, Sir.»

«Genau darum sollst du ja die Polizei anrufen.»

Die Polizei war schon da, als ich mit einem leeren Lieferwagen am Tatort eintraf. Der Qualis war am Straßenrand geparkt; die Mädchen saßen alle noch drinnen.

Auf dem Boden lag ein Körper, der Junge, blutüberströmt. Das Fahrrad lag daneben, verbogen und zerstört.

Mohammed Asif stand abseits und schüttelte den Kopf. Jemand schrie ihn an – mit einer Leidenschaft, wie man sie nur bei Verwandten eines Toten findet.

Der Polizist hatte am Tatort alles zum Halten gebracht. Er nickte mir zu, als er mich sah. Wir kannten einander inzwischen gut.

«Das ist der Bruder des Toten, Sir», flüsterte er mir zu. «Er ist außer sich vor Wut. Ich habe ihn noch nicht wegschaffen können.»

Ich schüttelte Mohammed Asif aus seiner Trance. «Nimm mein Auto, lad die Mädchen ein und fahr sie zuallererst nach Hause.»

«Lassen Sie meinen Jungen gehen», sagte ich laut zum Polizisten. «Er muss diese Leute hier nach Hause bringen. Für alles, was anliegt, können Sie sich an mich halten.»

«Wie können Sie ihn gehen lassen?», schrie der Bruder des Toten den Polizisten an.

«Hör mal, mein Junge», sagte ich, «ich bin der Besitzer dieses Fahrzeugs. Du hast mit mir zu tun, nicht mit diesem Fahrer. Er hat nur meine Befehle befolgt und ist so schnell gefahren, wie er konnte. Das Blut klebt an meinen Händen, nicht an seinen. Diese Mädchen müssen nach Hause. Komm mit zur Polizeiwache – ich biete mich als Geisel an. Lass sie gehen.»

Der Polizist ging auf meinen Plan ein. «Das ist eine gute Idee, mein Junge. Wir müssen den Fall auf der Wache aufnehmen.»

Während ich also den Bruder damit ablenkte, dass ich an seine Vernunft und seine Menschlichkeit appellierte, stiegen Mohammed Asif und alle seine Fahrgäste in den Lieferwagen. Das war oberstes Ziel – die Mädchen nach Hause zu bringen. Ich habe einen Vertrag mit ihrer Firma unterzeichnet, und was ich unterschreibe, halte ich auch ein.

Dann ging ich mit dem Bruder des Toten zur Polizeiwache. Die Polizisten im Nachtdienst brachten mir einen Kaffee. Dem Jungen brachten sie keinen. Er starrte mich böse an, als ich die Tasse entgegennahm; er sah aus, als wollte er mich in Stücke reißen. Ich nahm einen Schluck.

«Der Stellvertretende Reviervorsteher ist in fünf Minuten hier», sagte einer der Polizisten.

«Wird er den Fall dann aufnehmen?», fragte der Bruder. «Bisher hat es nämlich noch niemand getan.»

Ich nahm noch einen Schluck.

Den Stellvertretenden Vorsteher des Reviers hatte ich schon oft geschmiert. Einmal hatte er einen meiner Konkurrenten aus dem Verkehr gezogen. Er war einer von der schlimmsten Sorte, hatte nichts anderes im Sinn, als allen, die in sein Büro kamen, Geld aus der Tasche zu ziehen. Abschaum.

Aber *mein* Abschaum.

Als ich ihn sah, besserte sich meine Laune. Er war nachts den ganzen Weg ins Revier gekommen, um mir zu helfen. Es gibt doch so etwas wie Gaunerehre, wie es immer heißt. Er begriff die Lage sofort, ignorierte mich und ging auf den Bruder zu: «Was wünschen Sie?»

«Ich möchte Anzeige erstatten», sagte der Bruder. «Ich möchte, dass dieses Verbrechen offiziell registriert wird.»

«Welches Verbrechen?»

«Der Tod meines Bruders. Verursacht durch das Fahrzeug dieses Mannes.» Er zeigte mit dem Finger auf mich.

Der Stellvertretende Reviervorsteher sah auf die Uhr. «Meine Güte, so spät schon. Beinahe fünf Uhr. Warum gehen Sie nicht nach Hause? Wir vergessen einfach, dass Sie hier waren. Wir *lassen* Sie nach Hause gehen.»

«Und was ist mit diesem Mann hier? Sperren Sie ihn als Erstes mal ein?»

Der Stellvertretende Reviervorsteher legte die Fingerspitzen aneinander. Er seufzte. «Zum Zeitpunkt des Unfalls besaß das Fahrrad Ihres Bruders keine funktionierende Beleuchtung. Das ist illegal, wie Sie sicher wissen. Und es werden sicher noch andere Dinge ans Licht kommen. Das kann ich Ihnen versprechen.»

Der Junge starrte ihn an. Er schüttelte den Kopf, als hätte er nicht richtig gehört. «Mein Bruder ist tot. Dieser Mann ist sein Mörder. Ich begreife nicht, was hier vor sich geht.»

«Jetzt hör mal zu: Geh nach Hause. Nimm ein Bad. Bete. Schlaf. Komm morgen früh wieder. Dann nehmen wir die Anzeige auf, in Ordnung?»

Endlich verstand der Bruder, wieso ich ihn aufs Revier geschleift hatte – und dass die Falle über ihm zugeschnappt war. Vielleicht hatte er Polizisten bis dahin bloß in Hindi-Filmen gesehen.

Armer Junge.

«Das ist ein Skandal! Das bringe ich in die Zeitungen! Ich hole mir Anwälte! Ich gehe zur Polizei!»

Der Stellvertretende Reviervorsteher war an sich kein humorvoller Mensch, doch hier gönnte er sich ein kleines Lächeln. «Na klar. Geh zur Polizei.»

Der Bruder stürmte hinaus, weitere wüste Drohungen ausstoßend.

«Morgen werden die Nummernschilder geändert», sagte der Stellvertretende Reviervorsteher. «Wir stellen es als Fahrerflucht dar. Wir ersetzen den Wagen durch ein anderes Fahrzeug. Für diesen Zweck haben wir immer ein paar verbeulte Schlitten hier. Sie haben großes Glück, dass Ihr Qualis einen Radfahrer angefahren hat.»

Ich nickte.

Wenn ein Radfahrer zu Tode kommt, muss die Polizei den Fall nicht einmal aufnehmen. Bei einem Motorradfahrer müssten sie das. Und wenn ein Autofahrer ums Leben gekommen wäre – dafür hätten sie mich ins Gefängnis gesteckt.

«Und was, wenn er zur Zeitung geht?»

Der Stellvertretende Reviervorsteher schlug sich auf den Bauch. «Ich habe sämtliche Zeitungsfritzen dieser Stadt hier drin.»

Ich gab ihm nicht gleich einen Umschlag. Für solche Dinge gibt es Zeit und Ort. Jetzt war es an der Zeit zu lächeln, sich zu bedanken, den heißen Kaffee zu schlürfen, den er mir angeboten hatte; jetzt war die Zeit, mit ihm über seine Söhne zu sprechen – sie studieren beide in Amerika, und er möchte, dass sie zurückkommen und in Bangalore ein Internetunternehmen gründen –, zu nicken, zu lächeln, ihm meine weiß leuchtenden, fluoridierten Zähne zu zeigen. Wir tranken Tasse um Tasse dampfenden Kaffees unter einem Wandkalender, der die Göttin Lakshmi zeigte – sie streute Goldmünzen aus einem Krug in den Fluss des Wohlstands. Über ihr hing ein Bild des obersten aller Götter, des grinsenden Mahatma Gandhi.

In ungefähr einer Woche werde ich ihn noch einmal besuchen und einen Umschlag dabeihaben, und dann wird er nicht mehr so nett sein. Er wird das Geld vor meinen Augen zählen und sagen: *Das ist alles? Wissen Sie, was es kostet, zwei Söhne im Ausland studieren zu lassen? Sie sollten mal die Kreditkartenrech-*

nungen sehen, die sie mir jeden Monat schicken! Und dann wird er einen zweiten Umschlag fordern. Dann noch einen und noch einen und so weiter. In Indien gibt es nie ein Ende, Mr Jiabao, wie Mr Ashok so richtig zu sagen pflegte. Man muss die Arschlöcher immer weiter bezahlen. Aber meine Beschwerden über die Polizei sind die Beschwerden eines Reichen, nicht die eines Armen.

Und das ist ein Unterschied ums Ganze.

Am nächsten Tag, Sir, rief ich Mohammed Asif ins Büro. Er versank vor Scham über den Vorfall fast im Boden – ich musste ihn nicht noch tadeln.

Und es war auch gar nicht seine Schuld. Meine auch nicht. Die Outsourcing-Firmen hier sind so geizig, dass sie von ihren Fahrdiensten eine unmögliche Anzahl von Fahrten pro Nacht verlangen. Um diese Fahrpläne einzuhalten, müssen wir so rücksichtslos fahren; müssen immer wieder Menschen auf der Straße anfahren und verletzen. Vor diesem Dilemma steht jeder Taxiunternehmer der Stadt. Geben Sie *mir* nicht die Schuld daran.

«Machen Sie sich keine Gedanken, Asif», sagte ich. Der Junge war völlig am Boden zerstört.

Ich muss sagen, dass ich Moslems inzwischen respektiere. Sie sind vielleicht nicht die Hellsten, abgesehen von diesen vier Dichtern, aber sie geben gute Fahrer ab und sind im Großen und Ganzen ehrliche Menschen, auch wenn einige von ihnen alljährlich den Drang spüren, einen Zug in die Luft zu jagen. Wegen dieser Sache würde ich Asif nicht feuern.

Aber ich bat ihn, die Adresse des Jungen ausfindig zu machen, der ums Leben gekommen war.

Er starrte mich an.

«Warum denn hingehen, Sir? Wir haben doch von den Eltern nichts zu befürchten. Bitte, tun Sie das nicht.»

Ich ließ ihn die Adresse herausfinden und sie mir geben.

Ich nahm Bargeld aus meinem Büroschrank, frische Hunderter, und steckte sie in einen braunen Umschlag. Dann stieg ich ins Auto und fuhr selbst hin.

Die Mutter machte mir die Tür auf. Sie fragte, was ich wünschte, und ich sagte: «Ich bin der Besitzer des Taxiunternehmens.»

Ich musste ihr nicht erklären, welches Taxiunternehmen.

Sie brachte mir eine Tasse Kaffee, die in einem Metallbecher steckte. Diese Südinder haben so ausgezeichnete Manieren.

Ich goss den Kaffee in den Becher und nippte auf korrekte Art und Weise daran.

An der Wand hing das Foto eines jungen Mannes mit einer Jasmingirlande darum.

Ich sagte kein Wort, bis ich den Kaffee ausgetrunken hatte. Dann legte ich den braunen Umschlag auf den Tisch.

Inzwischen war ein alter Mann ins Zimmer getreten, der mich anstarrte.

«Zunächst möchte ich Ihnen mein tiefes Beileid zum Tod Ihres Sohnes aussprechen. Ich habe selbst Familie verloren – viele Familienmitglieder – und weiß daher, welchen Schmerz Sie erdulden mussten. Er hätte nicht sterben sollen.

Zum Zweiten liegt die Schuld bei mir. Nicht beim Fahrer. Die Polizei hat mich gehen lassen. In so einem Dschungel leben wir hier nun mal. Aber ich übernehme die Verantwortung und bitte Sie um Vergebung.»

Ich zeigte auf den braunen Umschlag auf dem Tisch.

«Darin sind fünfundzwanzigtausend Rupien. Ich gebe Ihnen das Geld nicht, weil ich muss, sondern weil ich will. Verstehen Sie?»

Die alte Frau wollte das Geld nicht annehmen.

Aber der alte Mann, der Vater, ließ den Blick nicht vom Umschlag. «Immerhin waren Sie Manns genug hierherzukommen», sagte er.

«Ich möchte Ihrem anderen Sohn helfen», sagte ich. «Er ist ein tapferer Junge. Er hat sich in der Nacht auch von der Polizei nicht einschüchtern lassen. Er kann zu mir kommen und bei mir Fahrer werden, wenn er will. Ich werde mich um ihn kümmern, wenn Sie das wünschen.»

Die Frau schlug die Hände vors Gesicht und schüttelte den Kopf. Tränen liefen ihr aus den Augen. Das war verständlich. Vielleicht hatte sie ähnliche Hoffnungen für ihren Jungen gehegt wie meine Mutter für mich. Aber der Vater war umgänglicher; Männer sind in solchen Angelegenheiten vernünftiger.

Ich dankte ihm für den Kaffee, verbeugte mich respektvoll vor der trauernden Mutter und ging.

Mohammed Asif wartete im Büro auf mich, als ich zurückkam. Er schüttelte den Kopf und fragte: «Warum? Warum haben Sie so viel Geld zum Fenster hinausgeworfen?»

Und in dem Augenblick dachte ich: *Vielleicht war das ein Fehler.* Vielleicht wird Asif den anderen Fahrern erzählen, dass ich Angst vor der Alten gehabt hätte, und dann glauben sie, mich übers Ohr hauen zu können. Ich zeige vor meinen Angestellten nicht gerne Schwäche. Ich weiß, wo das hinführt.

Aber ich musste es einfach *anders* machen, verstehen Sie das nicht? Ich kann nicht so leben, wie der Keiler, der Büffel und der Storch damals lebten und wahrscheinlich heute noch in Laxmangarh leben.

Ich lebe jetzt im Licht.

*

Also, was passiert in einer typischen Geschichte aus der *Murder Weekly* – oder in jedem Hindi-Film? Ein Armer bringt einen Reichen um. Gut. Er nimmt sein Geld. Gut. Aber dann kommen die

Träume, in denen der Tote ihn mit blutigen Fingern verfolgt und *Mör-der, Mör-der* ruft.

So geht es im wirklichen Leben nicht zu. Glauben Sie mir. Das ist auch einer der Gründe, warum ich mir keine Hindi-Filme mehr anschaue.

Es gab bloß eine Nacht, in der Großmutter mich auf einem Wasserbüffel verfolgte, aber das passierte nie wieder.

Die richtigen Albträume sind von der *anderen* Sorte. Man wirft sich im Bett hin und her und träumt, dass man es *nicht* getan hat – dass man die Nerven verloren und Mr Ashok entkommen lassen hat – dass man immer noch als Diener in Delhi lebt – und dann wacht man auf.

Das Schwitzen lässt nach. Der Herzschlag verlangsamt sich.

Du hast es getan! Du hast ihn umgebracht!

Ungefähr drei Monate nach meiner Ankunft in Bangalore ging ich in einen Tempel und vollzog die Abschiedsriten für alle: Kusum, Kishan, alle meine Tanten, Cousins und Cousinen, Nichten und Neffen. Sogar für die Büffelkuh sprach ich ein Gebet. Wer konnte schon wissen, wer überlebt hatte und wer nicht? Und dann sagte ich zu Kishan, Kusum und allen anderen: «Und jetzt lasst mich in Frieden.»

Und das haben sie im Großen und Ganzen auch, Sir.

Eines Tages las ich einen Artikel in der Zeitung: «17-köpfige Familie in nordindischem Dorf ermordet». Mein Herz fing an zu pochen – siebzehn? Das kann nicht sein – das ist nicht meine. Es war bloß so eine fünf Zentimeter lange Horrormeldung, wie sie jeden Morgen in der Zeitung stehen – sie nannten das Dorf noch nicht einmal beim Namen. Es hieß bloß, irgendwo in der Finsternis – in der Nähe von Gaya. Ich las die Meldung immer wieder – siebzehn! Es sind doch keine siebzehn zu Hause … ich atmete aus … aber wenn nun noch jemand Kinder gekriegt hat?

Ich zerknüllte die Zeitung und warf sie weg. Danach las ich ein paar Monate keine Zeitung mehr. Um auf der sicheren Seite zu sein.

Passen Sie auf, ich sage Ihnen, was wohl mit ihnen passiert war. Entweder hatte der Storch sie umbringen lassen oder jedenfalls einige von ihnen und die anderen verprügeln lassen. Wenn er – oder die Polizei – das aber wie durch ein Wunder nicht getan hatte, dann hätten die Nachbarn sie geschnitten. Ein böser Junge aus einer Familie zieht nämlich den Ruf des ganzen Dorfes in den Dreck. Also hätten die anderen Dörfler sie zum Gehen gezwungen – nach Delhi, nach Kalkutta, nach Mumbai, wo sie unter einer Betonbrücke leben, um Essen betteln müssten und keinerlei Hoffnungen mehr auf die Zukunft hegen dürften. Das ist auch nicht viel besser, als tot zu sein.

Was sagen Sie da, Mr Jiabao? Sie nennen mich ein kaltblütiges Ungeheuer?

Es gibt eine Geschichte, die ich mal auf einem Bahnhof gehört habe, glaube ich, oder vielleicht stand sie auch auf einem Blatt Papier, in das auf dem Markt ein gerösteter Maiskolben gewickelt war – ich weiß es nicht mehr. Es war jedenfalls eine Geschichte über den Buddha. Eines Tages versuchte ein raffinierter Brahmane dem Buddha eine Falle zu stellen und fragte ihn: «Meister, betrachtet Ihr Euch als Mensch oder als Gott?»

Der Buddha lächelte und antwortete: «Weder noch. Ich bin bloß ein Erwachter, und ihr anderen schlaft alle noch.»

Ich gebe Ihnen auf Ihre Frage dieselbe Antwort, Mr Jiabao. Sie fragen mich: «Bist du ein Mensch oder ein Dämon?»

Und ich sage, weder noch. Ich bin bloß aufgewacht, und ihr anderen schlaft alle noch, das ist der einzige Unterschied zwischen uns.

Ich sollte überhaupt nicht an sie denken. An meine Familie.

Dharam tut es jedenfalls nicht.

Er hat inzwischen begriffen, was passiert ist. Zuerst habe ich ihm ja gesagt, dass wir in Urlaub fahren, und vielleicht hat er mir das auch ein oder zwei Monate abgekauft. Er sagt kein Wort, aber manchmal sehe ich, wie er mich aus dem Augenwinkel beobachtet.

Er weiß Bescheid.

Abends essen wir gemeinsam, sitzen uns am Tisch gegenüber, schauen einander an und sprechen nicht viel. Wenn er aufgegessen hat, gebe ich ihm ein Glas Milch. Vor zwei Nächten fragte ich ihn, nachdem er seine Milch ausgetrunken hatte: «Denkst du jemals an deine Mutter?»

Kein Wort.

«Oder deinen Vater?»

Er lächelte mich an und antwortete: «Schenk mir noch ein Glas Milch ein, Onkel, ja?»

Ich stand auf. Er setzte hinzu: «Und eine Schale Eiskrem.»

«Eiskrem gibt es nur sonntags, Dharam», sagte ich.

«Nein. Heute auch.»

Und er lächelte mich an.

Ich sage Ihnen, er hat alles begriffen. Der hinterhältige kleine Erpresser. Er wird den Mund halten, solange ich ihn ernähre. Wenn ich ins Gefängnis muss, kriegt er schließlich weder Milch noch Eiskrem. So denkt er sicher. Da wächst eine neue Generation ohne jede Moral heran, sage ich Ihnen.

Er geht hier in Bangalore auf eine gute Schule – eine englische Schule. Er spricht Englisch wie der Sohn eines Reichen. Er kann «Pizza» genauso gut aussprechen wie Mr Ashok. (Und er isst sie auch genauso gern – das widerliche Zeug.) Stolz betrachte ich ihn, wenn er am Esstisch auf sauberem weißen Papier schriftlich dividiert. All diese Dinge, die ich nie gelernt habe.

Eines Tages, das weiß ich genau, wird Dharam, dieser Junge,

der meine Milch trinkt und große Schalen von meiner Eiskrem isst, mich fragen: *Hättest du meine Mutter nicht verschonen können? Hättest du ihr nicht einen Brief schreiben können, damit sie rechtzeitig flieht?*

Und dann muss ich eine Antwort für ihn parat haben – oder ihn umbringen, nehme ich an. Aber bis zu dieser Frage dauert es noch ein paar Jahre. Bis dahin essen wir jeden Abend gemeinsam, Dharam, der Letzte meiner Familie, und ich.

Damit bleibt nur noch ein Mensch, über den ich sprechen muss.

Mein Ex.

Ich dachte mir, für ihn muss ich nicht zu den Göttern beten, weil seine Familie sicher den ganzen Ganges entlang teure Gebete für seine Seele sprechen lassen würde. Was kann das Gebet eines Armen den 36 000 004 Göttern im Vergleich zu den Gebeten der Reichen schon bedeuten?

Aber ich denke oft an ihn – und ob Sie es glauben oder nicht, ich vermisse ihn. Er hat sein Schicksal nicht verdient.

Ich hätte dem Mungo die Kehle durchschneiden sollen.

*

Nun, Exzellenz, die chinesisch-indischen Beziehungen sind in den letzten sieben Nächten einen großen Schritt vorangekommen. *Hindi-Chini Bhai Bhai* sozusagen. Ich habe Ihnen alles gesagt, was Sie über Unternehmertum wissen müssen – wie man es weckt und fördert, wie der Unternehmer Schwierigkeiten überwindet, wie er seine wahren Ziele im Auge behält und wie er am Ende mit dem goldenen Preis des Erfolges belohnt wird.

Sir, auch wenn meine Geschichte nun fast am Ende angelangt ist und meine Geheimnisse nun auch die Ihren sind, erlauben Sie mir doch noch eine letzte Bemerkung.

(Ein alter Trick, den ich vom Großen Sozialisten gelernt habe – wenn sein Publikum zu gähnen anfängt, sagt er: «Noch ein letzter Gedanke« – und redet dann noch zwei Stunden weiter. Ha!)

Wenn ich die Hosur Main Road entlangfahre, in die Electronics City Phase 1 komme und all die Unternehmen vorbeiziehen sehe – ich kann Ihnen nicht sagen, wie aufregend ich das finde. General Electric, Dell, Siemens – alle sind sie hier in Bangalore. Und viele Weitere sind auf dem Weg. Überall wird gebaut. Überall Erdhügel. Steinhaufen. Backsteinstapel. Die ganze Stadt ist in Qualm, Smog, Sand, Zementstaub gehüllt. Sie liegt unter einem Schleier. Und wenn sie den Schleier lüftet, wie wird Bangalore dann aussehen?

Vielleicht katastrophal: Slums, Abwässer, Shopping Malls, Polizisten. Aber man kann nie wissen. Vielleicht wird es auch eine anständige Stadt, in der Menschen wie Menschen und Tiere wie Tiere leben können. Ein neues Bangalore für ein neues Indien. Und dann kann ich sagen, dass ich meinen kleinen Beitrag dazu geleistet habe, das Neu-Bangalore zu erschaffen.

Warum denn nicht? Bin ich nicht Teil all dessen, was sich in diesem Land verändert? Habe ich nicht mit Erfolg darum gekämpft, worum jeder Arme hier kämpfen sollte – nämlich nicht die Hiebe einzustecken, die sein Vater eingesteckt hat, nicht auf einem Haufen ununterscheidbarer Leichen zu enden, der im schwarzen Schlamm der Mutter Ganges verwest? Na gut, da war die Sache mit dem Mord – und das war falsch, das ist gar keine Frage. Das hat meine Seele verdunkelt. Sämtliche Hautaufheller, die auf Indiens Märkten verkauft werden, können mir nicht die Hände reinwaschen.

Aber ist es nicht wahrscheinlich, dass jeder, der auf dieser Welt etwas zählt, darunter auch unser Premierminister (und auch *Sie*, Mr Jiabao), auf dem Weg nach oben den einen oder anderen Menschen umgebracht hat? Wenn man nur genug

Leute umbringt, dann errichten sie einem Bronzedenkmäler neben dem Parlament in Delhi – aber das wäre Ruhm, und danach strebe ich nicht. Ich wollte nur die Chance, ein Mensch zu sein – und dafür reichte ein Mord.

Wie geht es für mich weiter? Ich weiß *genau*, das fragen Sie sich jetzt.

Ich will es mal so ausdrücken. Heute Nachmittag fuhr ich über die Mahatma Gandhi Road, unsere schicke Einkaufsstraße mit jeder Menge amerikanischer Geschäfte und Technologieunternehmen, und da sah ich, wie sie bei *Yahoo!* ein neues Schild vor den Eingang stellten.

HOW BIG CAN YOU THINK?

Ich nahm die Hände vom Lenkrad und breitete die Arme weiter aus, als ein Elefantenpimmel lang ist.

«So groß, ihr Schwesternficker!»

Ich liebe mein Start-up – diesen Kronleuchter, diesen silbernen Laptop, diese sechsundzwanzig Toyota Qualis –, aber ehrlich gesagt, wird mich das alles früher oder später langweilen. Ich bin ein *Erster-Gang-Mann*, Herr Ministerpräsident. Letzten Endes werde ich dieses Unternehmen irgendeinem anderen Trottel – ich meine, *Unternehmer* – verkaufen und mir etwas Neues suchen müssen. Ich denke derzeit an Immobilien. Ich sehe nämlich immer schon «Morgen», wenn andere noch im «Heute» sind. Morgen wird die ganze Welt nach Bangalore kommen. Fahren Sie bloß mal zum Flughafen, und zählen Sie auf dem Weg die halbfertigen Stahl-und-Glas-Kästen. Schauen Sie sich die Namen der amerikanischen Unternehmen an, die sie bauen. Und wenn dann diese ganzen Amerikaner hierherkommen, wo sollen die wohl schlafen? Auf der Straße?

Ha!

Wenn ich irgendwo eine leere Wohnung sehe, schaue ich sie mir an und überlege: *Wie viel kann ich wohl einem Amerikaner 2010 dafür abnehmen?* Wenn die Wohnung eine Zukunft als amerikanisches Zuhause hat, leiste ich sofort eine Anzahlung. Die Zukunft des Immobiliengeschäfts liegt in Bangalore, Mr Jiabao. Wenn Sie wollen, können auch Sie einen schönen Schnitt machen – ich würde Ihnen gern behilflich sein!

Und nach drei oder vier Jahren Immobiliengeschäft werde ich dann vielleicht wieder alles verkaufen und mit dem Geld eine Schule gründen – eine englischsprachige Schule für arme Kinder in Bangalore. Eine Schule, wo niemand den Kindern die Köpfe mit Gebeten und Geschichten über Götter und Gandhi verderben darf – diese Kinder sollen nichts als Fakten lernen. Eine Schule voller Weißer Tiger, die auf Bangalore losgelassen werden! Ich sage Ihnen, so würden wir diese Stadt in die Knie zwingen. Ich könnte der oberste Boss von Bangalore werden. Als Erstes würde ich diesen Stellvertretenden Reviervorsteher erledigen. Ihn auf ein Fahrrad setzen und von Asif mit dem Toyota Qualis überfahren lassen.

Aber diese ganzen Träume, denen ich nachhänge – aus denen wird möglicherweise auch gar nichts.

Manchmal denke ich ja, dass ich nie erwischt werde. Dann glaube ich, dass der Hühnerkäfig solche Leute wie mich braucht, die aus ihm ausbrechen. Weil solche Herren wie Mr Ashok – der trotz seiner vielen Vorzüge sicher kein richtiger Herr war – ausgemerzt werden und durch außergewöhnliche Diener wie mich ersetzt werden müssen. An solchen Tagen brüste ich mich damit, dass Mr Ashoks Familie auch eine Million Dollar auf meinen Kopf aussetzen könnte, es würde nichts ändern. Ich habe die Seiten gewechselt: Ich gehöre jetzt zu den Menschen in Indien, denen man nichts anhaben kann. In solchen Momenten schaue ich hoch zu meinem Kronleuchter, möchte die Hände in die Luft recken und so laut jubeln, dass meine Stimme die Telefone in den Callcentern übertönen und bis nach Amerika dringen würde:

Ich habe es geschafft! Ich bin aus dem Käfig ausgebrochen!

Doch an anderen Tagen ruft jemand auf der Straße: «Balram», und ich drehe mich um und denke: *Jetzt habe ich mich verraten.*

Erwischt werden – diese Möglichkeit besteht immer. Wie pflegte Mr Ashok zu sagen: In Indien gibt es nie ein Ende. Man kann der Polizei so viele braune Umschläge und rote Taschen geben, wie man will, sie können einen trotzdem jederzeit fertigmachen. Vielleicht zeigt eines Tages ein Mann in Uniform auf mich und sagt: *Deine Zeit ist um, Munna.*

Doch auch wenn alle meine Kronleuchter zu Boden krachen – auch wenn sie mich ins Gefängnis werfen und alle anderen Gefangenen ihren Schnabel in mich stecken – selbst wenn sie mich die hölzernen Stufen zum Galgen emporsteigen lassen – so werde ich doch nie sagen, dass ich in jener Nacht in Delhi einen Fehler gemacht habe, als ich meinem Herrn die Kehle durchschnitt.

Ich werde sagen: Nur einen Tag lang, eine Stunde, eine *Minute* lang zu wissen, was es heißt, kein Diener mehr zu sein – das war es wert.

Ich glaube, ich bin jetzt bereit, Kinder zu haben, Herr Ministerpräsident.

Ha!

Auf immer der Ihre,
Ashok Sharma
Der Weiße Tiger
von Bangalore
boss@whitetiger-technologydrivers.com